U0043683

殺人一瞬間

阿嘉莎・克莉絲蒂——著
陳巧媚——譯

Agatha Christie®

4:50 from Paddington

策畫者的話

通俗是一種功力

吳念真（導演、作家）

通俗是一種功力。絕對自覺的通俗更是一種絕對的功力。

這樣的話從我這種俗氣的人的嘴巴說出來，大概很多人要笑破褲底了。不過，笑完之後請容我稍稍申訴。這申訴說得或許會比較長一點，以及，通俗一點。

小時候身材很爛，各種遊戲競爭完全任人宰割，唯一隱遁逃避的方法是躲起來看書或聽大人瞎掰。那年頭窮鄉僻壤的小孩能看的書不多，小學二年級時最喜歡的是超大本的《文壇》，老師借的。看著看著，某天老師發現我的造句竟出現：「捧著：朝陽捧著一臉笑顏為群山剪綵」這樣亂七八糟的文字，就拒絕再讓我看那些超齡的東西了。

老師的書不給看，我開始抓大人的書看。一種是厚得跟磚塊一樣的日文書，對我來說那完全是天書，但插圖好看，經常有限制級的素描。另一種書是比較薄的，通常藏得很嚴密，只是裡面有太多專有名詞、重複的單字和毫無限制的標點，比如「啊啊啊」、「……！！！」

老讓我百思不解。有一天，充滿求知欲地詢問大人竟然換來一巴掌後，那種閱讀的機會和樂趣也隨著消失了。

所幸這些閱讀的失落感，很快從大人的龍門陣中重新得到養分。講到這裡，我似乎先得跟一個村中長輩游條春先生致敬，並願他在天之靈安息。

我所成長的礦區，幾乎全是為著黃金而從四面八方擁至的冒險型人物，每人幾乎都有一段異於常人的傳奇故事。這些故事當事人說來未必精采，但一透過游條春先生的嘴巴重現，有時連當事人都聽得忘我，甚至涕泗縱橫，彷彿聽的是別人的故事。

條春伯沒當過日本兵，可是他可以綜合一堆台籍日本兵的遭遇，一如連續劇般從入伍、受訓、逃亡荒島，面對同鄉同袍的死亡，並取下他們的骨骸寄望帶回故鄉，乃至骨骸過多搞不清哪是誰的等等，讓聽的人完全隨他的敘述或悲或笑，彷彿跟他一起打了一場太平洋戰爭。此外他也可以把新聞事件說得讓一個三、四年級的小孩，到現在仍記得當時腦中被觸動的畫面。例如當年瑠公圳分屍案的凶手做案之後帶著小孩到安東街吃麵（這讓我一直以為台北的安東街是條專門賣麵的街道），還有甘迺迪總統被暗殺、賈桂琳抱住她先生、安全人員跳上飛快的車子保護賈桂琳……當然，這記憶全來自條春伯的嘴巴而不是報紙。我的記憶全是畫面，有畫面，是因為條春伯說得精采，說得有如親臨他至死都還搞不清地理位置的達拉斯命案現場。

於是這小孩長大後無條件地相信：通俗是一種功力，絕對自覺的通俗更是一種絕對的功力。透過那樣自覺的通俗傳播，即使連大字都不識一個的人，都能得到和高階閱讀者一樣的感動、快樂、共鳴，和所謂的知識、文化自然順暢的接軌。也許就是因為這些活生生的例子，俗氣的自己始終相信：講理念容易講故事難，講人人皆懂、皆能入迷的故事更難，而能隨時把這樣的故事講個不停的人，絕對值得立碑立傳。

條春伯嚴格地說是有自覺的轉述者，至於創作者，我的心目中有兩個。一個是日本導演山田洋次，一個是推理小說家阿嘉莎．克莉絲蒂。

山田洋次創造了寅次郎這個集合所有男人優點跟缺點的角色，在以《男人真命苦》為名的系列下，總共完成百部左右的電影。它們的敘述風格、開頭、結尾的方法不變，唯一改變的是故事，是時代，是遍歷日本小鄉小鎮的場景。數十年來，看《男人真命苦》幾已成為日本人每年的一種儀式，一如新春的神社參拜。

數十年前訪問過山田導演，他說，當他發現電影已然有它被期待的性格時，電影已經不是導演自己的。他說：當所有人都感動於美人魚的歌聲時，你願意為了讓她擁有跟你一樣的腳，而讓她失去人間少有的嗓音嗎？

人間少有的嗓音與動人的歌聲，都來自山田導演絕對自覺的通俗創造。

再如阿嘉莎．克莉絲蒂，如果我們光拿出她說過的故事和聽過她故事的人口數字，就足以嚇死你。五十多年的寫作生涯，她總共寫出六十六本長篇推理小說，外加一百多篇短篇小說和劇本。其中有二十六本推理小說被改編，拍了四十多部電影和電視劇集。作品被翻譯成一百零三種文字的版本，銷量超過二十億本。

夠了。你還想知道什麼？知道二十億本的意義是什麼嗎？二十億本的意義是全世界平均三個人就有一個人讀過她的書，聽過她說的故事。

說來巧合，她和山田洋次一樣，創造出個性鮮明的固定主角（當然，前前後後她弄出來好幾個），然後由他（或是她）帶引我們走進一個犯罪現場，追尋真正的罪犯。

故事就這樣？沒錯，應該說這是通常的架構。那你要我看什麼？不急，真的不急，克莉絲蒂會慢慢冒出一堆足夠讓你疑惑、驚嚇、意外，甚至滿足你的想像力、考驗你的耐心和智商的事件來。

推理小說不都是這樣嗎？你說得沒錯，大部分是這樣，不一樣的是……對了，她像條春伯，像山田洋次，她真會說，而且她用文字說。

文字的敘述可以讓全世界幾代的人「聽」得過癮、「聽」個不停，除了聖經，也許就是克莉絲蒂。她不是神，但她真的夠神。

數十年前，台灣剛剛出現她的推理系列中譯本，那時是我結婚前，常有同齡的文藝青年來我租住的地方借宿，瞄到我在看克莉絲蒂，表情詭異地說：「啊？你在看三毛促銷的這個喔？」

我只記得他抓了一本進廁所，清晨四點多，他敲開我的房門說：「幹，我實在很討厭那個白羅……再拿一本來看看，我跟你說真的，要不是你的書，我真的很想把那個矮儸壓到馬桶吃屎！」

我知道他毀了，愛吃又假客氣，撐著尊嚴騙自己。克莉絲蒂再度優雅地撕破一個高貴的知識份子的假面具，她的手法簡單，那手法叫通俗，絕對自覺的通俗，無與倫比、無法招架的功力。

昔日的文藝青年如今跟我一樣，已然老去，但不時還會看到他寫一些充滿理念和使命感極重的文章，在報紙和雜誌上出現。我知道他要說什麼，只是常常疑惑他想跟誰說；同樣，我記得他說過什麼，但轉眼間忘記他說了什麼。但請原諒我，幾十年前那個晚上，他在我家看完的那兩本克莉絲蒂的小說內容，我可還記得清清楚楚。

也許有一天再遇到他的時候，我會問他之後是否還看過克莉絲蒂其他的書，如果沒有，我會跟他說，想讀要趁早，因為你會老、會來不及。至於白羅那個矮儸，大概永遠不會消失。哦，對了，還有一個叫瑪波，你說不定會來不及認識……

神探瑪波系列導讀

瑪波小姐——洞明世事，仍不失對人情的寬諒

吳曉樂（作家）

瑪波小姐是阿嘉莎．克莉絲蒂筆下的兩名神探之一，名氣不若白羅響亮，支持者倒是挺死忠專情。她也是推理小說界「女偵探」的第一把交椅，至今仍無人能動搖其地位。瑪波小姐系列合計有十二本長篇、兩本短篇小說集。以及一篇收錄於《哪個聖誕布丁？》的小說〈葛林蕭的笑話〉。常有讀者受「小姐」二字所誘，誤信瑪波小姐是妙齡少女，但英文中，未婚女性一律以Miss稱之，實際上，瑪波小姐已六十好幾。按照蓋達克警官的形容，「她的模樣非常蒼老，頭髮雪白，粉紅的臉上布滿皺紋，一對藍色眸子柔和且真摯無邪」。

瑪波小姐亦是知名的「安樂椅神探」，她的歲數與支氣管炎等痼疾限縮了她奔走的範疇。大部分時間，瑪波小姐僅在英國村鎮裡穿梭，一邊喝茶，一邊傾聽案件相關的陳述。克莉絲蒂刻意將筆下兩位神探做出區隔，白羅是比利時難民，案件時常顯現壯闊的異國情調，瑪波小姐系列則洋溢著恬謐、悠哉的英國小鎮氛圍。瑪波小姐經手的案件，多半以某座莊

殺案就此鋪展。

園、公館為中心，在傭人、園丁、廚師、仕紳與貴婦人等交織而成的人際網絡裡，一樁樁謀

瑪波小姐的經歷有些神祕，讀者只能從她談及自己的稀少橋段，拼湊出模糊的過往：她接受良好教育，曾待過佛羅倫斯的寄宿學校，一度從事過護理工作。再從瑪波小姐坐擁房產、生活講究等細節，我們不難勾勒她中產階級的出身。上述資訊，幾乎是我們能得知的全部了。

至於瑪波小姐的個性，我想徵用瑪波小姐首次登場《牧師公館謀殺案》的語句：「她是村子裡最壞的女人，總是知道每一件事，並且做出最悲觀的推斷。」「在英格蘭，任何偵探也比不上一個上了年紀又有很多閒暇的老處女。」「拿望遠鏡賞鳥的習慣也總是讓她別有收穫。」從這些褒貶相依的評價，我們首先歸納出一些結論：瑪波小姐有些好管閒事，城府也深，偏偏她的判斷比誰都趨近真相。

更細緻地分析，瑪波小姐「溫和無害，乍看糊塗」的表象，是最天然的保護色。與她搭話的人物，屢屢在輕敵的狀態下鬆懈心防，下意識就吐露原先拚命掩藏的犯案痕跡。其次，瑪波小姐認為人性並不複雜，若我們悉心諦視，必能察覺其中的「共性」。她的外甥雷蒙・衛司曾將聖瑪莉米德村喻為「一潭死水」，瑪波小姐則認定死水若放在顯微鏡底下，「其實生機盎然」，而她所謂的顯微鏡，或許指涉了鄉村背景。鄉村生活人情緊密，有助瑪波小

姐近距離蒐集人性的不同臉譜。我個人認為，瑪波小姐最專長的辦案手法是「數據分析」，她常將案發現場的樣本扔入聖瑪莉米德村——她的「人性資料庫」，進行搜尋和比對，一旦辨識出相似的行為態樣，接下來她將安坐椅上，預估其發展。是以瑪波小姐一再「後發先至」，她抵達現場的時間總是不無「遲到」的味道，不過待她釐清人物之間的譜系和利害關係，旋即能夠盤整出一些關鍵，為案件帶來重大突破。

瑪波小姐以閒談獲取的情報，都顯得那麼普通、不起眼，她卻能如同手上的編織活，這一針那一線巧妙地穿引，後續再輕輕一扯，將線索行雲流水地組織起來。瑪波小姐深諳自往昔的歲月萃取珍貴的經驗，舉例來說，有一回，她以「聖靈降臨節過後的週一，園丁必不上班」為由，輕易識破一則謊言；也有一回，她從「發音方式」捕捉到講述者的故弄玄虛。

初識瑪波的讀者，我建議以短篇小說《十三個難題》為前菜，篇幅短小，清爽不占空間，品嘗的餘韻足夠引發興致。至於長篇，我心儀《殺人一瞬間》，此作推理成分相對清淡，架構上更接近「豪門恩怨肥皂劇」，序幕即嵌入一場駭人的畫面，將讀者牢牢地鉤入劇情。辦案過程中，瑪波小姐另聘慧黠迷人的露希小姐，潛入疑雲重重的鹿瑟福。兩位小姐的視角頻仍轉換，前場後場的調度十分緊湊，讓讀者捨不得輕易暫停。克莉絲蒂向來很節制「愛情」的著墨，但在此作，她給露希小姐點綴了幾許風花雪月，時至今日，露希小姐情歸何處，是海內外讀者樂此不疲的謎題。而在《死亡不長眠》中，步履蹣跚的瑪波小姐擔憂一對年輕夫婦，不惜啟程遠行，讓我們見到她慈幼的一面。《加勒比海疑雲》也帶給我相當的樂趣，見瑪波小姐與毒舌老富翁拉斐爾搭檔，完成第一次在國外大展長才的紀錄，很是過癮。續作《復仇女神》，拉斐爾已逝，留下一封報酬頗豐的委託，瑪波小姐積極走入謎團，讀者可以看清她心中晃蕩不止的漣漪。瑪波小姐追憶拉斐爾的絮語，我認為是全系列裡罕有的「情愫」展現。

瑪波小姐還有項令人歆羨的本事：她的才華普遍獲得男性同儕的認同。亨利爵士稱她「本人絕無僅有，四星級睿智的紅粉知己，老太婆中的超級老太婆」。尼勒警官如此形容她：「為人正直，具有無可指摘的正義感。」一時間跨幅長久的蓋達克警官更是五顆星好評：「瑪波小姐能夠用最大限度的鎮靜來思考謀殺、猝死，以及各種真實罪案。」

按照出版年代，《瑪波小姐的完結篇》是瑪波小姐最後一次現身。若以氛圍而言，我認為《破鏡謀殺案》裡瑪波小姐的自述，更適切地傳達出這位天才神探正緩緩邁向遲暮，「人必須面對現實：聖瑪莉米德昔日風貌不再。當然，從某種意義上說，沒有一樣東西能一如往昔。你可以怪罪戰爭（兩次世界大戰），怪罪年輕這一代，或者出去工作的女人，或者原子彈，或者政府，但其實你真正不滿的只是一個簡單的事實：你正在變老」。瑪波小姐信任的傭人凋零，外甥為她聘請的女傭竟把她視為昏聵無知、需要悉心呵護的老人家。萬幸的是，摯友荷大克醫師捎來了慰藉，他認為瑪波小姐最合適的藥方就是：一場謀殺案。這舉止點醒了讀者，縱使低調不鋪張，瑪波小姐依然、無庸置疑地對辦案懷有莫大熱情。

文章的尾聲，我要再次回到瑪波小姐的人性觀，她雖堅稱「最無情的猜測往往都會被證實為真」，倒也不吝坦承「我總是對人性抱著希望」。這位英國小姐的魅力自然流淌，她洞明世事，仍不失對人情的寬諒。

獻詞

阿嘉莎・克莉絲蒂是世界讀者最眾，也最廣受喜愛的女作家。
身為克莉絲蒂的孫兒，我相信奶奶會非常樂見這次出版，
因為她極以自己作品中的趣味與娛樂為豪。
歡迎所有喜歡本系列的台灣新讀者參與這場饗宴！

——馬修・培察（Mathew Prichard）

／01

梅吉力谷迪太太跟在拎提箱的腳夫後面，氣喘吁吁地在月台上走著。她又矮又胖，還背著一大堆包裹，那是一天來聖誕大採購的成果；腳夫卻是個高個子，走得昂首闊步、輕鬆自如。這種競走當然不公平，所以當腳夫在月台盡頭轉彎的時候，梅吉力谷迪太太還在努力往前趕著。

因為有列火車剛出站，一號月台還不是特別擁擠。但在遠處那塊沒劃定用途的地方，動盪的人潮正朝各個方向蜂擁而去，穿梭來往於地鐵、行李廳、茶室、詢問處、指示牌，以及通往外界的進站口和出站口之間。

梅吉力谷迪太太被人群推來撞去，最後終於擠到了三號月台的入口。她把一個包裹擱在腳邊，在手提包裡摸索著車票，以便通過門邊那個身穿制服的鐵面檢票員。

這時候，一個略帶沙啞但優雅清晰的聲音在她頭上響起：「四點五十分開往布拉漢頓、米徹斯特、韋弗頓、卡維爾樞紐站、羅塞特和查茅斯各站的列車，現在正停靠在三號月台。去布拉漢頓和米徹斯特的乘客請在列車後部車廂就坐。去范尼奎的乘客請在羅塞特換車。」

「喀嚓」一聲，廣播停止了。過了一會兒，它又開始播送四點三十五分從伯明罕和伍弗漢頓發出的火車已經到達九號月台的消息。

梅吉力谷迪太太總算把票找出來，遞給檢票員看。他剪完票低聲說：「在右邊後側。」

梅吉力谷迪太太慢慢地在月台上走過去，找到了她的腳夫。他正站在三等車廂門外，百無聊賴地盯著天空。

「您來啦，太太。」

「我坐的是頭等車廂。」梅吉力谷迪太太說。

「您剛才又沒說。」腳夫發了一句牢騷，輕蔑地掃了一眼她那件男式椒鹽色呢子大衣。

儘管梅吉力谷迪太太早提過這件事情，但她已經累得上氣不接下氣，也就懶得爭論了。

腳夫又拎起手提箱走到旁邊的車廂，把梅吉力谷迪太太安頓在一個雖然豪華但有些冷清的包廂裡。搭乘四點五十分這班車的人並不多，因為頭等車廂的乘客要嘛偏愛早晨的特快，要嘛更喜歡六點四十分掛有餐車的那班車。梅吉力谷迪太太把小費遞給腳夫，只見他臉上頗感失望，顯然認為賞下這種數目是三等車乘客的水準。梅吉力谷迪太太遠從東部而來，一夜旅途勞累，加上瘋狂大採購了一天，當然不介意破費一下好舒舒服服地度過這段旅程，但她可不會平白浪費地亂給小費。

她靠在絲絨坐墊上，舒了口長氣，打開一本雜誌。五分鐘後，汽笛發出長鳴，火車開動了。那本雜誌先是慢慢從她手中滑落下來，接著她腦袋一偏，三分鐘後就睡著了。這覺一睡便是三十五分鐘。醒來後，她只覺得精神煥發，便戴好偏在一旁的帽子，重新坐正，看著窗外飛掠而過的鄉村景色。天色已經很暗了，這是十二月裡陰霾多霧的一天，離聖誕節只有五天了。倫敦城已沉浸在一片鬱鬱的黑暗之中，鄉村也是如此；只有在火車偶爾疾駛過城鎮和車站時，那不斷閃現的點點燈火才讓人有一絲振奮的感覺。

「現在供應最後一次茶點。」服務員像幽靈般輕手輕腳地推開門說。

梅吉力谷迪太太已經在一家大商場用過茶點，這會兒還飽著呢。服務員又繼續沿著走廊往前走，單調地重複著那幾句話。梅吉力谷迪太太抬頭看看行李架上的大包小包，不禁露出喜悅之色。那條毛巾買得很划算，正是瑪格麗特想要的；太空槍是給羅比的，兔子是給瓊恩的，這兩樣都讓她非常滿意；那件緊身短外套是她自己要的，又暖和又時髦；還有給赫克特的套頭毛衣……對這次圓滿的大採購，她心裡不無得意。

她滿意地收回目光，投向了窗外，一列火車正尖嘯著往相反方向疾馳，震得窗子咯咯作響，把她嚇了一大跳。她自己乘坐的列車，正在鐵軌交叉點上喀啦喀啦，進入一個車站。

大概是依照信號誌的指示，火車突然減速，先是慢慢往前移了幾分鐘，然後停了下來，過了一會兒又開始繼續前行。又有一列上行列車駛來，卻沒像前一列那樣驚天動地。梅吉力谷迪太太坐的列車開始加速，與此同時，另一列下行列車也恰恰正往內側轉彎衝了過來，一時讓人感覺十分緊張。有一段時間，兩列下行列車平行行駛，你追我趕，梅吉力谷迪太太可以從她的窗口一直望到那列火車的車窗裡面，不過大多數車廂的百葉窗都放了下來，但偶爾還能看見車裡的一些乘客。那列車坐得不是很滿，有很多空車廂。

正當兩列車幾乎讓人產生相對靜止的錯覺時，有一節車廂的窗簾「嘩」地一下飄了起來，梅吉力谷迪太太往幾呎之外那節燈火通明的頭等車廂裡瞥了一眼。

旋即，她倒吸了一口涼氣，半站起身來。

有個男人正背對著窗子站立，梅吉力谷迪太太只能看見他的背影。一個女人面朝著他，被他扼住了喉嚨。他正慢慢地、毫不留情地掐著她。她的眼睛開始突出，面色轉為青紫，整張臉都扭曲變形了。梅吉力谷迪太太一直目瞪口呆地看著。直至最後，那女人的身體在男人手中軟軟地癱了下來。

梅吉力谷迪太太坐的火車這時更慢了下來，而那列列車則加速往前駛去，不一會兒就從視野裡消失了。

她的手無意識地移向了警鈴，又猶豫不決地停在半空中。說到底，按響自己車上的警鈴又有什麼用呢？居然會在近在咫尺的地方看見這樣恐怖的一幕，梅吉力谷迪太太面對這種非同尋常的情況，感到自己真是徬徨無助。必須馬上採取行動……但是該採取什麼行動呢？

車廂的門被推開了，一個檢票員說：「請您出示車票。」

梅吉力谷迪太太猛然轉向他，說：「有個女人被掐死了，就在剛才駛過去的那列火車上，我親眼看見的。」

檢票員疑惑地看著她。

「您再說一遍好嗎，夫人？」

「一個男人掐死了一個女人！在一列火車上，我從那裡看見的。」她指了指車窗。

檢票員更是困惑，幾乎不敢相信自己的耳朵。

「掐死了？」

「是的，掐死了！我告訴你，那是我親眼見到的！你必須立即採取行動！」

檢票員很抱歉地咳嗽了一聲：「夫人，您不覺得或許是您打了盹，然後，嗯……」他很機靈，沒有繼續往下說。

「我是打了個盹，但如果你認為這只是一場夢，那就大錯特錯了！我親眼看見了，我告訴你！」

檢票員的目光落到了座位上，那兒放著一本打開的雜誌。翻開的那頁畫著一個女孩，正被人扼住喉嚨，已經奄奄一息，門邊還站著一個男子，手持左輪手槍威脅著他們。

於是他勸誘道：「夫人，您不認為那是因為您剛看了一篇很刺激的小說，然後打了一會兒的瞌睡，所以醒來時有點迷迷糊糊？」

梅吉力谷迪太太打斷了他的話頭。

「我是親眼看到了，而且我和你一樣清醒。車子並行時，我正往窗外望去，我看到一個男人正掐著一個女人。現在我想知道的是，你打算怎麼處理這件事？」

「呃……夫人……」

「我想你總會採取什麼行動吧？」

檢票員老大不情願地嘆了口氣，瞥了一眼手錶。

「七分鐘後我們會到達布拉漢頓，我會把您告訴我的情況往上報告。您說的那列車是往哪個方向開的？」

「當然是和我們同一個方向。如果火車朝相反方向飛駛，你想我還能看見這一切嗎？」

檢票員不懷疑梅吉力谷迪太太任憑想像可以無所不至、無所不見，但他還是保持著應有的禮貌，說：「您可以相信我，夫人，我會把您的話報告上去的。我可能必須記下您的姓名和地址，以便……」

梅吉力谷迪太太把未來幾天的落腳處以及在蘇格蘭的永久地址都告訴了檢票員，他一一記下來。看他那副神氣，好像自己已經盡到了責任，成功地打發了一位煩人的旅客似的。

但梅吉力谷迪太太依然愁眉不展，心中隱隱有些不安。檢票員會把她說的情況彙報上去嗎？他會不會只是敷衍她？她茫然想著。畢竟每天都有那麼多上了年紀的老太太乘車四處旅行，她們信誓旦旦地說自己揭露了布爾什維克黨的陰謀、處於被謀殺的危險中、看見飛碟和神祕的太空船、舉發壓根沒發生的謀殺案。要是那人把她也歸入其中，根本不予理睬……

火車慢下來了。經過了幾個小站後，又從一個燈火通明的大鎮裡穿過。

梅吉力谷迪太太打開提袋找紙，最後只翻出一張收據，她在背面用原子筆匆匆寫了便條。正好手邊還有個空信封，她遂把便條紙放進信封，封好，然後又在上面寫了幾個字。

火車慢悠悠地停在擁擠的月台邊。和別處一樣，這個車站的揚聲器也在抑揚頓挫地播送著：「現在停在一號月台的是五點三十分開往米徹斯特、韋弗頓、羅塞特和查茅斯各站的列車。去貝辛市場的旅客請在三號月台上車。一號側線月台只停靠開往卡伯里的列車。」

梅吉力谷迪太太焦急地順著月台望下去。這麼多的旅客，腳夫卻寥寥無幾……啊，那兒有一個！她以命令的口吻招呼他過來。

「腳夫！馬上把這個送到站長辦公室去。」

她把信封和一先令遞給他，然後靠在椅背上嘆了口氣。好了，她已經盡力而為了。有那麼一會兒她挺心疼那一先令，六便士就已經綽綽有餘了……

她的思緒又回到剛才目睹的那一幕。可怕啊，太可怕了！她是個意志堅強的女人，卻還是忍不住打了個寒噤。她，艾思佩．梅吉力谷迪，遇到的是一件多麼怪異、多麼荒誕不經的事啊！要不是那節車廂的窗簾剛巧飄了起來……但那一切，當然都是天意。

上天屬意要她——艾思佩．梅吉力谷迪——成為這起命案的目擊者。她緊緊抿著嘴。

在人群的喧鬧聲中，汽笛嗚嗚長鳴，門又被「砰」的一聲關上。五點三十八分，火車緩緩駛出布拉漢頓車站。一小時五分鐘後停在米徹斯特。

梅吉力谷迪太太收拾好包裹和手提箱下了車，往月台兩頭看了看，再次印證了她先前的判斷——腳夫不夠。如今這些腳夫好像只負責背郵包、裝卸行李車，而且旅客似乎也都是各人自掃門前雪了。唉，她可拿不動手提箱、雨傘和那些大大小小的包裹。看來只好等著了。最後她終於招來一個腳夫。

「要計程車嗎？」

「我想會有人來接我。」

她走出米徹斯特車站後，有個一直盯著出站口的計程車司機迎了上來，操著本地口音溫和地問道：「您是梅吉力谷迪太太吧？要去聖瑪莉米德？」

梅吉力谷迪太太點頭確定，給了腳夫一筆小費，雖然說不上豐厚，她想也還算過得去。汽車載著梅吉力谷迪太太和她的手提箱及包裹，駛進了夜色之中。在這段長達九英里的路程中，她一直挺著腰板坐著，無法放鬆下來，心中充滿了傾訴一切的渴望。車子駛過那熟悉的村中大道，終於抵達目的地。梅吉力谷迪太太走出車子，沿著磚砌小路走向門邊。一個老女僕開了門，司機忙著往裡面搬東西。梅吉力谷迪太太逕自穿過門廳，走到敞開的客廳門邊。女主人正在那兒等著她。她是一位上了年紀、身體單薄的老太太。

「艾思佩！」

「珍！」

她們互相親吻了一下。然後梅吉力谷迪太太也不拐彎抹角，猛然衝口就說：「哦，珍！」她尖聲說道，「我剛才看到一場謀殺！」

／02

從年幼時起，瑪波小姐的母親和外祖母就不時告誡她，為人處事要保持理智，一個真正的淑女應該做到喜怒不形於色。她也一直遵循著這個準則生活，所以當她聽了梅吉力谷迪太太的話之後，她只是揚了揚眉毛，搖搖頭說：「你心裡一定很煩惱吧，艾思佩？這事的確非同小可。我想你最好馬上把經過情形告訴我。」

這對梅吉力谷迪太太來說正中下懷。瑪波小姐把她往火爐邊牽了幾步。她坐下來脫了手套後，就滔滔不絕地生動描述起來。

瑪波小姐全神貫注地聽著。當梅吉力谷迪太太最後停下來歇口氣時，瑪波小姐很果斷地說：「親愛的，我想你最好上樓去摘掉帽子、洗把臉，然後我們一起吃飯，進餐時先放下這件事，飯後我們再深入研究，把各方面的情況都討論一下。」

梅吉力谷迪太太接受了這個建議，於是兩人一邊吃飯，一邊談論聖瑪莉米德村的村居生活，以及形形色色的人和事，瑪波小姐評論說，人們對新來的管風琴手普遍缺乏信任感，又扯到最近藥劑師妻子鬧出來的風言風語，還簡單提了提女教師和村教育委員會之間的敵對情結，接著又聊到了各自的花園。

「牡丹花呀，」瑪波小姐說著站起身來。「真是難以捉摸。它們有的種得活，有的卻怎麼也種不活；不過一旦真的培植成功了，你絕對會覺得你已不枉此生了，現在有些品種確實非常非常美麗。」

她們在壁爐邊坐了下來，瑪波小姐從牆角碗櫥裡取出兩個古老的沃特福[1]杯子，又從另一個櫥子裡拿出一個瓶子，說：「艾思佩，今晚可不能讓你喝咖啡。你已經過於激動了，恐怕會睡不著覺。不過這也難怪，我勸你喝一杯我的藥用櫻草酒，過會兒可以再來杯甘菊茶。」

梅吉力谷迪太太對這些建議表示默許，於是瑪波小姐給她倒了杯酒。

「珍，」梅吉力谷迪太太讚賞地啜了一口酒，問道，「你不會覺得我是在作夢或者瞎想吧？」

「當然不會。」瑪波小姐的聲音裡透著溫暖。

梅吉力谷迪太太如釋重負地嘆了口氣。

「但那個檢票員是這麼想的。他倒是彬彬有禮的，只是……」

「艾思佩，我想在那種情況下，他這麼想也是很自然的。這事聽起來的確有點不太真實，再說你們又是素昧平生。真的，你說你親眼目睹了，我對此一點都不懷疑。儘管這事的確離奇，但並非絕對不可能發生。每次別的火車和我自己乘坐的火車並排行駛時，我總是饒有興致地注視著對面車廂，想看看會捕捉到什麼生動、私密的動作景象。記得有一次，我看到一個小女孩正玩著玩具熊，卻突然故意把熊扔到一個坐在角落裡打盹的胖子身上。那人猛跳起來，勃然大怒，其他乘客都樂不可支。每個人我都能看得真真切切，事後還能準確地描述出他們的長相和穿著。」

梅吉力谷迪太太連連點頭，不勝感激。

「情況就是那樣。」

「你說那男人背對著你，那麼你沒看見他的臉囉？」

「沒看見。」

「你能形容一下那個女人嗎？是年輕還是年老？」

「還年輕吧。我想在三十到三十五歲之間，不可能差太多了。」

「漂亮嗎？」

「我也說不上來，你要知道，她的臉都扭曲了……」

1 沃特福（Waterford），愛爾蘭芒斯特省（Munster）的一郡。一七二九年起生產刻花玻璃製品，特點是壁厚，以深刻的幾何圖裝飾，拋光明亮。

瑪波小姐飛快地說：「是的，是的，我明白。她穿得怎麼樣？」

「穿了一件毛皮大衣，顏色很淺。沒戴帽子，頭髮是金黃色的。」

「你沒記住那男人有什麼特徵嗎？」

梅吉力谷迪太太仔細想了一會兒才回答：「我記得他是個高個子，皮膚黝黑，穿著一件厚重的外套，所以我看不清楚他的體型。」她又沮喪地加了一句：「我真的說不出什麼。」

「還是有啦。」瑪波小姐說。她停了半晌，又問道：「你確定那個女人已經……死了嗎？」

「她已經死了，我可以確定。她的舌頭都伸出來了……我不想再談論這件事……」

「當然，當然。」瑪波小姐趕快說，「我想，明天早上我們就會得知更多的消息。」

「明天早上？」

「我想明天的晨報會登出這件事。這男人襲擊並殺死她之後，屍體總要處置吧。他會怎麼處理呢？也許會在下一站趕快下車？順便問一下，你記得那車廂是外面有走廊的嗎？」

「不，不是。」

「那就不是長途火車，它八成會在布拉漢頓停下來。想想，那人在布拉漢頓下火車前，有可能把屍體放在一個角落的位子上，拿毛領遮住她的臉來延遲被人發現的時間。是的，我想他會那麼做，當然屍體不久還是會被發現。可想而知，明天的晨報上十之八九會刊出列車發現女屍的新聞。我們就等等吧。」

§

但是，晨報上並沒有那則新聞。

這一點得到確定之後，瑪波小姐和梅吉力谷迪太太在沉默中吃完了早餐，兩人都在苦思冥想著。

飯後，她們在花園裡逛了一圈。往日兩人對這項消遣總是興致勃勃，今天卻有點意興闌珊。瑪波小姐心不在焉地帶著梅吉力谷迪太太參觀花園裡幾個從岩生庭園挖來的新品種，而梅吉力谷迪太太也一反常態，未把自己最近的新收穫一一向給瑪波小姐報告。

「這花園根本就不該是這樣。」瑪波小姐依然說得心不在焉。「荷大克醫生絕對禁止我彎腰或蹲下。可是不彎腰、不蹲下，能做什麼事呢？當然啦，我是有個愛德華茲，但他頑固得很。這些工作反而讓他們養成壞習慣，成天喝茶，到處閒蕩，根本就沒在真正工作。」

「哦，這我了解。」梅吉力谷迪太太答道，「醫生也不允許我彎腰。說真的，在吃完飯增重之後，」她往下瞅了瞅自己發福的部位。「彎腰尤其會引發心悸。」

又是一陣沉默。終於，梅吉力谷迪太太停住腳步穩穩站定，轉頭對她的朋友說：「嗯？」

這本是個毫無意義的渺小字眼，但從梅吉力谷迪太太的聲調中可以聽出其中另有深意。

瑪波小姐完全了然於心。「我知道。」

兩個女人對望了一眼。

瑪波小姐說：「我覺得我們可以去警察局找考尼許警佐談談。他聰明又有耐心，我們彼此也很熟悉。我想他會耐心聽我們陳述，並把情況反映給有關部門。」

三刻鐘後，瑪波小姐和梅吉力谷迪太太已在警察局和一個辦事員談起來了。那人氣色紅潤，一臉嚴肅，年紀大約在三、四十歲之間，他聚精會神地聽著她們的陳述。

然後法蘭克．考尼許客客氣氣甚至可說是恭恭敬敬地接待了瑪波小姐。他給兩位女士放好椅子，問道：「有什麼指教，瑪波小姐？」

瑪波小姐說：「我希望您能聽聽我朋友梅吉力谷迪太太的經歷。」

於是，考尼許警佐洗耳恭聽梅吉力谷迪太太的敘述。聽完，他沉默片刻才開口說：「這事的確非同尋常。」

其實梅吉力谷迪太太在說話的時候，警佐一直在上上下下打量著她，只不過是不著痕跡罷了。大致而言，他對她的印象不錯，就他的判斷，梅吉力谷迪太太是個理智型的女人，能夠清楚地敘述自己的經歷，並不是想像力過於豐富或神經質的人；況且，瑪波小姐也相信她所言非假。他和瑪波小姐很熟……聖瑪莉米德的每一個人都和她很熟。儘管她外表瘦弱，看來容易緊張，但骨子裡很機伶聰敏。

考尼許警佐清清嗓子說：「當然，也許是您弄錯了……注意，我並沒說您一定錯了，但是您可能錯了。有許多人就是愛胡鬧一通，結果也沒什麼大不了的事，更談不上致人於死地。」

「我知道自己看見了什麼。」梅吉力谷迪太太嚴肅地聲明。

「而且你一定會堅持己見，」法蘭克．考尼許心想，「而我得說，連我也覺得你可能是對的。」

他大聲說：「您先把這事報告給鐵路單位，然後又來向我報告，您所採取的程序非常恰當。您可以相信，我會著手對此事進行調查的。」

他說完停了下來，瑪波小姐輕輕地點點頭，相當滿意。梅吉力谷迪太太則不太滿意，但也沒說什麼。考尼許警佐又開始和瑪波小姐攀談起來，倒不是為了徵求意見，而是想先聽聽她有什麼說法。

「假設事實正如陳述的那樣，」他問道，「那麼您認為屍體是怎麼處理掉的？」

瑪波小姐毫不猶豫地回答：「看來只有兩種可能。最大的可能性是屍體被留在車上。但現在看來似乎不是這樣，因為如此一來，昨晚屍體就會被其他乘客發現，或者在火車到達終點時被鐵路人員發覺。」

法蘭克．考尼許點點頭。

「另外一個方法，也是唯一的方法，就是把屍體弄出火車推到鐵軌上。那它一定還在鐵路沿線的某個地方，只是還沒有被發現而已……不過這好像也有點不可能。但就我目前想來，再也沒有別的處理方式了。」

「你應該讀過把屍體裝在大衣箱裡的報導，」梅吉力谷迪太太說，「但是如今也沒人帶著大衣箱旅行，大都拎著手提箱，而你是沒辦法把屍體塞進一只手提箱的。」

「有道理，」考尼許說，「我贊成你們兩位的看法。如果真有那具屍體存在，到現在也該被發現了，或者很快就會有人發現。只要情況一有進展，我就通知你們。不過你們也會在報紙上看到的。當然還有一種可能。就是那女人雖然受到猛烈的襲擊，卻還是倖免於難，自己走下了火車。」

「如果沒人幫助，她下不了火車的。」瑪波小姐反駁道，「而如果一個男人攙著一個據稱生病的女人下車，一定會有人注意到的。」

考尼許表示同意地說：「對，那一定會被人注意到。另外，如果有人在車裡發現一個女人不省人事或生了病，把她送到醫院裡，也一定會留下紀錄。我想你們可以放心，這事很快就會有消息的。」

這天過去了，第二天也即將結束。那天晚上，瑪波小姐收到了考尼許警佐的一封便函：

我們就您所反映的情況做了全面調查，結果一無所獲。沒有發現任何女屍，也沒有醫院曾給——如您形容的——女子提供治療，沒人見到受驚、患病或被男子攙扶出站的女子。請您相信，我們已做過最縝密、全面的調查。據我猜測，您的朋友可能的確目睹了她所描述的那一幕，但事實並不如她想像的那樣嚴重。

／03

「沒有那樣嚴重？胡說八道！」梅吉力谷迪太太嚷嚷著，「那是一場謀殺呀！」

她憤憤地盯著瑪波小姐，瑪波小姐也瞅了她一眼。

「說啊，珍！」梅吉力谷迪太太叫了起來。「說那完全是個誤會呀！說整件事情都是我瞎想出來的！你現在就是這麼認為，對吧？」

瑪波平和地向她指出：「任何人都有出錯的時候，任何人，甚至是艾思佩你。這一點我們必須牢記在心。不過你知道，我還是覺得你不大可能看錯……你看書時要戴眼鏡，但往遠處看時的視力很好；而且你見到的那一切給你留下了非常深刻的印象，以致到這兒的時候仍驚魂未定。」

「這件事情我永遠都忘不了。」梅吉力谷迪太太說著打了個寒噤。「但麻煩的是，我不知道我能怎麼辦？」

瑪波小姐沉吟道：「你現在也是無能為力啊（如果梅吉力谷迪太太敏感一點，對她朋友說話的語調稍加注意，就會發現瑪波小姐在『你』字上略微加重了語氣）。你已經把自己所看到的事全都報告給鐵路當局和警方，再來也沒什麼事可做了。」

「從某個角度來說，那也是一種解脫。」梅吉力谷迪太太說，「你也知道，聖誕節後我馬上要去錫蘭[2]，和羅瑞克住一段時間。我一直盼著去那裡去，當然不想再延期了。不過如果在義不容辭的情況下，我會把行期往後推延。」她頗有責任感地補充道。

「我知道你會的，艾思佩。但我剛才說過，你已經盡力了。」

梅吉力谷迪太太答道：「那就得看警方的處理了。如果他們硬是愚蠢得……」

瑪波小姐斷然地搖了搖頭。

「哦，不會的，警方不是笨蛋。這樣局面就變得非常有趣了，不是嗎？」

梅吉力谷迪太太大惑不解地望著她，這讓瑪波小姐再次印證了她對這位朋友的評價……很講求義氣，但缺乏想像力。

「我們必須知道到底發生了什麼事。」瑪波小姐說。

「她被謀殺了。」

「對，但是被什麼人殺的？為什麼？凶手是如何處理屍體？屍體現在又在什麼地方？」

「那是警方應該調查的事。」

「沒錯，但他們沒有調查出來。這不就證明凶手非常狡猾嗎？我無法想像，」瑪波小姐雙眉深鎖。「他究竟是怎麼處置屍體的……你在一時衝動之下殺了一個女人……這必定不是有預謀，你總不會偏偏選在火車差幾分鐘就要駛進一個大站時去殺人吧？不會的，一定是出於嫉妒或者諸如此類的原因，兩人起了爭執。你失手掐死了她，所以到了火車進站時，你手上多了一具屍體。像我先前說的，除了把屍體放在角落裡靠好，弄得好像在睡覺似的，再把她的臉遮住，自己則盡快離開火車，你還能怎麼辦？我想不出還有什麼別的可能。但無論如何也會有一具……」

瑪波小姐完全沉浸在自己的思緒裡。

梅吉力谷迪太太叫了兩聲，她才回過神來。

「你聾啦，珍！」

「也許有一點吧。對我而言，大家說的話已不像從前那樣清晰了。當然我沒聽見你叫不是因為這個緣故，大概是我有點失神了。」

「我在問你明天去倫敦坐哪班車。下午那班如何？我要去瑪格麗特家，她希望我在下午茶時間趕到。」

「你能不能搭乘十二點一刻的火車去，艾思佩？我們可以早點吃午餐。」

2 錫蘭（Ceylon），即今日的斯里蘭卡。

「當然可以，但……」

瑪波小姐又接著說下去，搶過梅吉力谷迪太太的話。

「如果你沒在下午茶時間趕到，不知道瑪格麗特會介意嗎？譬如你七點左右才到？」

梅吉力谷迪太太疑惑地看著她的朋友。

「你到底在盤算什麼，珍？」

「艾思佩，我建議我們一塊兒去倫敦，然後再像你那天那樣，搭乘下行列車到布拉漢頓；然後你回倫敦，我則和你那天一樣回到這裡。當然，車費由我來出。」瑪波小姐堅定地強調這一點。

梅吉力谷迪太太沒有理會車費的問題，反而問道：「你期待碰到什麼呢，珍？另一起謀殺嗎？」

「當然不是。」瑪波小姐很驚訝。「不過我承認，我想在你的帶領之下親自看看那個，那個……實在很難找到詞語來表達……出事地點的『地勢』。」

就這樣，瑪波小姐和梅吉力谷迪太太隔天到了倫敦，特意坐上四點五十分從派汀頓車站始發的火車，再離開了倫敦。兩人相對坐在頭等車廂兩個角落的位子。現在離聖誕節只差兩天了，派汀頓車站看起來比星期五還要擁擠，但四點五十分這班列車還是相對安靜些，至少後面車廂是如此。

只是這回並沒有別的列車和她們這列並駕齊驅。間或有開往倫敦方向的火車疾馳而過，也曾有兩列火車往其他方向高速前進，把她們拋在後面。梅吉力谷迪太太滿腹疑團，不時看著手錶。

「這樣就很難判斷是什麼時間了……我們剛過的那個車站我倒是認識……」

火車依然往前駛去，過了一站又一站。

「五分鐘後我們就到布拉漢頓了。」瑪波小姐說。

一位檢票員出現在門口。瑪波小姐把詢問的目光投向梅吉力谷迪太太，她搖搖頭，不是那位檢票員。這時火車正放慢速度大轉彎，檢票員驗完票，跌跌撞撞地繼續往前走。

「我看火車正駛進布拉漢頓了。」梅吉力谷迪太太說。

「我們正進入它的郊區。」瑪波小姐答道。

車外燈火閃爍，可以看到房屋了，偶爾還能瞥見街道和電車。火車行駛得更慢，開始通過路閘了。

「我們再過一分鐘就到了。」梅吉力谷迪說，「我壓根看不出這段旅程有什麼收穫，你有產生什麼想法嗎，珍？」

瑪波小姐遲遲疑疑地回答：「恐怕沒有。」

「真可惜，白白浪費了一筆錢。」梅吉力谷迪太太不無遺憾地說。

幸好車費不是她出的，否則她的口氣一定更不高興。瑪波小姐對這點相當篤定。

她反駁道：「話說回來，人總想身臨其境，眼見為憑。這班車晚到了幾分鐘，你星期五坐的那班是準時抵達嗎？」

「我想是吧。說真的，我沒有特別注意。」

火車慢慢地駛進了熙熙攘攘的布拉漢頓車站。擴音器裡正在聲嘶力竭地廣播；門時開時關，乘客進進出出，在月台上擠上擠下，場面真是忙亂不堪。

瑪波小姐心想，看這場面，凶手可以輕而易舉地就消失在人群中，再隨著擠擠蹭蹭的人流離開車站，溜之大吉。他甚至可以先找個車廂坐上去，隨便火車開到什麼地方。不過，一個大男人可以輕輕鬆鬆地躲在眾多乘客之中，但讓一具屍體消失得無影無蹤可就沒那麼容易。屍體一定還在某個地方。

梅吉力谷迪太太已經下了車。她站在月台上，透過開著的窗子對瑪波小姐千叮嚀萬囑咐：「好好照顧自己，珍，千萬別著涼了。每年這時候的天氣最不穩定，你已經不再年輕了。」

「我知道。」瑪波小姐說。

「我們也別再為這事操心了，反正已經盡力了。」

瑪波小姐點點頭，說道：「艾思佩，別站在那裡吹冷風，否則倒是你要著涼了。去餐廳喝杯熱茶吧，還有的是時間，再過十二分鐘你回城的車才會開。」

「也許我會去的。再見，珍。」

「再見，艾思佩，祝你聖誕快樂。希望瑪格麗特一切都好。好好地在錫蘭玩，代我問候小羅瑞克……我很懷疑他是否還記得我。」

「當然，他記得清清楚楚。他在學校念書時，好像是放在櫥櫃裡的錢不翼而飛了吧，你還幫過他的忙呢。他從來就沒忘記過。」

「哦，那件事啊！」

梅吉力谷迪太太轉身離去。汽笛聲中，火車開始緩緩移動，瑪波小姐目送朋友胖胖壯壯的身影逐漸遠去。艾思佩是可以問心無愧地去錫蘭，她已經盡到責任，不必再承擔任何義務了。

火車加速時，瑪波小姐並未靠到椅背上，反而筆直地坐著，陷入深深的思索。雖然她說起話來含混不清、囉囉嗦嗦，但實際上她頭腦清楚、思考敏銳。她有一個問題必須解決，這問題與她的未來息息相關；而且，可以確定她的下一步行動。奇怪，她和梅吉力谷迪太太都覺得這件事是她們的責任。

梅吉力谷迪太太曾說她們倆都盡力了。對梅吉力谷迪太太而言，情況確實如此；但對她自己呢？瑪波小姐可就沒那麼肯定了。

這是有沒有善用天賦的問題……也許她高估了自己……歸根究柢，她能做什麼呢？她的耳邊又響起梅吉力谷迪太太說過的話：「你已經不再年輕……」

就像將軍在布策戰略、會計師在評估財產，瑪波小姐冷靜地在心裡權衡著下一步行動的利弊因素。對她有利的有如下幾點：

一、我長久的人生經驗以及對於人性的了解。

二、我認識亨利．克什林爵士及其教子。他的教子現在應該已任職於蘇格蘭警場，他在小圍場一案中表現得非常出色。[3]

三、外甥雷蒙的次子道維。我確定他是在大英鐵路局工作。

四、格賽達的的兒子雷諾。他對各地方的地圖知之甚詳。

瑪波小姐把這些有利條件又想了一遍，心裡很滿意。但得同時補強不利因素……這是當務之急，特別是她虛弱的身體。

「看來東奔西跑地去調查、尋索，我是做不來了。」瑪波小姐暗自思量著。

是的，年齡和虛弱的身體是她最大的障礙，儘管就她這個歲數來說，她的健康狀況還算是好的，但畢竟歲月不饒人。既然荷大克醫生嚴禁她從事園藝勞動，那八成是不會贊成她去追蹤凶手，而事實上她正有此意……問題也就在這裡。以前她碰到的案件可以說都是形勢所迫、不得已而為之，如今這卻是有點自找麻煩了。而且她自己也弄不清楚是否真的想去調查這個案子。她已經老了，也累了，特別是在這疲憊的一天過後。她不願思考任何計畫，只想衝回家坐到壁爐邊好好吃頓晚餐，然後上床睡覺，明天則到花園裡修剪花草，稍微清掃一下，不彎腰也不用力，悠閒地度過一天時光……

「我已經太老了，不適合再去冒險。」

瑪波小姐一邊自言自語，一邊心不在焉地看著窗外路堤的孤狀曲線……

曲線……

她心中隱隱約約若有所悟。就在檢票員剪完票之後……

她突然靈光乍現。那只是個想法，卻是個全新的想法……

瑪波小姐的臉上微微泛起紅暈，忽然一點也不覺得累了。

「明天一早我就寫信給道維。」她對自己說。

與此同時，她腦海中閃過另一個得力助手的名字。

「當然，還有我忠實的芙倫絲！」

§

瑪波小姐開始有條不紊地實施自己的作戰方案，並且充分考慮到聖誕節會造成的時間耽誤。

她寫信給甥孫道維·衛司，祝他聖誕快樂，同時還要求他盡快提供相關資訊。

3 參克莉絲蒂的《謀殺啟事》一書。

和往年一樣，她很榮幸地被邀請到教區牧師家共享聖誕大餐，而且和回家過節日的小雷諾談到了地圖方面的問題。

雷諾對各式各樣的地圖情有獨鍾。對於這老太太為何想要一張某地區大比例尺的地圖，他絲毫不感好奇。他只是滔滔不絕地談論著地圖概況，而且把最適用於她的資料寫給她。事實上，雷諾幫的忙還不只這些。他發現自己的收藏裡正好有這麼一張地圖，於是借給了瑪波小姐。瑪波小姐答應會妥善保管，並且如時歸還。

§

「地圖？」雷諾的母親格賽達感到很意外。儘管她的孩子都已經長大成人，她依然出奇地年輕漂亮，而且看起來好像不是該住在這種破舊牧師公館中的人。「她要地圖做什麼？我是說，她要拿地圖去做什麼呢？」

小雷諾說：「我不知道。她沒有明確告訴我。」

「我懷疑……」格賽達說，「我看這事很可疑。像她那麼大年紀的老太太不該再幹那種事情了。」

雷諾忙問是什麼事，格賽達閃爍其詞地答道：「哦，她就是管管閒事吧。奇怪，為什麼要的是地圖？」

同時間，瑪波小姐及時收到了甥孫道維．衛司的來信。信中充滿感情地寫道：

親愛的姨婆：

你現在在忙什麼呢？我已經查到了您所需要的資料，符合情況的只有四點三十三分和五點的兩班車。四點三十三分那班是列慢車，沿途停在哈靈百老匯、巴韋希斯、布拉漢頓，然後開往貝辛市場等地。五點鐘的則是開往加地夫、紐波特和斯旺西的威爾斯特快車。前者儘管可能在某個地方被四點五十分的列車趕上，但最後還是比它早五分鐘抵達布拉漢頓，而五點那班則剛好在到布拉漢頓前超過四點五十分的列車。

我懷疑這事是不是涉及到村裡某些人的風流韻事？是不是您在城裡大採購後搭乘四點五十分那班車回家，看見旁邊列車上市長太太正被衛生督察摟在懷裡？但這和車次又有什麼關係呢？還是您要去波斯考爾度週末？謝謝您送給我的套頭毛衣，它正是我想要的那種。您的花園怎麼樣了？我想這個時候的花兒恐怕不會開得太茂盛吧？

愛您的　道維敬上

瑪波小姐微微一笑，開始分析道維提供給她的資訊。梅吉力谷迪太太曾經很肯定地說，那班列車的車廂是沒有走廊的，因此開往斯旺西的快車被排除掉了，那就可以確定是四點三十三分那班。

看來再做一次旅行勢所難免，瑪波小姐雖然唉聲嘆氣，還是擬定了計畫。

她像上回那樣搭乘十二點十五分的車去倫敦，但這次回來沒搭四點五十分的車，而是搭乘四點三十三分那班到布拉漢頓。一路上太平無事，但她還是把一些特定的細節都記了下來。車上並不擁擠，四點三十三分還不算是交通的尖峰時間。頭等車廂裡只有一名乘客，是一位正在看《新政治家》雜誌的老先生。瑪波小姐也坐在一個空車廂裡。火車停在哈靈百老匯和巴韋希斯時，她把腦袋探出窗外，觀察上下車的旅客。幾位三等車的乘客在哈靈百老匯上了車，又有幾位三等車乘客在巴韋希斯下了車。除了那位拿著《新政治家》的老先生，沒人出入頭等車廂。

火車快到布拉漢頓時開始轉一個大彎，瑪波小姐試著站起身來背對著窗子站好。窗簾先前已經放下來了。

果然不出所料，火車急轉彎時，減速的力量足以讓人失去平衡朝窗子後仰過去，使得窗簾也飄動起來。她向窗外望去，雖然天色才黑下來，但比梅吉力谷迪太太那天經過這兒的時候還亮一些，只是也看不清什麼了。要想好好觀察的話，她就得在大白天再乘車旅行一次。

第二天，她搭上早班車去倫敦，為了把這次調查和添置日用品的藉口結合起來，她還買了四個價格高得令人咋舌的亞麻布枕套，然後再搭十二點十五從派汀頓車站開出的火車回來。這回她又是獨自坐在頭等車廂裡。她心想，就是因為稅金太高，所以除了商人之外，誰也不願在尖峰時間坐頭等車廂。大概商人可以報帳吧。

在火車到達布拉漢頓的前十五分鐘左右，瑪波小姐拿出雷諾提供的地圖，開始觀察這一帶的鄉村。事前她已經仔細研究過地圖，還把沿途經過的站名一一記錄下來，所以列車一開始減速轉彎，她就認出了自己所處的位置。火車在一個很高的路堤上行駛著，瑪波小姐全神貫注地研究著下面的地形，連鼻子都貼在窗子上了。她的注意力始終在車外的鄉野和地圖之間來回移動，直到火車開進布拉漢頓。

當晚，她寫信給住在布拉漢頓麥迪遜路四號的芙倫絲·西爾小姐，第二天早晨又去郡圖書館研究布拉漢頓的姓名錄、地名索引和郡志。

迄今為止，還沒有什麼情況和她先前那個簡單模糊的猜測相抵觸，她的推測是有可能成立的。而除此之外，她也不願再深究了。

可是下一步就關係到行動問題了，而且是一系列就她的健康狀況而言不宜從事的行動。如果她想檢驗自己的想法是否正確，在這個關鍵時刻就必須求助於他人。問題是要找誰呢？瑪波小姐翻來覆去地想著幾個人的名字，但仔細一分析，又都苦惱地搖頭一一否定。那些智慧超群、可以助她一臂之力的人都是大忙人，他們個個擔任要職，連閒暇時間都早有安排；至於腦筋不夠聰明的人，即使手裡剩著大把大把時間，瑪波小姐也是不屑一顧。

她陷入了沉思，愈想愈頭疼。

突然她眉頭一展，嘴裡迸出了一個名字：「對了，露希·艾拉貝羅！」

04

露希．艾拉貝羅在某些圈子裡頗有名氣。

她今年三十二歲，在牛津大學讀書時數學考試拿過第一名，大家公認她才華出眾，並堅信她會在學術領域裡卓有建樹。

但露希．艾拉貝羅不僅僅在學業上出類拔萃，還具備豐富的普通常識，自然不會不觀察到，學術界的成就與其報酬之間存在著巨大反差。她無意留在校園執教，而樂於和才能遠遜於自己的人打交道。簡而言之，讓她感興趣的是人，各種不同類型的人。而且，我們就直說無妨吧，她對金錢也深具好感。想要賺大錢，你就得開拓乏人問津的領域。

露希很快就發現，社會上嚴重缺乏幹練的家管人才。於是她毅然決然就做起了家管這一行，這讓她的朋友和學術界同行大為吃驚。

她迅速獲得了成功。幾年過去了，到現在，她已經聞名英倫三島。常常可聽到一些做妻子的人開心地告訴丈夫：「沒事了，我可以和你去美國啦！我已經請到了露希・艾拉貝羅！」

露希・艾拉貝羅的特點在於只要讓她一進屋子，那些令你煩惱、憂慮的繁重家務問題，頓時就迎刃而解。她事必躬親，安排得井井有條。令人不敢置信的是，凡是你能想到的事情，露希都能勝任愉快。她可以服侍老人、照養嬰兒、看護病人，還做得一手好菜；不但與家裡那些難纏的老僕人（通常情況下是沒有的）關係融洽，還能輕鬆自如地應付一些麻煩的傢伙，她有辦法使酒鬼平靜下來，連狗在她面前也很聽話！最難得的是，露希從不計較工作內容，擦洗廚房地板啦、在園子挖土啦、清掃狗糞啦，她都甘之如飴，甚至還搬過煤塊！

不過露希有個原則，她從來不接長期性的工作。她通常是服務兩個星期，特殊情況下也不超過一個月。而為那兩個星期，你可得付出一大筆錢！但在此期間，你會覺得如同生活在天堂，可以徹底放鬆一下；你可以去國外或者待在家裡，隨心所欲地愛做什麼就做什麼！你盡可高枕無憂，因為家中的一切都會在露希・艾拉貝羅的一雙巧手中變得井然有序。

如此一來，自然她的服務總是供不應求。如果她願意，案子可以排到三年後。曾經有人出高薪聘請她擔任專職，但露希沒有接受，甚至不肯預約六個月以後的工作。那些爭先恐後聘請她的顧客們並不知道，每年露希總要騰出一段閒暇時間去度個短假，奢侈一番（因為她的薪水很高，也沒什麼別的花費，存了不少錢）；有時碰到深感興趣的事物或喜愛的人，她也會心血來潮接下一些特別的任務。反正，她如今可以在那些爭相聘請她的人之中自由挑選雇主，也就樂得憑自己高興做下決定。如果你光是有錢，可買不動露希・艾拉貝羅為你效勞！既然她有選擇的餘地，她當然也不吝於做選擇。

露希就這樣盡情地享受生活，並從中發現了無窮無盡的快樂泉源。

露希把瑪波小姐的信一讀再讀。她是兩年前認識瑪波小姐的，當時小說家雷蒙・衛司聘請她去照顧正從肺病中復原的老姨媽，露希應聘去了聖瑪莉米德。她非常喜歡瑪波小姐，而瑪波小姐呢，有一次從臥室窗口往外看，一眼瞥見露希在認真地挖溝種豌豆，這不禁讓她放心地往枕頭上一靠，長長舒了口氣，高興地吃下露希親手做的誘人小點心，又驚又喜地聽著她那脾氣暴躁的老女僕說自己「教那個艾拉貝羅小姐一種她從沒聽說過的編織花樣，她可是感激萬分呢」。從這以後，連醫生都詫異她的康復速度竟如此之快。

瑪波小姐在信中問艾拉貝羅小姐能不能接受一個非同尋常的特殊任務，還詢問她是否能安排一次面晤，以全面商量有關事宜。

露希考慮再三，微微蹙了蹙眉頭。她的行程確實已經安排得滿滿了，但是「非同尋常」這個字眼，再憶及瑪波小姐的種種優點，於是她立即打電話給瑪波小姐，說明因為工作關係，自己當日無法去聖瑪莉米德，但次日下午兩點到四點有空，可在倫敦任何地方和瑪波小姐見面。她提議在自己的俱樂部碰頭，那兒沒什麼特別，可是有幾個光線幽暗的小寫字間，而且通常是空的。

瑪波小姐接受她的建議，第二天兩人就見面了。

一陣寒暄之後，露希・艾拉貝羅引著客人來到俱樂部最昏暗的那個房間。她開門見山就說：「目前恐怕我的時間都排滿了，不過您能告訴我是什麼樣的任務嗎？」

「說真的，非常簡單，」瑪波小姐說，「雖然非同尋常，但的確很簡單，我想請你去找具屍體。」

露希的腦海中迅速掠過一個疑問：瑪波小姐是不是有些精神失常了？但她馬上否定這個想法。瑪波小姐一向神志清明，她知道自己在說什麼。

「什麼樣的屍體？」露希．艾拉貝羅的冷靜讓人欽佩。

「一具女人的屍體，」瑪波小姐回答，「這個女人被謀殺——被勒死的——在一列火車上。」

露希輕輕一揚眉毛。

「哦？那倒真是非同尋常。告訴我是怎麼回事吧。」

瑪波小姐原原本本講了一遍。露希聚精會神地聽著，未曾打岔。聽完後她說：「所以，這想法完全是根據您朋友所看見……或者說她自以為看見的事情……」

她沒有把話說完，將問題留給了瑪波小姐。

瑪波小姐解釋道：「艾思佩．梅吉力谷迪向來不會無中生有，所以我對她說的話堅信不疑。如果這話出自桃樂西．卡萊特之口，那就另當別論。桃樂西經常把故事編得煞有介事，最後連她自己都信以為真。她的故事通常有點事實根據，不過其他部分就全是捕風捉影了。但艾思佩那個人是不輕易相信什麼傳奇故事的，她就像塊花崗岩，幾乎不受外界的影響。」

「我明白了。」露希深深思索著。「好吧，那就相信她的話吧。我該從哪裡著手？」

「我相當欣賞你。」瑪波小姐告訴露希。「而你也看得出來，我現在沒有體力再東奔西跑了。」

「您想讓我去做些調查之類的事嗎？難道警方做不了這些事？或者您覺得他們只會敷衍了事？」

「哦，那倒不是，他們不會。只是我個人對那具女屍有個想法，我覺得她一定還在某個地方。如果她沒在車上，那一定是被推出或扔出了火車，可是鐵路沿線至今沒有發現任何女屍。所以，我沿著同一路線做了一次旅行，看看有什麼地方既能扔屍體又不會被人發現。後來還真讓我找到了。鐵路進入布拉漢頓前，在一個很高的路堤上轉了一個大彎，如果有人在火車彎到一個斜度時把屍體扔出去，我想她會穩穩落到路堤下面去。」

「但屍體即使扔在那兒，也還是會被發現呀。」

「哦，是的。但她可能會被人帶走。我們馬上就要談到這一點。這張地圖上的那個地方在這裡。」

露希彎下腰仔細研究著瑪波小姐手指著的地方。

瑪波小姐說：「它位於布拉漢頓的郊區，原本是莊園，有非常廣闊的庭園和獵場。現在莊園還是安然無恙地在那兒，但周圍滿是正在興建的新社區和小鄉村住宅。這地方叫作鹿瑟福莊園，是一個名為桂康索的富商在一八八四年興建的。據我所知，桂康索的兒子——現在也是個老人了——還和他的女兒一起住在裡面。鐵路正好環繞著大半個莊園。」

「那麼您要我去……幹什麼呢？」

瑪波小姐迅速回答：「我要你到那兒找個工作。現在大家都巴不得有個能幹的人料理家務，所以我猜這事不會太難。」

「我想也是。」

「我聽說桂康索先生在地方上是出了名的小氣，如果他給的薪水比較低，我會看情況補償你，反正數目會比一般的報酬高。」

「因為工作難度很高嗎？」

「說它難度高，倒不如說它有風險。我應該事先提醒你一下，你知道，這事也許很危險。」

露希沉思片刻說：「我不會因為工作危險而打退堂鼓。」

「我也有同感，你不是那種人。」

「我敢說，您甚至認為這事很有可能會吸引我，因為我這一生沒遇過什麼大風大浪。您真的認為可能有危險嗎？」

瑪波小姐指出：「有人神通廣大地犯下一樁謀殺案，然而到目前為止，還未有搜索行動出現，它甚至不曾引發懷疑，只有兩個老太太說了天方夜譚般的故事。警方調查了一陣，結果一無所獲。於是兇手仍然高枕無憂，逍遙法外。所以我不認為這個人——不管他是誰——

會喜歡案子被重新翻出來，特別是你馬到成功的話。」

「確切地說，我要去找什麼呢？」

「找路堤一帶留下的蛛絲馬跡，比如衣服碎片、折斷的灌木，諸如此類的東西。」

露希點點頭說：「然後呢？」

「我會住到你的附近。」瑪波小姐說，「我以前的女僕芙倫絲就住在布拉漢頓，她對我一向忠心耿耿。她的父母親都上了年紀，這些年她一直在照顧他們，現在老人家也去世了，她就開始出租房間，接受的房客都是些很正派的人。芙倫絲已經為我安排好房間，就和她住在一起，這樣她就可以全心照顧我。我也希望能住在那附近。你不妨說自己有個老姑媽住在這一帶，所以想就近找份工作，還可以要求主人給你合理的空閒時間，以便能夠經常去看望她。」

露希又會意地點點頭。「我原來打算後天去陶米納，不過假期往後推延沒關係，而我只能答應給您三個星期，後面的工作已經都安排好了。」

「三個星期就足夠了。如果三個星期內我們什麼也沒發現，只好當作白忙一場，宣布放棄了。」瑪波小姐答道。

瑪波小姐走後，露希略加思索，然後撥通了布拉漢頓一個職業介紹所的電話。那兒的女經理和她很熟，她解釋說，為了照顧一個「姑媽」，她想在附近找工作。經理舉出幾個條件十分優越的地方，讓露希有些難以推辭，但她還是設法巧妙地拒絕了。最後女經理終於提到了鹿瑟福莊園。

「那裡看來正是我想去的地方。」露希斬釘截鐵地說。

於是職業介紹所打電話給桂康索小姐，桂康索小姐又透過電話聯繫上露希。

兩天後，露希離開倫敦，動身去鹿瑟福莊園。

§

露希．艾拉貝羅開著自己的小汽車，駛進兩扇氣派非凡的大鐵門。剛進大門處有一間小屋，原本是門房住的，現在看起來已經徹底廢棄。至於這是由於戰爭的破壞，還是僅僅因為主人的疏忽，外人就不得而知。一條長長的車道彎彎曲曲地穿過幾叢暗淡無光的山杜鵑，一直通到別墅前。當露希看見那棟如同小型溫莎城堡似的建築物時，不禁驚訝地屏住了呼吸。門前的石階早該清掃了，石徑的轉彎處長滿綠綠的野草，也沒人去整理。

她拉拉老式的熟鐵門鈴，鈴聲在房子裡久久回響著。一個邋遢的女人在圍裙上擦著手開了門，一臉懷疑地盯著露希，問道：「小姐在等的就是你？她告訴我說是個叫什麼貝羅的小姐。」

露希回答：「我就是。」

屋子裡冷得出奇。那女人帶著露希穿過陰暗的門廳，開了右側的一扇門。出乎露希意料的是，這是一間很舒適的客廳，裡面陳列著各種書籍，椅套是印花棉布做的。

「我去通報小姐。」那女人冷冷地看了露希一眼，帶上門走了。

幾分鐘後，門又開了。露希覺得自己從初見面的那一刻起就喜歡上了艾瑪．桂康索。

艾瑪是一位中年女子，沒有什麼突出的特點，既說不上漂亮也不算難看。她穿著合身的花呢衣服和套頭毛衣，一頭褐髮從額前往後掠去；眼睛也是褐色的，眼神沉靜，聲音非常悅耳。

她一邊伸出手一邊說：「您就是艾拉貝羅小姐吧？」隨即又猶猶豫豫地問：「我想了解一下，您是不是真想做這份工作？您知道，我並不需要管家來管理家務，只想找個可以做事的人。」

露希說大家需要的都是這種人。

「您也明白，很多來應徵的人以為我只是要她們隨便打掃房子，但實際上，這些輕鬆的事我自己來就行了。」艾瑪．桂康索不無歉意地解釋著。

「我明白您的意思。」露希說，「您想找人幫忙做飯、洗衣服、做家務、給鍋爐加煤。沒關係，我可以勝任，我不怕勞動。」

「這房子很大，恐怕做起事來多有不便，我們只住了房子的一部分——我是指我父親和我，父親身體很不好，我們過著十分安靜的生活——那裡有個阿嘉瓦斯爐。我有幾個兄弟，但他們不常回來。家裡雇了兩個女人幫忙，基德太太早上過來，哈特太太每週來三次，擦擦銅器什麼的。您自己有車嗎？」

「有。如果這裡沒地方放的話，停在外面也無所謂，反正一向如此。」

「哦，我們這裡有的是舊馬廄，這個沒問題。」艾瑪又皺著眉頭說：「艾拉貝羅？這個姓並不多見。我有幾個朋友曾對我提起過一個露希．艾拉貝羅，大概是甘乃迪夫婦吧。」

「沒錯。甘乃迪太太在北德文郡生孩子時，我給他們料理過家務。」

艾瑪．桂康索微微一笑。

「我聽他們說，您在那兒把每件事情都處理得妥妥貼貼，他們從來沒那麼舒服過。不過我記得您的薪水非常高，但我剛才提到的那個數目……」

「那無所謂。」露希忙著說，「您知道，我有必要離布拉漢頓近一點，以便就近照顧我的老姑媽。她身體糟透了。不過我也不能不工作，所以只好把薪水問題放在第二位考慮。請問您，我每天可以有自由活動的時間嗎？」

「哦，當然，每天下午，一直到六點鐘。您覺得可以嗎？」

「那真是太好了！」

桂康索小姐猶豫了一下，又開口說道：「我父親年紀大了，有時候有點……難侍候。他相當節儉，有時候說話不太中聽。我不希望……」

露希馬上接過話頭：「我已經習慣和各種各樣的老年人打交道了，我和他們一向相處得很愉快。」

艾瑪如釋重負。

露希已然心裡有數：「老先生看來很難對付，一定是個老暴君。」

她被安頓在一個陰暗的大臥室，裡面裝了個小小的電暖器，根本發揮不了作用。然後女主人帶著她參觀這棟令人怪不舒服的大房子。

她們經過門廳的一個門邊時，聽見有個聲音咆哮著：「是你嗎，艾瑪？那個新來的女孩子也在嗎？帶她進來，我要看看她！」

艾瑪的臉刷的一下紅了起來，充滿歉意地瞟了露希一眼。

於是兩人一起走進房間。微弱的光線透過狹窄的窗戶射進來，只見四周鋪設著富麗堂皇的深色天鵝絨，還擠滿維多利亞時代的笨重紅木家具。

桂康索老先生直直地靠在輪椅裡，身旁放了一根鑲著銀頭的手杖。他的個頭高大，臉上的皮肉都鬆垮垮地掛著，下巴的線條顯示出強悍好鬥的個性，整張臉看上去很像牛頭犬。他那濃密的黑髮已經夾雜著銀絲，小小的眼睛透出懷疑的神色。

「讓我好好看看你，年輕小女孩。」

露希走上前去，鎮定自如地微笑著。

「有一件事你最好馬上弄清楚，別因為我們住在一棟大房子裡，就以為我們多有錢。我們並不富有，日子過得非常簡樸，你聽懂沒有？非常簡樸！對這兒期望太高沒什麼好處！鱈魚和比目魚都是魚，一樣好吃，這點你要記住！我絕不能容忍任何浪費的行為！這房子是我父親建的，我自己也很喜歡，所以才住在這兒。我死了之後，他們愛賣就儘管去賣……他們一定會賣的，這些人毫無家族觀念！這房子蓋得不錯，堅固得很，周圍又環繞著自己的土地，把我們和外界隔開。如果賣作建築用地應該能賺一筆，但只要我活著一天，他們就別想！誰也無法讓我離開這兒，除非先把我拖出去！」

他發洩完了，怒氣沖沖地瞪著露希。

「您的家就是您的堡壘。」露希說。

「你在嘲笑我嗎？」

「當然不是。發現到喧鬧的城市中居然有一片世外桃源，這種感覺真是非常美妙。」

「沒錯。從這兒望出去見不到別的房子呢，而且牧場上牛隻成群怒氣要知道，這是在布拉漢頓的中心啊。風從那個方向吹來時，你能聽見一點車聲，但除此之外，它完全保持著鄉村本色。」他意猶未盡，繼續操著那副腔調對他的女兒發號施令：「給那個該死的笨醫生打電話，告訴他，上次的藥一點用都沒有！」

露希和艾瑪退了出來，老頭子還在她們身後大喊大叫：「別讓那個打掃的混蛋女人再來了！她把我的書都弄亂了。」

露希問：「桂康索先生病了很久嗎？」

艾瑪躲躲閃閃地回答：「噢，好幾年了……這是廚房。」

廚房非常寬敞，有個很大的爐灶，已經廢置不用，旁邊端端正正放了個阿嘉瓦斯爐。

露希問了用餐時間，檢查了食品櫥，然後愉快地對艾瑪說：「我都弄清楚啦，別擔心，一切都交給我。」

那天晚上，艾瑪．桂康索上床休息時舒了口長氣：「甘乃迪夫婦沒說錯，她太棒了。」

第二天早上，露希六點起床，首先是打掃房間，接著洗菜做飯，把早餐端上去，隨後又和基德太太一起整理床鋪，一直忙到十一點鐘，兩人才在廚房坐下來喝濃茶、吃餅乾。在深感露希為人隨和以及茶水濃甜的催化下，基德太太輕鬆地聊起天來，她的個子很瘦小，眼神銳利，總愛把嘴唇繃得緊緊的。

「他是個十足的吝嗇鬼！小姐真是受盡了委屈！但我看她也不是一味地逆來順受，萬不得已的時候，她也會堅持自己的意見。每次先生們一回來，她照樣以豐盛的食物款待他們。」

「先生們？」

「是啊，他們是個大家庭，老大愛德蒙先生在戰爭中陣亡了；老二賽巨先生住在國外什麼地方，還是個光棍，老在外國各地跑來跑去，專門畫畫；老三哈羅德先生就住在倫敦，娶了個伯爵小姐；老四奧菲先生為人不錯，卻是個敗家子，有幾次還惹出了大麻煩。還有伊迪絲小姐的丈夫布萊恩先生，做人非常好……伊迪絲小姐幾年前去世了，但他們還是把布萊恩先生當作家庭中的一員。另外還有小主人亞歷山大，是伊迪絲小姐的兒子。他還在學校裡念書，假期經常來這兒住一段時間，艾瑪小姐好喜歡他。」

露希把這些情況摸清楚後，繼續勸基德太太用茶。最後，基德太太終於很不情願地站起身來。

「我們今天早上真是享受了一番啊。」她又好奇地問道：「親愛的，需要我幫你削馬鈴薯嗎？」

「我已經弄完了。」

「哎呀，你做事真有一手！看來我沒什麼事可做了，可以回去了。」

基德太太回去了，而露希還有的是時間，於是她把廚房的桌子擦洗了一番。其實她早就想做這件事了，之所以一直拖到現在，是因為不想得罪原本該負責此事的基德太太。然後她再把銀器擦得光可鑑人，又做好午餐，收拾完餐具，最後洗了洗手，兩點三十分便出發去探險了！之前她早把茶點準備妥當，放在一個托盤裡；三明治、麵包和黃油上也加了塊用來防乾的溼紙巾。

露希繞著園子閒逛，反正這也沒什麼奇怪的。菜園裡草草地種了些蔬菜，溫室已成為一片廢墟，小徑也隱沒在荒煙蔓草之中。屋子旁邊是唯一沒長野草的地方，還種了些草本植物，態勢很不錯。露希猜測，那一定是出自艾瑪之手。園丁是個老頭子，耳朵有點聾，做園藝只是擺擺樣子。露希愉快地和他聊了一會兒，得知他就住在馬廄邊的一間小屋裡。

在後面的馬廄外有一條車道，穿過四周圍著柵欄的獵場，在鐵路拱橋下轉入後面的一條小路。

每過幾分鐘就有一列火車沿著鐵路幹線轟隆隆駛來，從拱橋上經過。當火車減速駛過繞著莊園的那個大彎時，露希便凝神觀察著。她從拱橋下穿過，踏上那條少有人跡的小路，路的一邊是鐵路路堤，另一邊是高高的圍牆，牆裡聳立著高大的廠房。露希沿著小路往前走去，盡頭是條小街，街上的房子都很矮小，還能聽見不遠處大路上的車聲。她看了看手錶。一個女人正好從旁邊一棟房子裡走出來，露希叫住了她。

「對不起，請問這附近有公共電話嗎？」

「這條路的轉角有個郵局。」

露希道了謝，一直走到那個郵局兼商店的房子前面，旁邊就有個電話亭。露希進去撥了號碼找瑪波小姐，但聽筒中傳來一個女人粗聲粗氣的聲音。

「她正在休息！我不可以打擾她。她都這麼一大把年紀了，需要好好休息！我該怎麼稱呼您？」

「艾拉貝羅小姐。不用叫醒瑪波小姐了，請你轉告她，我已經到達目的地，目前一切順利。一有消息我就通知她。」

她掛了電話，走回鹿瑟福莊園。

05

「我偶爾會在獵場裡練高爾夫球，沒關係，沒關係吧？」露希問。

「哦，沒關係，當然沒關係。你喜歡打高爾夫球嗎？」

「我打得不太好，不過想持續練習下去。這種運動讓我心情愉快，比起只是散散步要有趣多了。」

「出了莊園，這裡就沒什麼地方可散步了！」桂康索先生又大吼大叫起來。「除了人行道，就是那些可惡的小火柴盒房屋，此外啥都沒有！他們對我的土地虎視眈眈，還想蓋更多的小火柴盒！除非我死了，否則都是作白日夢！但我現在還不想死呢，免得讓這幫人得逞！我可以明白告訴你，我不會讓任何人得逞的！」

艾瑪溫和地勸解著：「好了啦，父親。」

「我知道他們在想什麼，也知道他們在等什麼。他們都是一個樣。賽巨，還有那個像狐狸一樣狡猾的哈羅德，成天一副自命不凡的樣子！至於奧菲，他不想親手謀殺他老爸才怪呢！說不定聖誕節的時候就是他在搞鬼！那次我的病情突然起了很奇怪的變化，老昆珀傷透了腦筋，還小心地問了我一大堆問題。」

「父親，每個人都會偶爾有些消化不良的。」

「對啦，對啦，直截了當說我暴飲暴食不就得了！你不就是這個意思嗎？我為什麼會吃下那麼多呀？因為桌上的東西實在太多太多了！奢侈浪費啊！這倒提醒我了。你，年輕的女人，午餐時你送了五個馬鈴薯進來，每個都那麼大。一般人兩個馬鈴薯就綽綽有餘了！以後一餐不要超過四個，今天多出的那個只好浪費掉了。」

「不會浪費掉，桂康索先生。我打算今晚做個西班牙煎蛋捲，它就可以派上用場。」

「啊哈！」露希端著咖啡盤走出房間時，聽見老頭兒在說，「好個伶俐的女人，答起話來頭頭是道；不光是菜做得好，人也很漂亮。」

露希．艾拉貝羅很有先見之明，隨身只帶了根輕便的鐵頭高爾夫球棒。她拿著球棒翻過柵欄，進了獵場。

她先打了幾回球，大約五分鐘後，一記明顯的斜擊，球兒被擊到了鐵路路堤那邊。露希走過去開始找了起來。她回頭望望別墅，發覺距離已經非常遠了，而且沒人在注意她。於是她一直找下去，有時也從路堤往下面的草地上打。那天下午，露希搜尋了整段路堤的三分之一，但是一無所獲。她一路打著球回到別墅。

第二天她突然發現了新狀況：一叢長在路堤半腰的荊棘被壓斷了，斷枝散落在地上。露希檢查了那叢荊棘，注意到有根枝條上掛著一小片撕破的毛皮，是淺褐色的，和木頭的顏色差不多。她看了一會兒，從口袋裡掏出一把剪刀，小心翼翼地剪下一半，放進隨身帶著的信封裡，然後她又走下陡坡搜尋別的蛛絲馬跡。她仔細觀察著凹凸不平的草地，覺得草地上依稀有人走過的痕跡，但是非常模糊，沒有她自己的腳印清楚。這一定是一段時間以前留下的，而且模糊得讓她無法確定是不是自己在一廂情願地發揮想像。

她走到那叢折斷的荊棘下面，在路堤底部的草叢中尋覓著，這回終於沒有白費力氣。她找到一個廉價的琺瑯質小粉盒。她用手帕裹住放進口袋，接著搜尋下去，但之後就再也沒發現什麼。

次日，她駕車去探望生病的「姑媽」，艾瑪．桂康索和藹地對她說：「你不用急著回來，要到晚餐時間我們才需要你的幫忙。」

「謝謝您。我最晚六點鐘回來。」

麥迪遜路四號在一條普通的小街上，是一棟很不起眼的小房子，窗簾乾乾淨淨的，鑲著諾丁罕花邊。白色的台階非常光潔，連門把也擦得雪亮。一個表情嚴肅的高個子女人開了門，她一身黑衣，鐵灰色的頭髮盤成一個大髻，這女人帶著露希去見瑪波小姐時，一直用審視的目光打量著她。

瑪波小姐在後面的客廳裡，窗外是個方方正正、整整齊齊的小花園。房間裡相當清潔，擺了一套龐大的詹姆斯一世式的家具，還有許多小墊子和陶瓷飾品，花瓶裡插著兩枝蕨類植物。瑪波小姐坐在壁爐旁的一張大椅子裡，正忙著編織什麼東西。

露希走進去，關上門，坐到瑪波小姐對面的椅子上說：「嗯，看來您猜得還挺準的。」

隨後她報告了自己的發現，並且把細節描述了一番。

瑪波小姐的臉上泛起了薄薄的一層紅暈，她有點得意地說：「也許不該為這種事感到高興，不過自己的設想得到證實，總是很讓人開心。」

她指指那一小塊毛皮。

「艾思佩說那個女人正是穿一件淺色的毛皮大衣。我猜，那個粉盒原先是裝在大衣口袋裡的，屍體被扔下斜坡時掉了出來。雖然現在還看不出它的重要性，但日後總會有用。你沒把整塊毛皮拿下來吧？」

「沒有，我留了一半在荊棘上。」

瑪波小姐讚賞地點點頭。

「非常正確，我親愛的，你很聰明，警方一定希望實地勘察一下。」

「您準備把這些情況報告給警方嗎？」

「嗯，現在還不到時候……」瑪波小姐思考著。「我認為當務之急是要先找到屍體，你覺得呢？」

「是的，但您這個要求是不是太難了？我是說，就算您的猜測正確，凶手把屍體推出車外，接著在布拉漢頓下了火車，再找個時間過來（也許就是當天晚上）把屍體移走……但然後呢？他可以把屍體放到任何一個地方呀！」

「未必能放到任何一個地方，」瑪波小姐說，「你沒有順著邏輯推論，親愛的露希・艾拉貝羅。」

「您就叫我露希吧。為什麼不能呢？」

「如果是這樣，他只要找個人跡罕至的地方殺死那女孩，然後用車子把屍體運走就好了，你沒有考慮到……」

露希打斷她的話。

「您是說，您的意思是，這是一次有完整預謀的謀殺？」

瑪波小姐解釋道：「一開始我並沒有那麼想，當然誰也不會朝那方面想的。我原以為是兩人臨時起了一場爭執，男的喪失了自制力而掐死了那女孩，於是面臨一個不得不在幾分鐘內解決的問題，也就是如何把屍體處理掉。但若是如此，事情未免也太湊巧了，他一時衝動殺了那女孩，往窗外一看，發現火車正在轉彎，而那地方偏偏正好能扔屍體，而且晚一點還保證可以找回去把屍體搬走……如果他真的只是臨時把屍體扔在那兒，他就不會再採取什麼行動了，那麼屍體也早該被發現了。」

她稍稍停頓了一下，露希依然緊緊盯著她。

瑪波小姐一邊思索一邊說道：「你知道，我認為這是一起經過精心策畫的謀殺案。凶手的手段的確非常高明，火車是最容易隱蔽自己的地方，假如他在那女孩居住或逗留的地方殺死她，進進出出總會有人注意到；如果他用車子帶她到野外什麼地方，也難免會被人看見號碼和車型。但是火車來來往往，車上的乘客又都是素昧平生，他和她在一節沒有走廊的車廂裡單獨相處，可以很容易地下手，尤其是如果他很清楚自己下一步要做什麼的話。他一定對鹿瑟福莊園瞭若指掌，熟悉它那獨特的地理位置……自成一體，與世隔絕，就像一個被鐵路圍繞的孤島。」

「的確是這樣。」露希說，「它好像來自於過去，與這個時代格格不入，周圍緊張忙碌的都市生活對它沒有絲毫影響。除了商家早上來送貨之外，他們和外界就沒有什麼聯繫。」

「既然如此，我們就假設凶手那天晚上到過鹿瑟福莊園，屍體被扔下來時天色已經黑了，所以天亮前不會有人發現。」

「是啊，沒錯。」

「假設凶手來過……他是怎麼來的？駕駛汽車嗎？從哪條路？」

露希想了想回答道：「有一條崎嶇不平的小道沿著一座工廠的牆邊走，他可能會從那條路進來，然後在鐵路拱橋下轉彎，再駛上莊園後面那條車道，接著翻過柵欄，沿著路堤底部找到屍體，再搬回車上。」

瑪波小姐接了下去。「最後，他把屍體載到事先選擇好的地方。這一切都是早已計畫好的，你知道。就我想來，他不可能把屍體搬離鹿瑟福莊園，即使搬了也不會在太遠的地方。

最有可能是他把屍體埋在莊園什麼地方了。」她用詢問的眼光看著露希。

「我也覺得是這樣。」露希沉吟著說，「但這事說來容易做來難啊。」

瑪波小姐也深有同感。

「他不會把屍體埋在獵場，那樣不但費事，而且非常引人注目。有沒有什麼地方的泥土已經被翻過了？」

「菜園吧，或許。可是園丁住的小屋就在附近，雖說他又老又聾，但這還是挺冒險的。」

「那裡有狗嗎？」

「沒有。」

「那會不會在什麼小棚子裡或庫房裡呢？」

「那就比較簡單和省事……莊園裡有好多廢棄的舊建築，倒塌的豬圈啦、擱馬具的倉房啦，還有那些從來沒人接近的工房。他還有可能把屍體扔到山杜鵑花叢或灌木叢裡。」

瑪波小姐點頭。

「沒錯，我想這種可能性很大。」

門被敲了一下，芙倫絲一本正經地端著托盤走了進來，對瑪波小姐說：「客人來訪對您大有好處。我給您做了我最拿手的烤餅，您以前很喜歡吃的。」

瑪波稱讚道：「芙倫絲做的茶點最可口了。」

芙倫絲喜出望外，臉上笑開了，樂滋滋地走出了房間。

「親愛的，」瑪波小姐說，「我想我們喝茶的時候就別談那個謀殺案。這話題太讓人難受了！」

§

喝完茶後，露希站起身來。

「我也該回去了。就像我說的，目前住在鹿瑟福莊園裡的那些人都不像是我們要找的人。那兒只有一個老人、一個中年婦女和一個又老又聾的園丁。」

「我沒說他一定是住在那兒。」瑪波小姐說道，「我的意思是，他一定對鹿瑟福莊園非常熟悉。等你找到屍體後，我們就可以著手調查這個問題了。」

「您好像覺得我一定可以找到屍體。我可沒那麼樂觀。」

「我相信你一定能馬到成功，親愛的露希。你是個非常能幹的人。」

「在某些方面我還可以，但對於尋找屍體，我沒什麼經驗。」

「我相信，那只需要一點普通常識。」瑪波小姐鼓勵露希。

露希看著她哈哈大笑，瑪波小姐也對著露希微微地笑。

第二天下午，露希開始有條不紊地行動起來。她在那些庫房周圍上下東尋西找，先戳戳纏在豬圈上的石南根，然後查一查溫室後面的鍋爐房。就在此時，她聽見一聲乾咳，她一轉頭，便看見園丁老希爾曼正不以為然地盯著她，嘴裡還警告著：「小姐，您千萬要小心，別摔跤了，這些台階不太安全。您剛才還爬到庫房頂樓上，那兒的地板都壞了。」

露希非常沉著，沒有流露出一絲尷尬的神色，反而愉快地說：「您可能會覺得我多管閒事，但我正在想這地方能不能整頓一下，比如說種點蘑菇拿到集市上去賣什麼的。這花園好像根本就沒人在管似的。」

「都是主人的緣故，他連一個小錢也捨不得花。要是有兩個男工和一個小孩來幫忙，我一定能把這兒管得好好的，可是他聽不進去。我只能說動他買台電動割草機，他原先還指望我赤手空拳去修剪前面那片草地。」

「何不把這片地方整修整修，種些能賣錢的東西？」

「這種鬼地方能賺什麼錢，這想得太遠了。反正主人也不會考慮，他只知道節約再節約。他也清楚自己死後會怎麼樣……那些年輕先生們會忙不迭地把莊園賣掉，他們現在只是在等他死掉罷了。我聽說主人去世後，他們就能繼承一大筆錢。」

「我猜他一定非常有錢吧？」露希問。

「桂康索百貨就是他們的，是老主人……也就是桂康索先生的父親創辦的。人人都說他很精明，這棟房子就是他發財後建造的。還說他鐵石心腸，又愛記仇。不過除此之外，他為人十分大方，一點都不小氣。聽說老主人對兩個兒子都很失望，他讓他們受教育，送他們上牛津大學，把他們培養成上等人，但兩個孩子偏偏清高得不得了，都看不上做生意這一行。

小兒子娶了個演員，酒後開車出了車禍，結果一命嗚呼。老大呢，就是現在這個，又不怎麼討父親歡心。他去了國外很多地方，買了許多異教的雕像帶回家。年輕時他也不是一毛不拔，反而到了中年變得愈來愈小氣。他們一向處不來，他和他父親，我聽說的。」

露希興致適切地傾聽著，心中暗暗把這些情況記了下來。老頭子靠在牆上，還打算繼續他的長篇大論……他聊天的熱情比幹活要高得多了。

「老主人是在戰前去世的，他的脾氣很壞。誰也不能冒犯他，否則他就吹鬍子瞪眼。」

「他去世後，這位桂康索先生就回這兒住了嗎？」

「沒錯，他和他家人就住到這兒來。那時候孩子們都快長大成人。」

「可是……哦，我明白了，您指的是一九一四年的戰爭。」

「不是，他是在一九二八年去世。」

露希想，一九二八年之前倒也可以稱為「戰前」，不過她自己是不會那麼說的。

她對園丁說：「您一定想回去工作了，別讓我耽誤您的工作。」

老希爾曼無精打采地答道：「啊，都這時候了還能做什麼，光線太暗了。」

回去別墅的路上有赤楊叢和杜鵑花叢，露希覺得凶手可能會把屍體藏在裡面，就又停下來搜尋一番。

她進屋子時看見艾瑪．桂康索正站在門廳裡讀一封信，是下午那趟郵件送來的。

「我的侄子明天要和他學校裡的一個朋友來這兒。門廊上那個房間就給亞歷山大住，旁邊那間給詹姆斯·史托德維司。他們可以使用對面的浴室。」

「好的，桂康索小姐，我會把房間準備好。」

「他們明天上午午餐之前抵達。」艾瑪猶豫了一下，又說：「我想他們剛到的時候，一定會覺得很餓。」

「我想他們一定很餓。我做些烤牛肉，您覺得怎麼樣？要不就來些糖蜜水果餡餅？」

「亞歷山大最喜歡吃糖蜜水果餡餅。」

第二天早上，兩個男孩來了。他們的頭髮都梳得一絲不亂，都長著天使般純潔的臉孔，舉止文雅有禮。亞歷山大·伊特立金髮藍眼，史托德維司則是皮膚黝黑，戴著一副眼鏡。

午餐時，他們嚴肅地談論體育界的重要大事，偶爾話題也涉及最新的科幻小說，兩人一本正經的樣子儼然如老教授在討論舊石器時代的工具。和他們相比，露希自覺青春洋溢。

不一會兒，牛腰肉就風捲殘雲般地不見了，糖蜜水果餡餅也被吃個精光。桂康索先生對此頗有怨言。

「你們會把我們家吃垮的。」

亞歷山大的藍眼睛責怪地瞥了他一眼。

「外公，如果您沒錢供我們吃肉，我們也可以只吃麵包和起司。」

「沒錢供你們吃肉？我供得起！我只是不喜歡浪費罷了。」

「我們什麼也沒浪費呀，先生。」

史托德維司低頭看看面前的空盤子，這個證明再清楚不過了。

「你們兩個小傢伙吃下的東西是我的兩倍。」

「我們現在正處於發育階段，需要吸收大量蛋白質。」亞歷山大解釋著。

老先生還在那兒咕噥著。

兩個男孩離席時，露希聽見亞歷山大抱歉地對他朋友說：「你千萬別在意我外公說的話，他大概正在節食，所以才這麼怪裡怪，而且還吝嗇得出奇。我想他的心理一定有點問題。」

史托德維司善解人意地回答：「我有個姨媽老是以為自己快破產了，其實她的錢可多著呢。醫生說這是因疾病引起的。你拿了足球沒，亞歷山大？」

飯後露希洗好餐具，收拾妥當，便走了出去，遠遠聽見兩個男孩在草地那邊大呼小叫。她往相反的方向走去，下了前面的車道，從那兒穿過山杜鵑花叢，還不時地撥開葉子看看，仔仔細細搜尋著。她有條不紊地從這叢檢查到那叢，拿著球棒往裡戳，突然間亞歷山大・伊特立彬彬有禮的聲音響了起來，把她嚇了一跳。

「您在找什麼，艾拉貝羅小姐？」

「找一個高爾夫球，」露希迅速答道，「實際上得找好幾個。我經常在下午練習打高爾夫球，所以丟了不少球。我想今天一定得找回幾個。」

「我們來幫你找。」亞歷山大一副責無旁貸的樣子。

「太謝謝你們了，我還以為你們在踢足球呢。」

史托德維司解釋說：「也不能踢太久，天氣太熱了。你經常打高爾夫球嗎？」

「我很喜歡打高爾夫，但打的機會不多。」

「我想也是。這兒是你掌廚，是嗎？」

「是的。」

「今天的午餐是你做的嗎？」

「是啊，味道好嗎？」

「簡直太棒了！」亞歷山大說，「我們學校的肉做得糟透了，吃起來總是乾巴巴的。我喜歡顏色粉紅的牛肉，咬起來有汁的那種。糖蜜水果餡餅也非常好吃。」

「告訴我你們最喜歡吃什麼？」

「哪天我們可以吃蘋果蛋白甜餅嗎？我最喜歡那個了。」

「當然可以。」

亞歷山大快活地嘆了口氣，說：「樓梯下面有一套鐘形高爾夫球[4]球具，我們可以把它放到草地上玩，怎麼樣，史托德？」

「好啊！」史托德維司熱列地回應。

4 一種高爾夫球的比賽方式，在果嶺中心挖一個洞，周圍放十二個球座，按順序從球座擊球入穴。

「他不是澳大利亞人，只是在練習那種說法而已，這樣明年他家人帶他去看國際板球錦標賽時，就有用武之地了。」亞歷山大很周到地解釋。

在露希的大力鼓勵之下，他們跑去拿那套鐘形高爾夫球球具。等她回到別墅時，發現他們已經把球具搬到外面的草地上，正在爭論號碼牌的位置。

「我們不想把它擺成鐘形，」史托德維司說，「那是小孩子的玩法。我們想擺成一個有長洞和短洞的球道。可惜號碼牌鏽得這麼厲害，都看不太清楚了。」

露希說：「得用白漆好好刷刷，明天你們可以拿點漆刷一下。」

「好主意。」亞歷山大臉色亮了起來。「我想長倉裡有幾罐舊油漆，是以前的油漆匠留下的。我們去看看怎麼樣？」

「『長倉』是什麼？」露希問。

亞歷山大指指別墅不遠處靠近後面車道的一棟長形石屋。

「那屋子的年代很久了，外祖父稱它為『漏倉』，還說是伊莉莎白一世時代蓋的，那簡直是吹牛！這兒原先是座農場，那屋子在那時就有了，後來被我曾祖父拆了，重新建蓋那棟難看得要死的房子。」他又補充道：「裡面有很多祖父的收藏品，都是他年輕時從國外帶回家的，大部分都恐怖得要命。有時候也在裡面舉辦惠斯特牌[5]比賽什麼的，都是婦女協會辦的，有時候還舉行藝品拍賣會。來，我們去看看。」

露希非常樂意地跟著他們去了。

那倉房有一扇裝著飾釘的橡木大門，在掩映著長青藤的大門右上角有根釘子。亞歷山大從那上面解下一把鑰匙，在鎖孔裡轉了幾下，推開了門。三人走了進去。

露希的第一印象是，自己正置身於一個慘不忍睹的展覽館之中。屋裡有兩個大理石羅馬皇帝頭像，兩眼暴突，正對著她怒目而視；有一具希臘羅馬藝術衰落時期的巨大石棺，還有一個立在基座上傻笑的維納斯[6]，正一隻手抓著下墜的衣裙。除了這些藝術品，還有兩張摺疊桌、幾把堆在一起的椅子，以及各式各樣的零星物品，比如一台生鏽的手動割草機、兩個桶子、一對蟲蛀的汽車椅墊、一把漆成綠色的鐵質花園椅，還斷了一條腿。

「我記得就是在這裡看到油漆。」

亞歷山大也不敢十分確定，他走到牆角邊，把遮在那兒的破簾子拉開。他們找到了兩個油漆罐和幾支油漆刷，刷子已經變得又直又硬。

「你們需要弄點松節油來。」露希說。

但他們沒找到松節油。小夥子們自告奮勇騎車去找，露希也極力慫恿。她想，給高爾夫球號碼牌刷油漆，大概會讓他們樂上一陣子吧。

露希喃喃自語著：「這地方真該好好打掃一下。」

5　惠斯特牌（whist drive），類似橋牌的一種紙牌遊戲。

6　維納斯（Venus），羅馬神話裡的愛神與美神。

「要是我的話就不會自找麻煩。」亞歷山大勸說道，「如果真要使用，自然會有人來打掃乾淨，但這個時候它壓根派不上用場。」

「最後要把鑰匙掛回門外去嗎？它原來就放在那裡嗎？」

「是的。你也看到了，這裡真的沒什麼好拿。誰會要這些難看的石頭，而且足足有一噸重呢。」

露希也有同感，她實在不敢恭維桂康索老先生的藝術品味。對於收藏各時期最拙劣的藝術品，他似乎具有精準的眼光。

男孩子們離開了，把露希留在倉房裡。她環顧四周，目光落到那具石棺上，久久停留在那兒……

石棺……

倉房裡的空氣有股霉味，似乎好久沒通風了。她走到石棺邊，只見上面有個沉重的蓋子，蓋得緊緊實實。露希一邊查看一邊思索。

然後她離開倉房到廚房去，找了一根重重的撬棍回來。這個工作可不容易，但露希仍然頑強地撬弄著。

在撬棍的作用下，棺蓋開始慢慢地舉了上來。露希可以看見裡面的東西了……

／06

幾分鐘後，露希臉色死白地從倉房走出來，鎖了門，把鑰匙掛回到釘子上。她飛快地衝到馬廄取車，沿著後面的車道開出去，在路盡頭的郵局前停了下來，然後走進電話亭，投幣，撥號。

「我想跟瑪波小姐說話。」

「小姐，她正在休息。您是艾拉貝羅小姐，是嗎？」

「是的。」

「我不能打擾她，這事不能通融。老太太上了年紀，需要多休息。」

「你必須麻煩她來接一下，情況非常緊急。」

「我不……」

「請你馬上照我說的去做。」

露希一旦下了決心，聲音就變得像鋼鐵般堅定。芙倫絲聽出了命令的意味。

沒過多久，瑪波小姐的聲音響了起來。「喂，露希？」

露希深吸一口氣，說：「您的猜測非常正確，我已經找到它了。」

「是一具女屍？」

「是的，一個穿著毛皮大衣的女人。別墅附近有棟兼作倉房和展覽館的房子，裡面有具石棺，屍體就在那裡面。您覺得我該怎麼辦呢？我認為應該去報警。」

「對，應該去報警，趕快去！」

「但那些和您有關的事情該怎麼說呢？他們想先知道的是，一定是我為什麼要無緣無故去撬開一個厚重的棺蓋。你要我編個理由嗎？這個我倒是沒問題。」

「不，你知道，我認為現在最重要的就是把事實陳述給他們聽。」瑪波小姐的聲音溫和中不乏嚴肅。

「和您有關的事也說嗎？」

「每件事情都得說。」

露希蒼白的臉上綻開了笑容。

「這對我倒是很簡單，只怕他們很難相信！」

說著她掛斷了電話，過了一會兒又接通警察局。

「我在鹿瑟福莊園那棟長倉的石棺裡發現一具屍體。」

的名字。

「什麼？」

露希又重複了一遍。她判斷，下一個問題他們就會問她姓啥名誰了，所以先報上了自己的名字。

隨後她駕車回去，放好車子走進別墅。她在門廳裡思前想後了一會兒，便果斷地一點頭，走進了書房。桂康索小姐正在幫父親填著《泰晤士報》上的字謎遊戲。

「我能跟您說幾句話嗎，桂康索小姐？」

艾瑪的臉上掠過一絲陰影，然後憂心忡忡地抬起頭，露希知道她在為家務擔心，幫傭的人這樣說話，通常是表示要辭職不幹了。

桂康索老先生急躁地催促著：「說啊，女孩，說啊。」

露希對艾瑪說：「我想單獨和您談談。」

「放肆！」桂康索先生說，「你有什麼話在這兒講就好了。」

「你稍等一會兒，父親。」艾瑪起身向門邊走去。

老先生火冒三丈說：「真是放肆！你的話可以等一會再說！」

「恐怕不能等了。」露希答道。

「一點禮貌都沒有！」桂康索先生說。

艾瑪走出房間，進了門廳，露希緊跟在後，隨手把門帶上。

「嗯，」艾瑪問，「有什麼事嗎？如果你覺得兩個男孩住在這兒增加你的工作，我可以幫你分擔，而且……」

「不是那回事。我之所以不想當著您父親的面說，是因為我知道他是個病人，只怕把他嚇著了。您不知道，剛才我在長倉的石棺裡發現一個被謀殺的女人。」

艾瑪．桂康索愕然地盯著她。

「在石棺裡？被謀殺的女人？這不可能啊！」

「很遺憾，千真萬確。我已經給警察局打過電話，他們隨時會來。」

艾瑪的臉微微紅了起來。

「你通報警方之前應該先告訴我。」

「真對不起。」露希道歉。

「我沒聽見你打電話呀……」艾瑪瞥了一眼門廳桌子上的電話。

「我在下面馬路上的郵局打的。」

「奇怪，你為什麼不在這裡打電話？」

露希的腦筋飛快地一轉。

「如果在這裡打，我怕那兩個男孩會在附近，會聽見……」

「我明白，是啊……我明白……他們就要來了？我是說警察局的人？」

「他們已經來了。」露希說。

話音剛落，一輛車子「嘎」的一聲在前門停了下來，門鈴聲在屋子裡迴盪著。

§

「很抱歉必須要求您這麼做，真是萬分抱歉。」培肯警官說。

他攙著艾瑪的手臂，領她出了倉房。艾瑪臉色蒼白，一臉的病容，但依然步伐堅定地往前走著。

「我可以確定從來沒有見過這個女人。」

「非常感謝你，桂康索小姐。我想了解的就是這一點。您要躺一躺嗎？」

「我必須去看看我父親。我一聽說這件事就打電話給昆珀醫生，他現在正和我父親在一起。」

他們穿過門廳的時候，昆珀醫生正好從書房裡出來。他高高的個子，態度和藹，有點玩世不恭的瀟灑，他的病人都覺得他很有意思。

他和警官互相點頭致意，培肯誇讚道：「桂康索小姐非常勇敢地完成一項艱難任務。」

「做得好，艾瑪。」醫生拍拍她的肩膀。「我一向知道你很有擔當。你父親沒什麼事，進去和他聊聊天，然後去飯廳喝杯白蘭地，那是我給你開的處方。」

艾瑪對他感激地一笑，走進了書房。

醫生注視著她的背影說：「她是個完美無瑕的女人，可惜到現在還沒結婚。家裡全是男人，只有她一個女性，真是活受罪啊。我記得她還有個妹妹，十七歲就嫁人了，所以落得一身輕。艾瑪其實長得挺漂亮，結了婚一定是個賢妻良母。」

「大概是她對父親感情太深了。」培肯警官說。

「她對父親的感情其實還沒深到那種程度，但她像某些女人一樣，具備了一種天性，努力要使家裡的男人們感到快樂。她知道她父親喜歡當病人，就由著他當病人，對兄弟們也是如此。所以賽巨老覺得自己是個出色的畫家。還有那個叫什麼來著……哈羅德？他以為艾瑪多依賴他英明的判斷。而每次聽奧菲吹噓自己做生意如何耍手段時，她總是替他捏把冷汗。嗯，是的，她是個聰明的女人，一點都不笨。哦，您想讓我幫什麼忙呢？讓我看看強斯頓檢查完的那具屍體嗎？」強斯頓是名法醫。「看我是不是又開錯藥害死人了？」

「我是想請您去看看，醫生。我們想確認一下她的身分。總不可能讓桂康索老先生去辨認吧？這恐怕會對他造成太大的壓力。」

「造成壓力？胡說八道！你要是不讓他看看，他永遠不會原諒我們的！他已經迫不及待了！這可能是十五年來讓他最為興奮的事咧，而且看看又沒什麼損失！」

「這麼說，他其實沒什麼大病了？」

「他今年七十二歲，除此之外沒什麼大毛病。真的，年齡就是他的問題。他患了一種奇怪的風溼痛……誰沒有呢？但他偏偏稱之為關節炎。他飯後可能有點心悸，就一口咬定是心臟病。其實他想幹什麼就能幹什麼！這種病人我見得多了！反而是那些真正有病的人才拚命說自己身體健康。走吧，一起去看看你們那具屍體。一定很淒慘吧，我猜？」

「強斯頓判斷她是在兩週到三週之前死的。」

「那就是很淒慘了。」

醫生站在石棺旁往下看，滿臉好奇之情，而且仍秉持一貫的職業修養，未曾被他稱之為「很淒慘」的東西所影響。

「我沒見過她，不是我的病人。我也不記得在布拉漢頓一帶見過她。她生前一定很漂亮……嗯，一定有人拜倒在她的石榴裙下。」

他們重新走到屋外，昆珀醫生望了望長倉。

「是在那個，他們叫它什麼……『長倉』的石棺裡發現的！真是匪夷所思！誰發現的？」

「露希・艾拉貝羅小姐。」

「哦，最近來幫忙的那位小姐？她沒事去翻石棺幹什麼？」

「我去帶他過來。」

培肯警官板著臉說：「我正想問問她這個問題。說到桂康索先生，您可不可以……」

桂康索先生裹著大圍巾，步履輕捷地走過來，醫生陪在他身邊。

「可恥啊！真是有辱家聲！我從佛羅倫斯把這口石棺帶回來，那是在……讓我想想……應該是在一九〇八年。還是一九〇九？」

「您得鎮定一下。」醫生告誡他。「您要知道，這事可不好受。」

「不管我病得再重，我也得盡到自己的責任啊，是不是？」

桂康索先生只在長倉待了一小會兒，不過這已夠他受了。他以令人驚嘆的速度飛也似的衝到門外。

「我這輩子從沒見過她！這是怎麼回事？無恥至極！不是從佛羅倫斯帶回來的……我現在想起來了，是從那不勒斯。那是個非常傑出的藝術品啊！這蠢女人居然跑到裡面被人謀殺了！」他扯著大衣左邊的褶子。「我受不了……我的心臟……艾瑪在哪兒？醫生……」

昆珀醫生挽住他的手臂安慰道：「您不會有事的。我給您開點興奮劑，白蘭地。」

他們一起往別墅走去。

「先生！先生！」

培肯警官回頭一看，兩個男孩上氣不接下氣地騎著自行車來了，一臉的渴望和祈求。

「先生，請問我們能看看屍體嗎？」

「不行。」培肯警官一口拒絕。

「哦，先生，求求您，先生。您知道，或許我們能認出她是誰呢。哦，求求您，先生，您乾脆點，這不公平嘛。這裡發生一件謀殺案，就在我們的長倉裡，這種機會以後可能再也碰不上了，您乾脆點嘛。」

「你們是什麼人？」

「我是亞歷山大．伊特立，這是我朋友詹姆斯．史托德維司。」

「你們在附近看過一個白膚金髮、穿著淺褐色松鼠皮大衣的女人嗎？」

「嗯，我記不太清楚了。但如果讓我看一眼……」亞歷山大回答得很聰明。

「帶他們進去吧，桑德斯。」培肯警官對站在倉房門邊的警察說，「人只能年輕一次呀。」

兩個男孩高興得大叫起來：「哦，先生，謝謝您，先生。您真是太好了，先生。」

培肯轉身向別墅走去。

「現在，」他陰鬱地對自己說道，「該去找露希．艾拉貝羅小姐了！」

§

剛才露希領著警察來到長倉，簡明扼要地說完來龍去脈後便退到後院，不過她可沒指望警察會就此罷休。

露希剛剛準備好晚上用的馬鈴薯片，就有人傳話說培肯警官想要見她。她把泡著薯片的一大碗冷鹽水放到一邊，跟著警察來到警官等候她的地方，鎮靜地坐下來等他發問。

她報上自己的姓名和在倫敦的地址後，又主動地加了一句：「如果您想全面了解我的情況，我可以給您一些人的姓名和住址以便查詢。」

那些人都相當有地位：一位是五星海軍上將，一位是牛津大學某學院院長，還有一位勳爵夫人。培肯警官不由對她產生了深刻的印象。

「好，艾拉貝羅小姐，您為了找油漆進了『長倉』……是這個名字沒錯吧？您找到油漆之後，又拿了根撬棍撬開石棺，從而發現了屍體。您想在石棺裡找什麼呢？」

「我想找一具屍體。」露希說。

「您想找一具屍體……然後就讓您找到了！您不覺得這種故事太離奇了嗎？」

「哦，是啊，是很離奇，請允許我解釋一下。」

「我的確認為你最好解釋一下。」

露希把這個驚人的發現依前因後果原原本本說了一遍。

警官語露不悅地把露希的話簡結之：「一個老太太雇用你來這兒找份工作，以便在這棟屋子和它的院子裡搜尋一具屍體？是這樣的嗎？」

「是的。」

「這位老太太是誰？」

「珍．瑪波小姐，她現在住在麥迪遜路四號。」

「您希望我相信這個故事嗎？」

警官一一記了下來。

露希溫和地回答：「等您和瑪波小姐見了面，得到她的確認之後，也許您會相信。」

「我會馬上去和她見面，她一定是神經錯亂了。」

露希本來想回說，事情被她料中了，怎麼能說人家神經有問題，不過她還是忍住了，問道：「您打算怎麼跟桂康索小姐說呢？我是指和我有關的事情。」

「為什麼這麼問？」

「噢，就瑪波小姐來說，我已經完成任務，找到了她要找的屍體。但我仍然受雇於桂康索小姐，再說那裡還有兩個老餓著肚皮的男孩呢；而這件不愉快的事情發生之後，家裡其他人也會陸續到來，她會需要有人幫她分擔家務。如果您告訴她我做這份工作只是為了尋找屍體，她很可能把我趕走；但您如果不說的話，我還能繼續做下去，給她幫點忙。」

警官狠狠地盯了她一眼，說：「目前我不會對任何人透露任何消息，我還沒有查證你的陳述是否屬實。這一切可能都是你編造出來的。」

露希站起身來。

「謝謝你，那麼我可以回廚房繼續工作了。」

／07

「你是不是在想，我們最好請蘇格蘭警場的人來協助辦理此案，培肯？」

警察局長用詢問的目光看著培肯警官。這位警官是個遲鈍的大塊頭，臉上總帶著一副對人類極端厭惡的神情。

「那女人不是本地人，局長。」他說，「從她的內衣來看，有理由相信她可能是個外國人。當然，」培肯警官趕快補充了一句：「驗屍審訊還未舉行之前，我暫時不會把消息洩漏出去。」

警察局長點點頭。

「我想審訊純粹是個形式吧？」

「是的，長官。我已經見過驗屍官了。」

「驗屍安排在什麼時候？」

「明天。我聽說桂康索家的其他成員也會來，那可是個大好機會，說不定他們有誰能認出她來。他們明天都會來。」

他把捏在手裡的名單查看了一下。

「哈羅德．桂康索，他在倫敦老城區也算得上是一號人物，聽說還是個重要人物。奧菲，不太清楚他在從事什麼職業。賽巨，就是住在國外的那個，是畫畫的。」

警官吐出「畫畫的」這個字眼時，極盡邪惡的語氣。警察局長咧嘴一笑，問道：「還沒有任何證據顯示桂康索家族與這起謀殺案有牽連吧？」

「除了屍體是在那裡發現的之外。」培肯警官回答，「當然，那位玩藝術的傢伙有可能認出那女人。不過讓我想不通的是關於搭火車那些亂七八糟的敘述。」

「啊，是啊，你已經見過那位老太太了，那位，呃……」他看了看桌上放的備忘錄。「瑪波小姐。」

「是的，長官，她的態度非常堅決、肯定。我不知道她是否神經有問題，反正她一口咬定自己朋友的所見所聞都是千真萬確。但照此來看，我敢說這些事都是虛構的。老太太們有時很愛編造故事，說什麼花園裡有飛碟啊，圖書館裡有俄國間諜啊。但事實上，她的確雇用了這個年輕女人……就是那位臨時家管，要她去找具屍體，而那女孩也確實去找了。」

「而且還真找到了，」警察局長說，「唉，這故事真是不可思議。瑪波，瑪波小姐，這名字聽起來有點耳熟。不管怎樣，我會和蘇格蘭警場聯繫。我想你的推斷是正確的，這不是一起本地的案子……不過我們現在還不能把這件事情公布出去，暫時要對新聞界守口如瓶。」

§

驗屍審訊純粹是個形式。沒人來認領那具女屍。露希以屍體的發現者身分被傳喚到場作證，法醫也證實了那女子的死因是被人掐住脖子窒息而死。最後裁決延後再審。

桂康索一家人走出驗屍審訊的門廳時，外面天氣陰冷，狂風大作。一共有五個人被傳訊：艾瑪、賽巨、哈羅德、奧菲和布萊恩．伊特立，他是已經去世的伊迪絲的丈夫。還有溫伯恩先生，處理桂康索家法律事務的那家律師事務所的董事，他不辭辛苦地從倫敦專程趕來。他們哆哆嗦嗦地在人行道上站了一會兒，周圍聚集了一大堆人，有關「石棺女屍」種種具刺激性的細節，已經被倫敦和當地的報界炒得沸沸揚揚。

四周響起一片竊竊私語：「就是他們……」

艾瑪大聲說：「我們離開這兒吧。」

一輛租來的大型戴姆勒轎車駛到了路邊，艾瑪鑽進車裡，打個手勢招呼露希。溫伯恩先生、賽巨、哈羅德也跟在後面進了車子。布萊恩．伊特立說：「我可以讓奧菲坐我的小車子。」

司機關上車門，戴姆勒即將啟動。

「哦！等等！」艾瑪叫起來。「那兩個孩子來了！」

先前他們沒理會兩個男孩的苦苦哀求，把他們留在鹿瑟福莊園，但現在這兩個小鬼竟出現了，咧著嘴笑得很開心。

「我們騎自行車來的。」史托德維司說，「那位警察先生非常和氣，放我們從後面進去，希望您不會介意，桂康索小姐。」他禮貌地加了一句。

「她不會介意的。」賽巨代他的妹妹回答，「年輕只有一次。我猜這是你第一次參加審訊，是嗎？」

亞歷山大答道：「真是太令人失望了，只是草草收場了事。」

「我們不能停在這兒聊天，旁邊有一大群人呢，他們都帶著相機。」哈羅德焦急地催促著。

他打了個手勢，司機遵命把車子開出路邊，兩個男孩子快樂地揮著手。

「草草收場！」賽巨說，「只有他們才會那麼想，少不更事的孩子！這還只是開始呢。」

「這一切真是太不幸，太不幸了！」哈羅德說，「我猜……」

他看了看溫伯恩先生，溫伯恩先生把薄薄的嘴唇抿得緊緊的，厭煩地搖著頭。

「我希望整件事情能夠很快地水落石出，有個令人滿意的結果。警方破案是很有效率的。不過正如哈羅德所說，這一切實在太不幸了。」

他一邊說一邊看著露希，眼神中明顯流露出責備之色，彷彿在說：「如果不是因為你這個年輕女人多管閒事，那就什麼事都不會發生了。」

這種想法，或者說是一種類似的想法，被哈羅德．桂康索講出來了。

「順便問一下，呃……呃，艾拉貝羅小姐，你為什麼想要查看石棺呢？」

露希早就在想，何時這些家庭成員才會想到這上面去。她早就知道警方會先問這個，但奇怪的是，其他人直到現在才想到要追究這個問題。

賽巨、艾瑪、哈羅德和溫伯恩先生都目不轉睛地盯著她。

她的回答關係重大，她自然已經準備好一段時間了。

「說真的，」她遲疑地答道，「我也不太清楚……只是覺得那個地方需要來一次大掃除，徹底整理一下；而且那兒有……」她猶豫了一下。「一股很古怪、很難聞的氣味……」

她料想得非常準確，每個人一想到那令人作嘔的氣味，都魂不守舍起來。

溫伯恩先生低語著：「是的，是的，當然……法醫說大概有三星期了……你們知道，我認為我們都應該努力一下，別老是去想這件事情。」他對臉色蒼白的艾瑪鼓勵地一笑。「記住，這個可憐的年輕女人和我們沒有任何關係。」

「啊，這你也無法打包票吧，是不是？」賽巨問。

露希．艾拉貝羅頗感興趣地看了他一眼，這截然不同的三兄弟早就引起她的好奇心。賽巨身材壯碩，有一張飽經風霜的粗獷臉龐，褐色的頭髮亂蓬蓬的，態度親切而愉快。他到機場時連鬍子也沒刮。後來雖然為了參加審訊特地刮了臉，卻還是穿著剛來時的那套衣服，看來這是他唯一的衣服了……灰色法蘭絨長褲，鬆垮破舊的夾克，滿是補丁。他似乎頗善遊戲人生，並且以此為榮。

他的弟弟哈羅德則正好相反，全然都會人士和大公司董事的形象。他的個頭很高，體態勻稱挺拔，頭髮是褐色的，額角微微有些禿了，還留著一叢小黑髫。他的衣著也無可挑剔，剪裁合身的褐色外套，珍珠灰的領結。哈羅德的外表非常符合他的身分……一個精明成功的商人。

他冷冷地說：「賽巨，你這是哪壺不開提哪壺。」

「你不覺得嗎？她就死在我們家的倉房裡呀。她去那裡幹什麼？」

溫伯恩先生咳嗽一聲，說道：「也許有人，呃，去那裡幽會。我聽說本地人都知道那裡的鑰匙就掛在門外的釘子上。」

從他的語調可以聽出，他對這種粗心的管理方式極為不滿。艾瑪不無歉意地說：「這是戰時給空襲保防員預備的，那兒有個小酒精爐，他們可以自己煮熱可可喝，後來因為裡面實在也沒什麼好拿，我們就把鑰匙掛在門口，這也是為了讓婦女協會的人方便。如果我們把鑰匙放在屋裡，她們用起來可能很麻煩。有時她們想要布置一下，卻找不到人給她們鑰匙。我們只有每天打雜的女工，沒有住在家裡的傭人……」

她的聲音飄忽不定，只是興味索然地做著機械式而冗長的解釋，彷彿思緒正停留在別的地方。

賽巨飛快地瞟了她一眼，感到十分困惑。

「你好像很煩惱啊，妹妹？到底怎麼回事？」

哈羅德惱怒地開了口：「真是的，賽巨，這還要問嗎？」

「沒錯，我就是要問。就算一個素昧平生的年輕女人在鹿瑟福莊園的倉房裡被人殺死了……聽起來倒很像維多利亞時代的通俗鬧劇；就算艾瑪那時候受了驚嚇……艾瑪一直是個很明智的女孩，但也沒理由煩惱到現在啊。可惡！你總得適應現況嘛。」

「人家可不像你那樣，對凶殺案司空見慣的。她們需要用更長的時間去適應。」哈羅德語含譏諷。「我敢說在馬略卡島，發生凶殺案是無足輕重……」

「伊比薩島，不是馬略卡島。[7]」

「反正沒差。」

「根本不一樣！那是完全不同的兩個島。」

哈羅德繼續數落著：「我的意思是，你住在容易衝動的拉丁人之中，凶殺案對你來說是家常便飯。但在英國，我們會把這種事情看得很嚴重。」他愈說愈惱火，又加了一句：「說句老實話，賽巨，你就穿著這樣的衣服參加公開的審訊……」

「我的衣服有什麼不對嗎？我穿起來很舒服呀。」

「看來很不得體。」

「不管怎樣，我就帶了這麼一套衣服來，我趕不及收拾行李就匆匆回家和你們同甘共苦。我是個畫家，畫家就喜歡穿得舒舒服服。」

「這麼說，你還想畫畫囉？」

「聽好了，哈羅德，當你說『還想畫畫』……」

溫伯恩先生很威嚴地清清嗓子，不滿地說：「這種討論毫無益處。我親愛的艾瑪，希望你能告訴我，回城之前我還能為你做點什麼。」

他的責備產生了效果，艾瑪．桂康索趕快回答：「您能來這兒我已經感激不盡了。」

「別客氣，本來就應該有人代表你們的利益來參加審訊，關心它的發展。我已經安排好在別墅裡和警官談談。儘管整件案子很讓人頭疼，但我堅信案情很快就會水落石出。我看這案子沒什麼奇怪的地方。艾瑪剛才跟我們說過，本地人都知道長倉的鑰匙就掛在門外面。看來這地方有可能被本地人作為冬天幽會的場所。不用說，一定是某對情侶起了爭吵，那位年輕男子一時失去理智釀成大禍。他被自己做的事情嚇壞了，突然他看見了石棺，便想到這是一個藏屍的絕妙處所。」

露希心中暗想，是的，這個解釋聽起來很合情理，大家都會那麼想。

賽巨說：「你說是這裡的人？但本地並沒有人認出那女孩啊。」

7　伊比薩島（Ibiza）和馬略卡島（Majorca）皆位於地中海，隸屬西班牙，都是觀光勝地。

「時間還早嘛。不久後，我們一定會得知她的身分。也有可能那個男子是本地居民，而這個女孩是從外地……也許就是從布拉漢頓或別的地區來的。布拉漢頓可是個大地方，過去二十年裡擴大了很多。」

「如果我是個女孩，準備和我的情人相會，而他卻將我帶到一個前不著村後不著店、還凍得要死的老倉房，那我可受不了！」賽巨反駁道，「我會在電影院裡和他舒舒服服地擁抱在一起。你說是不是，艾拉貝羅小姐？」

「我們有必要討論這些問題嗎？」哈羅德悲哀地問道。

話剛說完，汽車便在鹿瑟福莊園前門外停了下來，於是他們都下了車。

╱08

溫伯恩先生走進書房，一雙精明的老眼閃爍不已，而且越過已經見過面的培肯警官，落到他身後那位一頭金髮、相貌英俊的男子身上。

培肯警官做了介紹。

「這是蘇格蘭警場來的蓋達克警探。」

「蘇格蘭警場？嗯。」溫伯恩先生揚揚眉毛。

戴蒙．蓋達克態度親切，輕輕鬆鬆地切入正題。

「我們奉命來調查這個案子，溫伯恩先生。因為您代表桂康索家族，所以我覺得有必要告訴您一些私人機密。」

沒人能像蓋達克警官那樣，明明只是對別人披露了一小部分實情，卻又說得像是全盤托出。

「我相信培肯警官也會同意的。」他瞟了瞟自己的同事，又加了一句。

培肯警官十分嚴肅地附和，完全看不出這是事先安排好的。

「事情是這樣的，」蓋達克說，「從我們已經掌握的情況來看，有理由相信這個死去的女子不是這一帶的居民。她來自倫敦，最近剛從國外回來，大概……我們也不敢十分確定……是從法國來的。」

溫伯恩先生又揚揚眉毛，問：「是嗎？真是這樣嗎？」

「因為出現了這種情況，」培肯警官解釋道，「所以警察局長覺得由蘇格蘭警場出面調查更為合適。」

溫伯恩先生說：「我只希望案子能夠早日真相大白。您必定也能理解，這種事情給他們一家人帶來極大的不安。雖然沒有任何人被牽扯進去，但他們……」

他躊躇了一下，蓋達克警官飛快地接過話來：「在自己的土地上發現一個女子被人謀殺，確實是一件不太愉快的事。我完全同意您的看法。現在我想和這家族的各位成員簡單地聊聊……」

「我不懂……」

「他們能告訴我什麼？也許沒什麼幫助，但是這誰也無法預料。我敢說，從您這兒就能打聽到我所需要的大部分資料，就是有關這棟房子和這一家人的事。」

「但這和那個從外國來、在這兒被謀殺的年輕女人有什麼關係？」

「嗯，那正是關鍵所在。」蓋達克說，「她為什麼來這兒？和這家人有過什麼關係嗎？比方說，她過去會不會是這裡的傭人呢？也許是某位夫人的女傭。或者，她來這裡是想和以前住在鹿瑟福莊園的人見面？」

溫伯恩先生冷冷地說，自從喬賽亞・桂康索一八八四年建造鹿瑟福莊園以來，就一直只有桂康索家族的人住在裡面。

「這樣就有意思了。」蓋達克說，「您願意簡要地講講這家族的歷史嗎？」

溫伯恩先生聳聳肩。

「沒有什麼好講的。喬賽亞・桂康索是個商人，生產糖果、健康餅乾、調味料、醃黃瓜等。他發了大財，蓋了這棟房子。盧瑟・桂康索，他的大兒子，現在住在這兒。」

「他還有別的兒子嗎？」

「還有一個兒子亨利，一九一一年在車禍中喪生。」

「現在這位桂康索先生沒想過要賣掉房子嗎？」

「他不能這樣做……」律師乾巴巴地答道，「根據他父親遺囑裡的條件。」

「您能把遺囑的內容告訴我嗎？」

「我為什麼要告訴你？」

蓋達克警官笑了笑。

「因為如果我想知道的話，也可以在遺囑委託處查到。」

溫伯恩先生無可奈何地擠出了一絲笑容。

「您說得沒錯，警官。我只不過是抗議一下，因為你想要的資料與這件案子毫無關係。至於喬賽亞·桂康索的遺囑，也沒什麼祕密可言。他留下一筆相當可觀的財產，委託銀行保管，兒子盧瑟可以終生享用銀行所付給的利息。盧瑟死後，這筆錢則由愛德蒙、賽巨、哈羅德、奧菲、艾瑪和伊迪絲平分。愛德蒙在戰爭中陣亡，伊迪絲也在四年前去世，所以盧瑟·桂康索過世後，這筆財產就由賽巨、哈羅德、奧菲、艾瑪和伊迪絲的兒子亞歷山大·伊特立平分。」

「這房子呢？」

「歸盧瑟·桂康索在世時最長的兒子或他的子孫所有。」

「愛德蒙·桂康索結婚了嗎？」

「沒有。」

「所以這房子實際上將歸給……」

「歸給第二個兒子，賽巨。」

「盧瑟·桂康索先生自己無權處理嗎？」

「是的。」

「他對財產也沒有控制權？」

「是的。」

「那豈不是很奇怪？我猜，」蓋達克警官非常精明。「他的父親不怎麼喜歡他。」

「您猜得很準，盧瑟對他們家的事業毫無興趣……實際上，他對任何類型的生意都缺乏熱情，老喬賽亞對他的長子很失望。盧瑟把他的時間都花在出國旅行和收集藝術品上，老喬賽亞對此頗難理解。所以他把財產交給銀行保管，留給再下面的那一輩。」溫伯恩先生說。

「與此同時，那一輩除了自己賺的和父親給的錢之外，就沒有別的收入；他們父親的收入相當可觀，卻又偏偏無權處理本金。」

「正是如此，但這和一個不知名的外國女子遭到謀殺到底有什麼關係？我無法理解！」

蓋達克警官馬上表示同意。

「看來是沒什麼關係，我只是想把所有事實確認一下。」

溫伯恩先生敏銳地看了他一眼，似乎對這警官工作得如此細心頗為欣賞，隨後他站起身來說：「如果你們沒有別的事要問，我打算現在就回倫敦。」

他看看這個，又瞧瞧那個。

「沒有了，謝謝您，先生。」

門廳外傳來響亮的鑼聲，開飯了。

「天哪，」溫伯恩先生說，「一定又是哪個男孩子在表演了。」

蓋達克警官提高嗓門，以便能壓過鑼聲。

「我們會讓他們安安穩穩吃頓飯。不過培肯警官和我午餐後會再回來，大概兩點十五分吧。我們得和每個人都大略地談談。」

「您認為有必要嗎？」

「這個嘛……」蓋達克聳聳肩。「只是碰碰運氣罷了。也許有人會想起什麼事，提供我們一點線索，從而解開這女人的身分之謎。」

「這我懷疑，警官，相當懷疑。不過祝您好運。我剛才已經說過，讓這件令人不愉快的事情早日水落石出，對大家都有好處。」

他搖著頭慢慢走出房間。

§

露希從審訊庭回來後就直接進了廚房。正忙著準備午餐時，布萊恩．伊特立把腦袋探進來問：「我能幫你什麼忙嗎？做家事我可是一把罩喔。」

露希很快瞥了他一眼，布萊恩是開著他那輛小汽車直接來到審訊庭的，所以她還沒來得及好好品評他一番。

這人看起來非常討人喜歡。伊特立是個三十出頭、和藹可親的年輕男子。棕色的頭髮，一雙很憂鬱的藍眼睛，還留了一撮金黃色的大鬍子。

「孩子們還沒回來呢。」他說著進了廚房，坐到桌子上。「他們騎自行車還得再花二十分鐘才能到家。」

露希微笑著回答：「他們不願錯過任何東西。」

「也不能怪他們。我是說，年輕人嘛，頭一次碰上驗屍審訊，而且這案子可以說就發生在自己家裡。」

「您不介意從桌子上下來吧，伊特立先生？我想把烤盤放在那兒。」

布萊恩馬上照辦。

「那奶油已經熬熱了。你要放什麼進去？」

「約克郡布丁。」

「傳統的約克郡布丁，味道好極了。今天的菜單上有英格蘭式的烤牛肉嗎？」

「有的。」

「實際上就是葬禮用的烤肉。聞起來可香了。」他吸吸鼻子，一副很欣賞的樣子。「我這麼多廢話，你不會介意吧？」

「如果您來是要幫我忙，那就幫點忙吧。」她從烤箱裡拿出另一個盤子。「喏，把這些馬鈴薯翻個面，這樣另一半才能烤成金黃色。」

布萊恩欣然從命。

「我們參加審訊的時候，這些東西就在這兒嘶嘶地烤著嗎？烤焦了怎麼辦？」

「絕對不可能。烤箱上有溫度控制。」

「是某種電腦，對嗎？」

露希往他那邊飛快地瞟了一眼。

「完全正確。現在把盤子放到烤箱裡，這兒，把布拿開，放在第二層上。頂層我想放約克郡布丁。」

布萊恩按她的要求動了起來，突然，他不由自主地尖叫了一聲。

「燙到了？」露希問。

「一點點。烹飪真是一種危險的遊戲！」

「我猜您從來沒有自己做過飯吧？」

「老實說，我都是自己做飯，而且經常做，但做的不是這種東西。我會煮雞蛋……如果沒忘了看鐘，還會做培根、煎蛋，也常在烤架上放塊牛排烤來吃吃，要不然就是開個罐頭喝湯。這種電器我公寓裡也有一個。」

「您住在倫敦嗎？」

「如果你把那種生活稱為『住』的話，那我是住在倫敦。」

他的聲調中帶著幾分淒涼。他看著露希把攪拌好的約克郡布丁糊放到盤子裡。

「好好玩啊。」他說著嘆了口氣。

露希忙完事後，愈發仔細地打量起他。

「什麼事好玩？這個廚房嗎？」

「是啊，它使我回想起我們家的廚房，那時候我還是個孩子。」

這話讓露希覺得布萊恩．伊特立身上有種可憐的感覺。她認真地觀察著他，才恍然意識到，他並沒有自己先前想的那樣年輕，他一定將近四十歲了，但似乎很難想到他是亞歷山大的父親。他讓露希回憶起戰時結識的許多年輕飛行員。那時她還是個十四歲少女，如今她已經長大了，走入戰後的世界。但她感到布萊恩並沒有長大，只是任由光陰白白流逝，他下面那句話印證了露希的想法。他慢慢坐到桌子上，說：「這個世界讓人無所適從，不是嗎？我指的是，人很難確定自己的方向。你也知道，我們並沒有受過這方面的訓練。」

露希想起從艾瑪那兒聽到的事情，便說：「你曾經做過戰鬥機飛行員吧？還得過一枚優異飛行員的十字勳章。」

「就是那種東西把人放錯位置。你得了一枚獎章，所以別人想幫你生活得舒服些。他們都是好人，給你一份工作什麼的。但那些工作全需要管理能力，得整天坐在辦公桌前和數字糾纏不清，而你未必就擅長此道。我有自己的想法，你知道，有時也能想出一兩個挺不錯的計畫。但我找不到人支持，也找不到人合夥和提供資金。如果我有一筆錢的話……」

他沉思了一會兒，又說：「你不認識伊迪絲吧？我的妻子。不，你當然不認識。她和這兒所有的人都不一樣，比如說，她比較年輕，還在空軍婦女輔助隊裡服務過。她總說她父親有點瘋狂，你知道，他的確有點不正常。在金錢方面吝嗇得要命。事實上，那些錢他也帶不走，死後就得分掉。伊迪絲那份當然歸亞歷山大，不過他必須到二十一歲才能動用。」

「對不起，您能不能再從桌子上下來？我想把菜盛到盤子裡，再做點調味肉汁。」

就在這時，亞歷山大和史托德維司回來了，他們滿臉通紅，上氣不接下氣。

「哈囉，布萊恩。」亞歷山大親密地和他父親打招呼。「原來你在這兒呀？啊！多棒的牛肉！有約克郡布丁嗎？」

「有啊。」

「我們學校的約克郡布丁做得糟透了，又溼又軟的。」

露希說：「別擋路，我得做點肉汁呢。」

「多做一點吧。能不能做滿滿兩大碟？」

「可以。」

「好哦！」史托德維司小心翼翼地發出這個詞。

「我不喜歡肉汁太淡。」亞歷山大急切地告訴露希。

「不會太淡。」

「她是個很棒的廚師。」亞歷山大對他父親說。

露希有一瞬間覺得他們的角色對調了。亞歷山大的口氣倒像慈祥的父親在對兒子說話。

「我們能幫上忙嗎，艾拉貝羅小姐？」史托德維司禮貌地問道。

「可以，你們可以。亞歷山大，去敲鑼宣布開飯。詹姆斯，你能把這個托盤端到飯廳嗎？還有您，伊特立先生，把肉片捧進去好嗎？我來拿馬鈴薯和約克郡布丁。」

「這兒還有個蘇格蘭警場的人呢。」亞歷山大問，「你覺得他會不會和我們一起吃飯？」

「那就得看你阿姨怎麼安排了。」

「我看艾瑪阿姨不會在意的……她非常熱情好客，但哈羅德舅舅一定不高興，他一直對這起謀殺案耿耿於懷。」亞歷山大端著盤子出去，又扭頭加了一句：「溫伯恩先生和蘇格蘭警場的人在書房裡。但他說他得趕回倫敦，不留下來吃飯了。走吧，史托德維司……哦，他已經去敲鑼了。」

正在此時，鑼聲響了。史托德維司是個藝術家，他施展出渾身解數敲著響鑼，全家所有談話的聲音都被鑼聲壓下去了。

布萊恩把肉片端了進來，露希緊隨其後端著青菜，然後她又回廚房拿了滿滿的兩碟肉汁過來。

艾瑪快步走下樓時，溫伯恩先生正站在門廳裡戴手套。

「您真的不能留下來用午餐嗎，溫伯恩先生？都已經準備好了。」

「不了，我在倫敦還有個重要約會。火車上也有餐車的。」

「您實在是太好心了，還特地趕到這裡。」艾瑪感激不盡。

兩位警官從書房裡走了出來。

溫伯恩先生握著艾瑪的手說：「沒什麼好擔心的，親愛的。這位是蘇格蘭警場的蓋達克警官，他是來主持這個案子。他兩點十五分會再來這兒了解一些事情，以方便調查。我已經說過，沒什麼好擔心的。」他看看蓋達克，問道：「我可以把您跟我說的話，再轉告給桂康索小姐嗎？」

「當然可以，先生。」

「蓋達克警官剛才告訴我，這個案子幾乎可以斷定不是地方性的。他們認為遇害的那個女人是從倫敦來的，有可能是外國人。」

艾瑪．桂康索突然問：「外國人？她是法國人嗎？」

本來溫伯恩先生說這番話是想安慰艾瑪，但聽了這話後他有些吃驚，戴蒙．蓋達克的目光迅速從他那兒轉移到艾瑪臉上。

為什麼她一下子就斷定那被謀殺的女人是法國人呢？為什麼這個想法讓她深感不安呢？蓋達克大為不解。

09

真正賞識露希這餐美味佳餚的，只有兩個男孩子和賽巨．桂康索。賽巨絲毫未受這件召他回國的謀殺案所影響。他好像真的把這件事情看成一個有趣的恐怖笑話。

露希注意到，賽巨這種態度讓他弟弟哈羅德大為惱火。哈羅德把這個案子視為桂康索家族的侮辱，強烈的受辱感讓他食不下嚥。艾瑪也是心事重重，愁容滿面，吃不下什麼東西。奧菲似乎完全沉浸在自己的思緒中，鮮少開口。他有一張瘦削的褐色臉龐，是一個相貌英俊的男子，只不過兩隻眼睛的距離太近了。

午飯後兩位警官又回來了，彬彬有禮地詢問他們是否能和賽巨．桂康索先生談談。

蓋達克警官的態度親切而友好。

「請坐，桂康索先生。聽說您剛從巴里亞利群島回來，您住在那兒嗎？」

「最近六年我都住在那裡，在伊比薩島上。那兒比這個沉悶乏味的國度更適合我。」

「您至少比我們享受到更多的陽光。」蓋達克警官輕快地說，「您不久之前剛剛回家過……準確地說，是聖誕節的時候。而這次您為何這麼快又回來了？」

賽巨咧嘴一笑。

「我妹妹艾瑪給我拍了個電報。我們家從未發生過謀殺案，我可不願意錯過這大好機會，所以就來了。」

「您對犯罪學很感興趣嗎？」

「哦，我們就不必用這麼高深的術語了。我只是對謀殺本身很感興趣，喜歡看偵探小說什麼的。偵探故事在自家門口上演，真是千載難逢的好機會啊！此外，我想可憐的艾瑪可能需要一點幫助，幫她應付老頭子、警察以及其他的事情。」

「我明白了，它激發您酷愛冒險的天性，同時也喚起了您對家庭的感情。您妹妹一定對您很感激……儘管另外兩個哥哥也回來陪她了。」

「但可不是來逗她開心、給她安慰的。」賽巨告訴蓋達克。「哈羅德煩透了。我們這位大倫敦的工商鉅子可不屑和一個被人謀殺而且身分可疑的女人牽連在一起。」

蓋達克輕輕一揚眉毛。

「她是個……身分可疑的女人嗎？」

「噢，你才是這方面的權威呀。不過從各種情形來看，我覺得很有可能。」

「我想，也許您能猜出她是誰？」

「少來了，警官，你早知道……或者你的同事會告訴你吧，我不認識那個女人。」

「我只是說猜一猜，桂康索先生。您也許以前沒見過那女人，但您可以猜猜她是誰，或者她可能是誰。」

賽巨搖搖頭。

「你找錯人了，我的確是一無所知。我猜你在暗示，她可能是來長倉赴我們家某個人的約會，但我們都不住在這兒呀。住在這裡的只有一個女人和一個老頭子，你總不會真以為她是來和我可敬的老爸爸約會吧？」

「我們看法是……培肯警官也同意，那女人可能以前和這莊園有某種關聯，也許已經是好多年前的事了。您可否回想一下，桂康索先生。」

賽巨想了一會兒，搖了搖頭。

「我們家像大多數家庭一樣，偶爾請外國人幫忙料理家務，但我想不出會是誰。你最好去問問其他人吧，他們知道得比我多。」

「我們當然會問的。」蓋達克靠回到椅背上繼續提問：「你在審訊中已經聽到了，法醫無法準確斷定死亡時間。大概超過兩週，但不到四週，那大概就是聖誕節期間了。您告訴過我，您今年回家過聖誕節，那麼您是什麼時候到英國，又在什麼時候離開呢？」

賽巨思索片刻。

「讓我想想……我是搭飛機來的。在聖誕節前的那個星期六到達……那就是二十一日。」

「您直接從馬略卡島搭飛機來？」

「是的。早上五點鐘起飛，中午到達這裡。」

「您離開的時間呢？」

「我在隔週的星期五，二十七日，搭飛機回去的。」

「謝謝您。」

賽巨笑笑。

「真不幸，正好在做案時間內。不過說真的，警官，掐死年輕女人可不是我喜歡的聖誕娛樂。」

「希望不是，桂康索先生。」

培肯警官一臉不以為然。

「看來這種調查會弄得我們好一陣子沒有太平日子可過，你說是不是？」

賽巨當這問題是問培肯的，但培肯只是哼一聲。蓋達克警官禮貌地說：「好了，謝謝您，桂康索先生。沒什麼事了。」

「你覺得他怎麼樣？」

賽巨出去帶上門後，蓋達克問。

培肯又哼了一聲，說：「目空一切，我不喜歡這種類型的人，這些藝術家生活放蕩，很可能和一些不正經的女人混在一起。」

蓋達克笑了。

「我也不喜歡他穿衣服的方式，」培肯繼續說下去。「一點都不莊重，穿成那樣去參加審訊。我很久沒見過那麼髒的褲子了。你看見他的領結了嗎？就像是用彩繩做的。你要是問我對他的印象如何，我看他就是那種能兩三下掐死一個女人、然後溜得一乾二淨的人。」

「噢，他沒有掐死這個……如果他確實在二十一日才離開馬略卡島。這一點我們很快就能夠查出來。」

培肯看了他一眼，目光犀利。

「我注意到，你並沒有透露命案發生的真正時間。」

「是的，我們暫時還要保密。時機尚未成熟時，我習慣先留一手。」

培肯深有同感地點點頭說：「關鍵時刻再出其不意地告訴他們，那是最好的辦法。」

「現在，」蓋達克說，「我們來看看那位倫敦來的紳士名流會說些什麼。」

哈羅德．桂康索的嘴唇很薄，對這件事所言極少。真是討厭透了……很不幸的意外事故。恐怕報紙……聽說記者已經在要求採訪了……這種事……太令人遺憾了……

哈羅德語不成句，斷斷續續，最後終於告一段落。他靠回椅子裡，臉上的表情就像突然聞到一股很難聞的氣味似的。

警官的試探毫無結果。不，他不知道那女人是誰或者可能是誰；是的，他回來鹿瑟福莊園過聖誕節；他直到聖誕夜才到達，一直待到下一個週末。

「那就這樣吧。」蓋達克警官說，沒有再追問下去。

他已經知道哈羅德・桂康索對他們的幫助不大。

下一個是奧菲。他神情冷漠地走進房間，但這反而顯得有點不自然。

蓋達克看著奧菲・桂康索，有種似曾相識的感覺。他以前一定在什麼地方見過這位仁兄吧？或者報紙上登過他的照片？記憶中好像他與什麼醜聞有關。蓋達克問起奧菲的職業，但對方的回答含含糊糊。

「我目前從事保險業。最近之前一直在為一種新型留聲機開發市場，那是一種革命性的改良機種。說實話，我做得很不錯。」

蓋達克警官露出一臉讚賞的樣子，但誰也不知道他正在留心觀察奧菲的衣著，並且準確地判斷出那套衣服貌似考究、實則價廉。賽巨的衣服雖然很不雅觀，幾乎要脫線了，但看得出它原本質料精良，剪裁合身。這一位呢，雖然衣冠楚楚，但一望便知全屬便宜貨。蓋達克和顏悅色地問了他幾個例行問題。奧菲顯得很感興趣，甚至有些興奮。

「說那女人在這兒做過事，這個想法很有道理。她不可能是貼身女僕，我妹妹應該不會需要，我想現在也不時興這種事了。當然，還是有很多幫忙做家務的外國人來來去去。我們雇用過波蘭人，以及一兩個喜怒無常的德國人。既然艾瑪斷定不認識那女人，我看您就可以打消這個念頭了。警官，艾瑪對人的記憶很強。不過，如果這女人是從倫敦來的……順便問一下，您怎麼會想到她是倫敦來的呢？」

他看似不經意地提出了這個問題，但是眼神透著犀利，充滿了興趣。

蓋達克警官笑著搖搖頭。

奧菲熱切地望著他。

「恕難奉告，是嗎？也許是她大衣的口袋裡放著回程票，對吧？」

「也許吧，桂康索先生。」

「好吧，假定她是從倫敦來的。也許她來會面的那個傢伙知道長倉是個好地方，可以在那兒神不知鬼不覺地進行謀殺。很明顯，他了解這裡的環境。警官，如果我是您，我就全力找尋他。」

「我們正在找。」蓋達克警官沉著而自信地吐出了這幾個字。

他謝過奧菲，把他打發走了。

「你知道嗎，」蓋達克對培肯說，「我以前在什麼地方見過這傢伙……」

培肯警官說出了自己的看法。「厲害的角色，就怕聰明反被聰明誤。」

§

「沒想到您會想見我。」布萊恩・伊特立走進房間，在門邊躊躇一下，抱歉地說，「嚴格來講，我並不屬於這個家庭……」

「我看看……您是布萊恩・伊特立先生，四年前過世的伊迪絲・桂康索的丈夫？」

「是的。」

「哦，謝謝您好心配合，伊特立先生，特別是如果您知道什麼情況對我們有所幫助，就更好了。」

「但我什麼都不知道。我也希望我知道。這整件事簡直是古怪透頂，對吧？大冷天的跑到四面漏風的舊倉房和人見面。這我可不喜歡！」

「是讓人百思不得其解。」蓋達克警官深有同感。

「她真是外國人嗎？傳聞似乎是這麼說的。」

「這讓您有任何聯想嗎？」

警官敏銳地看著他，但布萊恩溫和的臉上一片茫然。

「沒有，說實話，沒有。」

「也許她是法國人。」培肯警官說，話裡充滿狐疑。

布萊恩興致高了一點，藍眼睛閃過一抹很感興趣的神氣，還摸了摸自己的漂亮鬍子。

「真的嗎？一個放蕩的巴黎女郎？」他搖搖頭。「這樣的話，看來就更匪夷所思了，不是嗎？我是說，居然會在倉房裡亂搞一氣！您沒遇過別的石棺謀殺案吧？會不會是其中某一人過於衝動？或者有點心理變態？自以為是卡利古拉[8]什麼的？」

蓋達克警官甚至懶得去反駁他的話，相反的，他只是輕鬆地問道：「據您所知，桂康索家有沒有人和法國人有牽連？或者……有親戚關係？」

布萊恩說桂康索不是那種輕浮的家庭。

「哈羅德規規矩矩娶了個窮貴族的女兒，那人臉孔長得像魚。我覺得奧菲對女人沒什麼興趣……把時間都花在一些不正當的交易，最終總是沒什麼好結果。我敢說，賽巨在伊比薩有幾個死心塌地的西班牙女人。女人總是為賽巨傾倒。他經常不刮臉，看起來就像從不洗澡，真不明白為什麼他對女人那麼有吸引力，但事實就是如此……我說我幫不了你們吧，是不是？」他對他們咧嘴笑笑。「最好找小亞歷山大來。他和詹姆斯．史托德維司滿懷雄心地出去尋找線索了。我敢打賭他們會有所發現。」

蓋達克警官說但願如此，然後謝過布萊恩．伊特立，並說他還想和艾瑪．桂康索小姐談談。

§

蓋達克警官比先前更加專心地看著艾瑪．桂康索。他仍然感到迷惑，不知午餐前艾瑪聽了他的話後，為何一臉受驚的表情。

8　卡利古拉（Caligula, 12-41），羅馬帝國的第三任皇帝，以殘忍著稱。

一個很文靜的女人，既不愚笨也不聰明，可以讓男人感到溫暖舒服且視為理所當然的女人。她們天生具有巧思，能讓一間屋子產生家的感覺，使家裡充滿寧靜和諧的氣氛。他覺得艾瑪．桂康索就是這種人。

這樣的女人經常被低估了，其實在她們安安靜靜的外表之下有著強烈的個性，她們是不容忽視的。蓋達克想，也許解開石棺女屍之謎的線索，就埋藏在艾瑪的心靈深處。

這些想法在蓋達克腦海中飛掠而過，與此同時，他問了不少無關緊要的問題。

「我想，您已經告訴培肯警官很多事了，」他說，「所以我沒有必要用一大堆問題來困擾你。」

「您想問什麼就儘管問好了。」

「溫伯恩先生告訴過您，我們已經得知這個遇害的女子並不是當地人。那或許會讓您寬慰一點……溫伯恩先生好像是這麼想的。但這給我們造成更大的困難，因為更難辨認她的身分了……」

「她難道沒帶什麼東西嗎？皮包、證件等等？」

蓋達克搖搖頭。

「沒有皮包，口袋裡也沒什麼東西。」

「您完全不知道她的名字或她從哪裡來？什麼都不知道？」

蓋達克心中暗想，她想知道……並且急欲知道那女人是誰。她的表現是不是一向如此？

培肯的話並沒有給我這種印象。他可是很敏銳的……

「我們對她一無所知。」他說，「所以我們希望你們能助我們一臂之力。您確定無法提供線索嗎？即使您不認得她，您能想想她可能是誰嗎？」

也許是他自己的幻覺，他覺得她在回答前稍稍猶豫了一下。

「我真的什麼也不知道。」

蓋達克警官的態度稍有改變，不過除了聲音稍稍強硬之外，幾乎令人察覺不到。

「當溫伯恩先生告訴您那女人是外國人時，您為什麼認為她是法國人？」

艾瑪不慌不忙，輕輕一揚眉毛。

「我這樣說過嗎？是的，我想我是。我也不知道為什麼，可能是我們在還未得知某個外國人的真正國籍之前，往往容易以為他們是法國人。國內大部分的外國人都是法國人，不是嗎？」

「哦，恐怕不是這樣吧，桂康索小姐。現在不同於以往了，我們這兒住了很多不同國籍的人。義大利人、德國人、奧地利人，還有斯堪地那維亞各國的人……」

「對，我想您是對的。」

「您不是因為什麼特殊的理由，才覺得這女人可能是法國人嗎？」

她並沒有急於否認，而是思索片刻後才遺憾地搖頭說：「不，我不是。」

他們四目相接，艾瑪的目光溫和平靜，毫無畏縮之意。蓋達克看看培肯警官，後者則往前探著身子，拿出一個琺瑯小粉盒。

「您認得這個嗎，桂康索小姐？」

她拿過去仔細端詳一番。

「不認得，這不是我的。」

「您不知道這是誰的嗎？」

「不知道。」

「那麼我認為我們暫時沒必要打擾您了。」

「謝謝。」

她對他們笑笑，起身走出房間。也許又是出於想像，蓋達克覺得她如蒙大赦，走得飛快。

「你認為她知道些什麼嗎？」

蓋達克警官沮喪地說：「某些行業的人總是認為別人知道的東西比他告訴你的還多。」

「他們是如此啊。」培肯抒發他的經驗談。「只是，」他又加了一句：「他們告訴你的事，往往和正在處理的案子沒什麼關係，不外乎是家裡什麼人犯的小錯，或是一些誰不願意公開的糊塗事罷了。」

「是的，我知道。但至少……」

蓋達克警官的話還沒來得及說出口，門突然被推開，桂康索老先生拖著步子火冒三丈地走了進來！

「要命啊！蘇格蘭警場的人來到這兒，竟然也不先和一家之主打招呼，真是一點禮貌也沒有！我倒想知道誰是這房子的主人？回答我！誰是這兒的主人？」

「當然是您囉，桂康索先生。」蓋達克起身安慰他。「但我們明白您已經把知道的事全告訴培肯警官了，況且您的身體也不太好，我們不能要求太多。昆珀醫生說……」

「正是，正是，我的身體是不很健壯……至於昆珀醫生，他簡直像個老太婆，不過他絕對是個好醫生，非常了解我的病情，他恨不得用棉花把我裹起來才高興。他腦子裡成天想著我的飲食狀況。聖誕節的時候，我的病情起了一點變化，他就一個勁地問我吃了什麼、什麼時候吃的、誰做的、誰拿來的，真是大驚小怪！大驚小怪！儘管我的身體不算太好，總還能盡自己所能幫你們一下吧？這個凶殺案就發生在我自己家裡，我的倉房呀！那棟建築很有意思，是伊麗莎白一世時代蓋的。本地的建築師說它不是……那幫傢伙簡直是不知所云！一五八〇錯不了，一天都不差，不過那不是我們要談論的主題，您想了解什麼？你們現在得出什麼結論了？」

「桂康索先生，說結論還為時過早，我們仍在努力調查那女人是誰。」

「你們說是外國人？」

「我們是這樣認為。」

「敵國間諜？」

「我認為不太可能。」

「你認為，你認為！這些間諜無處不在，四處滲透！為什麼內政部要把他們放進來？我敢打賭，她是來打探商業機密的，這就是她的目的！」

「到布拉漢頓打探？」

「這裡到處都是工廠啊，我們家後門外就有一間。」

蓋達克把詢問的目光投向培肯。培肯回答道：「是生產金屬盒的。」

「您怎麼知道他們真的是在生產金屬盒？不能輕信那些傢伙告訴你的話。好吧，就算她不是間諜，那麼你認為她是誰呢？認為她和我的某個寶貝兒子有一手？如果真是這樣，那一定是奧菲，不會是哈羅德，他太小心謹慎了。賽巨呢，他不屑於住在英國。好了，那麼她就是奧菲的老相好。有個殘忍的傢伙知道她來和他相會，就跟著到這裡來，把她給殺了。這推論怎麼樣？」

蓋達克警官圓滑地回答說那當然也是一種看法，但奧菲．桂康索先生並不認得她。

「哼，他怕嘛！還會有什麼原因！奧菲是個膽小鬼。記住，他還是個撒謊家！說起謊來面不改色。我那些兒子沒一個是好東西！一群貪得無厭的傢伙！滿心盼著我死，那才是他們真正的生活目標。」他咯咯笑。「讓他們去等好了。我可不想死了讓他們稱心！好了，我只能幫你這些了……我累了，得去休息休息。」

他又拖著腳步走了。

「奧菲的老相好！」培肯疑惑地說，「我看是那老頭編出來的。」他停下來猶豫了一會兒又說：「我個人覺得奧菲是清白的……也許在某些方面不太靠得住。但他並不是我們目前調查的重點。聽我說，我倒是懷疑那個在空軍服役過的傢伙。」

「布萊恩．伊特立？」

「是的，我遇到過一兩個他那種類型的人。他們到處飄泊，因為過早經歷冒險生涯，出生入死，過慣刺激的日子，因此對現在的生活感到沉悶乏味，很不如意。在某種程度上說，我們對他們有些苛刻，但我也不知道如何去幫助他們。他們現在的樣子可說是大勢已去，沒有任何前途了。他們是那種不怕冒險的人……普通人總是本能地『安全至上』，這樣做不僅是出於道德感，更大程度是出於謹慎。但這些傢伙不怕，他們的字典裡沒有『謹慎』這詞。如果伊特立和一個女人糾纏不清，最後想殺她的話……」他打住話頭，無可奈何地一甩手，又說：「可是他為什麼想殺她呢？假設你殺死了一個女人，為什麼又把屍體放到你岳父家的石棺裡呢？不，要是你徵詢我的意見，我看這一家人沒人和這起凶殺案有牽連。這麼說吧，如果他們果真涉案，他們不可能會自找麻煩，把屍體搬到自家後院。」

蓋達克也同意那樣做毫無意義可言。

「你在這兒還有事情要辦嗎？」

蓋達克回答說沒什麼事了。

培肯提議回布拉漢頓喝頓茶，但是蓋達克警官說他還要去拜訪一個老相識。

10

瑪波小姐坐在幾個瓷器狗和瑪格麗特送給她的禮物之前，腰板挺得筆直，衝戴蒙．蓋達克警官讚許地微笑著。

「真高興他們派你來調查這起案子，我就希望是你。」

「我一收到你的來信，」蓋達克答道，「就直接拿給副廳長看。他那時正好接到布拉漢頓警察局的報告，要求我們去協助調查。布拉漢頓方面似乎認為這不是一起地方性的案子。我告訴副廳長您的一些情況，他非常感興趣，我想他是從我教父那兒得知您的大名的。」

「可愛的亨利爵士。」瑪波小姐親切地低喚著。

「他要我告訴他小圍場一案的始末。您想聽聽他怎麼說這個案子嗎？」

「如果不算洩密的話，就跟我說說吧。」

「他說，啊，這案子簡直是荒唐，居然是兩個老太太想出來的，奇怪的是，事實還證明她們是正確的！既然你認識其中一個老太太，我就派你去辦這起凶殺案吧！所以我就來了。親愛的瑪波小姐，那麼我們現在該從哪兒著手呢？大概您也知道，這不是什麼正式的訪問，我也沒帶手下的人過來，我們可以先放鬆一下，隨便聊聊。」

瑪波小姐對他微笑了一下。

「我可以想見，只在正式場合見過你的人，絕對想不到你竟然這麼有人情味，可以這麼英俊瀟灑……別臉紅啊……那麼到現在為止，你掌握了什麼情況？」

「我想我已經掌握所有資料了。我有您的朋友梅吉力谷迪太太在聖瑪莉米德村對警方陳述的原始紀錄，檢票員對她的證詞也做了確認，我還有她寫給布拉漢頓車站站長的字條。可以說對相關人等……鐵路工作人員和警方的調查都已經進行過了。您那拍案叫絕的猜想過程無疑要比他們高明。」

「不是用猜的，」瑪波小姐說，「我的一大優勢是我了解艾思佩．梅吉力谷迪，而別人不了解。她述說的經歷沒有明確的旁證，如果又沒有任何失蹤婦女的報告，人們自然認為這只是個老太婆在胡思亂想……上了年紀的老太太經常這樣，但艾思佩．梅吉力谷迪不會。」

「艾思佩．梅吉力谷迪不會。」警官表示贊同說，「但願能再見到她，真希望她沒去錫蘭。順帶一提，我們已經安排好人在錫蘭和她見面。」

「我推理的過程其實沒有什麼創意，這種故事全在馬克．吐溫的小說裡寫著。只是學那個找到馬的男孩子，他想像自己如果是一匹馬，牠會去什麼地方？結果他去了那個地方，馬果然就在那兒。」

「於是您就想像，要是自己是個殘暴冷血的殺手，您會採取什麼行動？」蓋達克注視著瑪波小姐粉紅、蒼老的臉龐，不覺陷入了沉思。「真的，您的心思……」

「像個水槽。我的外甥雷蒙曾經說過。」瑪波小姐輕輕點頭。「我經常對他說，水槽是必備的生活設備，而且它非常衛生。」

「您能不能再進一步，把自己放到凶手的位置上，告訴我他現在會在哪兒呢？」

瑪波小姐嘆了口氣。

「但願我能告訴你。可是我不知道，一點兒都不知道。但他一定是住在鹿瑟福莊園裡的人，或是對莊園瞭若指掌的人。」

「我同意您的看法，只是那樣的話，要調查的範圍就變得很廣。在那兒打過零工的女人很多。還有婦女協會和空襲保防員，他們都知道長倉、石棺和放鑰匙的地方，當地人都很熟悉那兒的環境，他們每一個人都有可能看中長倉，作為自己下手的好地方。」

「確實如此，我非常理解你的難處。」

蓋達克說：「如果我們無法確認死者身分，案情就不可能再有任何進展。」

「確認屍體大概也很難吧？」

「哦，最後總會查出來的。我們正在調查年齡和外表與此相似的失蹤女子，但沒有一個是符合所有特徵的。驗屍官認為她大概三十五歲，身體健康，可能已經結婚，至少生過一個孩子。她的毛皮大衣是便宜貨，在倫敦一家商店裡買的……最近三個月裡，這樣的大衣就賣了幾百件，而且買主百分之六十是金髮碧眼女子。沒有一個售貨小姐能認出死者的照片，或者記得聖誕節前曾有這樣一個人去買過大衣。她其餘的衣服好像都是外國貨，大部分是在巴黎買的，上面沒有英國洗衣店的標誌。我們已經和巴黎警方聯繫過了，他們正在幫我們調查。當然，遲早會有人來報告他某個親戚或房客失蹤了，這只是時間問題。」

「那粉盒沒用上嗎？」

「真可惜，沒派上用場。巴黎的希佛里路有幾百家商店在賣那種東西，非常便宜。順便一提，您知道，您當初應該馬上把粉盒交給警察局，或者說，艾拉貝羅小姐當時該這麼做。」

瑪波小姐搖搖頭：

「但那時還沒證實有凶殺案呀。」她指出，「如果一位正在練高爾夫球的年輕女士，在草叢裡拾起一個沒什麼特殊價值的舊粉盒，她會馬上拿著它跑去警察局嗎？」瑪波小姐停頓了一下，又斬釘截鐵地補充道：「我認為先找到屍體才是明智之舉。」

蓋達克警官興致來了。

「你好像始終相信能夠找到屍體？」

「我對此很有把握。露希．艾拉貝羅是個非常聰明能幹的人。」

「我領教過了。她能幹得驚人，把我嚇壞了！沒有哪個男人敢娶這種女孩。」

「嗯，我可不這麼認為……當然，得是那種特別有本事的男人才敢娶她。」瑪波小姐沉思半晌，考慮著這個問題。「她在鹿瑟福莊園做得怎麼樣？」

「就我所知，他們完完全全依賴她，全靠她吃飯……這話也可以照字面解釋。而且，他們對你們倆的關係一無所知。我們一直嚴守這個祕密。」

「她現在和我沒什麼關係了。她已經完成我交付她的任務。」

「所以如果她不想做了，就可以提出辭呈走人？」

「是的。」

「但她還是留下來了。為什麼？」

「她沒對我說明原因。她是個很聰明的女孩，我想她已經產生興趣了。」

「對這個案子感興趣，還是對這個家庭感興趣？」

「很難把這兩者截然分開吧。」瑪波小姐說。

蓋達克定定地看著她。

「您心裡有什麼特別的想法嗎？」

「哦，沒有？哦，我的天，沒有。」

「我覺得您有。」

瑪波小姐搖搖頭。

戴蒙．蓋達克嘆了一口氣。

「那麼用我們的行話說，我只能『繼續調查』了。做警察真是乏味！」

「我堅信你會有所收穫的。」

「您有什麼建議嗎？更有創意的猜測？」

「我在想劇團的活動。」瑪波小姐說得含含糊糊。「他們從一個地方巡迴到另一個地方，可能沒有很多家庭的羈絆。去劇團找那樣的年輕女子，就不大可能錯過了。」

「是的，您說得有點道理，我們會從這個角度加以注意。」他又追問了一句：「您在笑什麼？」

瑪波小姐答道：「我在想艾思佩．梅吉力谷迪聽到我們已經找到屍體時，臉上會是個什麼表情。」

§

「嗯！嗯！」

梅吉力谷迪太太感嘆著，一時想不出要說什麼，只是打量著眼前這個談吐文雅、態度親切的年輕人。他是帶著證明文件登門造訪的，隨後她又把目光投到他遞過來的照片上。

「就是她！是的，就是她！」她說，「可憐啊！我真高興你們找到了她的屍體。沒人相信我說的話！無論是警察、鐵路人員還是其他人！說話沒人相信是一件多麼痛苦的事情啊！不管怎樣，我已經盡力了。」

那彬彬有禮的年輕人深表同情和理解。

「你說那屍體是在哪裡發現的？」

「在一個叫鹿瑟福莊園的倉房裡，就在布拉漢頓的郊外。」

「沒聽說過這地方。真奇怪，屍體怎麼會跑到那裡去？」

年輕人沒有回答。

「我想是珍．瑪波發現的吧？你可以相信珍。」

「那屍體，」年輕人查了查紀錄說，「是露希．艾拉貝羅小姐發現的。」

「我也沒聽過這個人。」梅吉力谷迪太太答道，「我還是認為珍．瑪波小姐和這件事情大有關係。」

「總之，梅吉力谷迪太太，您能確定照片上的女人就是您在火車上看到的那個人嗎？」

「她當時被一個男人掐住脖子。是的，我可以確定。」

「您能描述一下那個男人嗎？」

「他是個高個子。」梅吉力谷迪太太說。

「還有呢？」

「皮膚黝黑。」

「還有呢？」

「我只能告訴你這些了。他背對著我，我看不見他的臉。」

「如果您現在看見他能認出來嗎？」

「當然認不出來，他背對著我，我一直沒看見他的臉。」

「您對他的年齡有沒有概念？」

梅吉力谷迪太太想了想。

「沒有……說真的，沒有。我是說，我不知道……不過可以確定，他不是十分年輕。他的肩膀看起來……嗯，挺厚實的。不知道你是不是明白我的意思。」年輕人點點頭。「三十歲以上吧，我無法說得更確切了。你知道，我沒有在看他，我看的是她……被人用手掐住喉嚨，臉全泛青了……你知道，現在有時候我還夢見……」

「這種經歷真可怕。」年輕人同情地說。他闔上筆記本問：「您什麼時候回英國？」

「再過三星期吧，沒必要急著回去吧？」

他趕快寬慰她：「哦，不用不用，現在您也幫不上忙。當然，如果我們抓到凶手……」

他的話就此打住。

郵差送來瑪波小姐寫給她朋友的信。字跡細長，非常潦草，字的下面還重重地畫著好多線。梅吉力谷迪太太見多了這種筆跡，倒也不覺得難認。瑪波小姐詳詳細細、原原本本地把事情經過說了一遍。梅吉力谷迪太太一字不漏地一口氣看完，感到十分安慰。

她和珍已經向世人證明，她們所說的話是千真萬確的！

／11

「我實在摸不透你。」賽巨·桂康索說。

他放慢速度，在豬圈快要倒塌的牆上走著，那豬圈已經廢棄很久。他緊緊盯著露希·艾拉貝羅。

「摸不透什麼？」

「你在這兒幹什麼？」

「我在賺錢謀生啊。」

「靠做傭人啊？」他一副輕蔑的口吻。

「你太落伍了！」露希說，「傭人，真是的！我是一個幫忙料理家務的人，一個專業家務工作者，或者說，是個有求必應的人……而且主要是後者。」

「你不可能喜歡自己在做的這些事吧？煮飯、鋪床，轉來轉去做這做那。還得把手臂泡在油膩膩的水裡，一直沒入到手肘。」

露希哈哈大笑起來。

「這些瑣事或許不算喜歡，但烹飪很投合我熱愛創造的天性。而且對我來說，還挺喜歡把原來一團糟的地方整理得井井有條。」

「我住的地方總是一團糟。」賽巨又作對似地加了一句：「可是我就喜歡那樣。」

「你看起來的確如此。」

「我在伊比薩島的小房子陳設非常簡單，三個盤子、兩個茶杯和茶杯碟、一張床、一張桌子、兩把椅子，到處都是垃圾、顏料和石頭屑……除了畫畫外，我也做雕塑。我不允許任何人碰我的東西，我從來不讓女人靠近我的地盤。」

「任何女人都不行嗎？」

「你這話是什麼意思？」

「我覺得一個有藝術品味的人總有自己的愛情生活吧？」

「我的『愛情生活』……按照你的說法，是我自己的事情。」賽巨嚴肅地說，「我不能忍受女人在身邊整理房間、干擾工作，還把我支使來支使去。」

「我真想去你的小屋看看，」露希說，「那一定是項挑戰！」

「你不會有機會的。」

「我想也是。」

幾塊磚頭從豬圈的牆上掉下來。賽巨轉頭往裡面看了看，裡面成了蕁麻草的天堂。

「可愛的老馬奇，」他說，「我還記得很清楚，牠的性情很討人喜歡，還是個多產的豬媽媽，最後一窩生了十七隻。我們經常趁天氣好的下午來這兒，拿根棍子給牠搔背，牠很喜歡這樣。」

「為什麼這片地方變成現在這個樣子？不僅僅是因為戰爭吧？」

「我猜你又想打掃這地方了，對吧？真是個愛管閒事的女人！我現在明白為什麼發現屍體的人會是你了。你連一個古希臘羅馬時期的石棺都不願放過。」他停頓了一下繼續說道：「不，不僅僅是因為戰爭，是我父親的緣故。對了，你覺得他怎麼樣？」

「我還沒時間去想這個問題。」

「不要逃避這個問題。他吝嗇得要命，我看還有點瘋瘋癲癲。當然啦，他討厭我們大家……可能艾瑪除外吧，那都是因為我祖父的遺囑。」

露希一臉疑惑。

「我祖父是個非常了不起的人。先是生產脆餅、薄脆餅乾、炸薯片等搭配下午茶的精美點心，由於他具有長遠的眼光，很早就把生產轉向起司和夾心麵包，大規模地供應雞尾酒會所需要的點心，並從中賺了大錢。後來我父親終於明白表示，他的志趣不在做脆餅之類的事情，於是開始到義大利、巴爾幹和希臘旅行，閒暇時還研究藝術。祖父大為惱怒，他斷定父親既不是做生意的料子，也沒什麼藝術鑑賞力——這兩點都說中了——便把自己所有的錢都交給銀行保管，留給他的孫子輩。父親有一筆用來維持生活的收入，卻無權動用本金。你猜他怎麼辦？他乾脆不花錢了！到這兒定居後就開始厲行節約。我說呀，到現在他積蓄的財產和祖父留下的也差不多。而我們呢，哈羅德、我、奧菲還有艾瑪，都還沒拿到祖父一分錢的遺產。我是個一文不名的窮畫家，哈羅德去從商，成了倫敦有頭有臉的人物……他做生意滿有一套，但我聽說他最近財務吃緊。奧菲……嗯，我們家私下叫他華而不實的阿爾夫……」

「為什麼呢？」

「你想知道的未免太多了吧？阿爾夫是個敗家子。他雖然還沒進監獄，但也差不多了。戰時他在軍需部做事，卻在不明的情況下突然離職；此後他做過水果罐頭買賣，也是惹了一身麻煩。他做的並不是什麼大規模的生意，只是他連帶做了些不大可靠的交易。」

「告訴陌生人這些事情是不是不太明智呢？」

「有什麼關係？你是警察局來臥底的嗎？」

「說不定喔。」

「我可不認為。警方注意我們之前，你就在這兒當奴隸了。我說啊……」

他止住了話，因為他妹妹艾瑪從菜園那邊的門進來了。

「哈囉，艾瑪。你好像為了什麼事情很煩惱。」

「是的，我想和你談談，賽巨。」

「我得回屋子去了。」露希機靈地說。

賽巨喊住她。

「別走，這起謀殺案已經使你成為我們家的一份子了。」

「我還有很多事要做。」露希說，「我來這兒只是想拿點香菜。」

她趕快退到菜園裡。賽巨的目光追隨著她，說：「好漂亮的女孩。她到底是誰？」

「哦，她很有名的。」艾瑪說，「她是這一行的專家。別管她了。賽巨，我現在煩惱透頂。警方顯然認為那個遇害的女子是個外國人，還可能是法國人……但是，賽巨，你不覺得她可能是馬蒂娜嗎？」

§

賽巨好像一時沒反應過來，定定地看著艾瑪。

「馬蒂娜？那是誰……噢，你是說馬蒂娜？」

「是啊，你覺得呢……」

「她為什麼會是馬蒂娜？」

「嗯，想想她發的那個電報實在非常古怪。幾乎是在同一個期間發生……你不覺得她可能到這兒來，然後……」

「胡說八道，馬蒂娜幹嘛來這兒？還能自己找到長倉？她去那裡幹嘛？絕對不可能！」

「你覺得我應該告訴培肯警官或另一名警官嗎？」

「告訴他什麼？」

「關於馬蒂娜的事，還有她那封信。」

「你別把事情複雜化了，妹妹，何必把風馬牛不相及的事都扯進來，而且我本來就不太相信馬蒂娜那封信。」

「可是我相信。」

「你沒吃早餐前最容易相信子虛烏有的東西，大小姐。我勸你鎮靜以待，閉上嘴別說話。至於辨認那具寶貝屍體的身分，那是警察的事。我敢打賭哈羅德也會這麼說。」

「哦，我知道哈羅德會這麼說，奧菲也是。但我還是很擔心，賽巨，我真的很擔心，我不知道怎麼辦才好。」

「什麼都不要做。」賽巨迅速回答，「你別多嘴，艾瑪。沒事別自找麻煩，這是我的座右銘。」

艾瑪．桂康索長嘆一聲，慢慢走回屋子去，心中還是無法釋然。

她走上車道時，昆珀醫生剛好從屋子裡出來，他打開他那輛破舊奧斯汀的車門。他一見艾瑪就停下來，走了過來。

「嗨，艾瑪。」他說，「你父親身體狀況很好。兇殺案很對他的胃口，給了他生活的樂趣。我得向病人推薦這種新療法。」

艾瑪木然地笑了笑。昆珀醫生總是能迅速捕捉到人的反應。

「出了什麼事嗎？」

艾瑪抬頭看看他。她已經愈來愈依賴昆柏醫生，依賴他的親切和與同情。他不僅僅是個醫生，更是個可以依靠的朋友。他那種裝出來的唐突態度並未能騙過她，她知道後面深藏著關切之情。

「是的，我很擔心。」她承認。

「願意告訴我嗎？如果你不想講的話就不用講。」

「我願意告訴你，你已經知道一部分了。問題是，我不知道該怎麼辦。」

「我覺得你的判斷通常是對的。出了什麼問題？」

「你還記得……也許你想不起來了……我曾告訴你我哥哥的事情嗎？那個在戰爭中陣亡的哥哥？」

「你說他已經結婚了……或者想和一名法國女孩結婚。是這件事嗎？」

「是的。就在我收到那封信後，他就去世了。我們再也沒有那女孩的消息。事實上，我們只知道她的教名。我們一直盼望她能寫信來或者出現在我們面前，但一直沒有她的任何音信，直到大約一個月前，接近聖誕節的時候……」

「我想起來了。你收到了一封信，是嗎？」

「是啊，她說自己現在在英國，想來看看我們。我把一切都安排好了，可是最後一刻，她發了個電報過來，說由於意外的原因，她不得不趕回法國。」

「哦。」

「警方認為那個被謀殺的女人是法國人。」

「是嗎？他們這麼認為？我看她比較像英國人。不過我們也無法下定論。因此你所擔心的事就是死者可能是你哥哥的女朋友？」

「正是。」

「我覺得不大可能。」昆珀醫生說，「但我能了解你的感受。」

「我在想，是不是該向警察和盤托出？賽巨和其他人都說毫無必要，你覺得如何？」

「嗯，」昆珀醫生噘起嘴，沉默地深深思索著，然後不大情願地說：「當然，如果你三緘其口，事情會簡單得多。我明白你哥哥是怎麼想的，不過……」

「不過什麼？」

昆珀看看她，眼睛閃亮，流露出脈脈深情。

「我去告訴他們吧。你要是不說，會一直擔心下去，我了解你。」

艾瑪的臉微微有些紅了。

「我好像太傻了。」

「做你想做的事，親愛的，別管家裡其他的人！無論如何，我都會支持你的決定，哪怕大家都持反對意見。」

／12

「小女孩！在叫你呢，小女孩！到這兒來！」

露希驚訝地轉頭一看，桂康索先生正在一道門裡拚命向她招手。

「您在叫我嗎，桂康索先生？」

「別說那麼多，到這兒來。」

露希順從他命令的手勢走了過去。桂康索老先生抓住她的手腕把她扯進門去，又關上門說：「我想給你看點東西。」

露希環視四周，她正置身於一個小房間裡。顯然這個房間原來是作為書房用的，但同樣可以明顯看出，這裡已經好久沒人使用過了。桌上放著的成堆文件都布滿了灰塵，蜘蛛網從天花板角落垂下來，房裡的空氣很潮溼，還有股霉味。

「您要我打掃房間嗎？」她問。

桂康索老先生猛烈地搖搖頭。

「不，不用。我一直鎖著這房間，艾瑪想整理一番我都不肯。這是我的房間。看見那些石頭了嗎？都是地質標本。」

露希看著他收藏的十二、三塊石頭，有的光滑，有的粗糙。

「很漂亮，」她溫和地說，「很有意思。」

「你說得沒錯，這些石頭很有意思。你真是個聰明的女孩，我可不是會拿給每個人看的喔。再給你看點別的東西。」

「太感謝您了，但我真的要去做事了。家裡住著六個人……」

「吃得我快傾家蕩產……他們來這兒就是吃吃吃，從來不付錢。吸血鬼，都在等我死。哼，我還不打算死呢，免得稱了他們的意。其實我比艾瑪想像的要健壯多了。」

「我相信您是。」

「我還沒那麼老。她認定我是個老頭子，所以把我當老頭子看待。你不覺得我很老吧，是嗎？」

「當然不覺得。」露希回答。

「聰明的女孩。看看這個。」

他指著牆上一張褪色的大圖表。露希一看，是一張家族譜系圖，做得精細至極，有的名字要拿放大鏡才能看見。那些年代久遠的祖先們，名字都是用大寫字母寫的，看起來又大又有氣魄，上面還有王冠圖樣。

「是從國王那裡傳承下來的。」桂康索先生說，「是我母親家族的譜系圖，不是我父親的。他是個暴發戶，俗氣的老頭子，一點都不喜歡我，我可比他強多了。我繼承了母親的血統，對藝術和古典雕塑有天生的感受力。他對此卻一無所知，那個老傻瓜。我記不得我母親了……我兩歲時她就去世了，是她們家族最後一個人。她們家的財產全部被賣光後，她才嫁給我父親。你看那是懺悔者愛德華[9]。還有埃塞爾雷德二世[10]，他們都是諾曼人到來之前的國王。諾曼人到來之前呢！了不起啊，是不是？」

「的確是。」

「我再給你看點別的東西。」

他帶著她穿過房間，來到一件龐大的暗褐色橡木家具前。露希感到他的手指有力地抓住自己的手臂，心中很不自在，桂康索老先生今天看上去毫不虛弱。

「看見這個沒有？從魯辛頓弄來的……那是我母親娘家的地盤。這可是伊麗莎白一世時期的，四個男人才扛得動它。你不知道我把什麼東西放在裡面吧？想看看嗎？」

「讓我看看吧。」露希禮貌地說。

「好奇了吧？女人總是好奇的。」

他從口袋裡摸出一把鑰匙，開了下面櫥門的鎖，又從裡面拿出一個全然嶄新的錢盒，並且把它打開。

「來這兒看看，親愛的，知道這是什麼嗎？」

他取出一個用紙包著的小圓筒，把一端的紙拉開，金幣便一個個滑進他的手掌裡。

「瞧瞧這些，年輕小姐！看一看，握一握，摸一摸，知道是什麼嗎？我打賭你一定不知道，你太年輕了！這是沙弗林[11]，沙弗林啊！在髒兮兮的紙幣流行之前，我們用的就是這種東西，這比那些可笑的紙幣值錢多了！我好久以前存的。我還有別的東西放在這個盒子裡，有好多呢，都放在這兒，準備將來用。艾瑪不知道，沒人知道。這是我們的祕密，知道嗎，小女孩？你知道為什麼我要告訴你，還拿給你看嗎？」

「為什麼？」

「因為我不想讓你以為我是個已經玩完的老不死，我這副老骨頭還挺有活力的。我太太已經去世很久了。她以前什麼事情都要反對，也不喜歡我給孩子們取的名字——都是些很好的撒克遜人名啊——對家族的譜系也毫無興趣。我從來不注意她說的話，她總是委靡不振、逆來順受……你是個生氣勃勃的女孩，非常美麗、非常活潑。我要給你幾句忠告：別把終

9 懺悔者愛德華（Edward the Confessor, 1003-1066），英格蘭國王，一〇四二至一〇六六年在位，因為篤信宗教，獲「懺悔者」稱號。

10 埃塞爾雷德二世（Ethelred the Unready，約 966-1016），英格蘭國王，是威塞克斯（Wessex）王朝的第十四任君王。

11 沙弗林（sovereign），英國金幣，面值一英鎊，現已不通行。

身幸福託付給那些年輕小夥子，年輕人都是傻瓜！你得慎重考慮自己的將來，得等待……」

他用力抓住露希的手臂，俯在她耳邊說：「我不多說了，靜心等待吧。那些傻瓜以為我快死了，哼，還早得很呢，如果最後我比他們都長壽，那一點也不稀奇。我們就等著瞧吧！哦，是的，我們就等著瞧！哈羅德沒孩子，賽巨和奧菲還沒結婚，艾瑪……艾瑪現在是不會結婚了。她對昆珀有點意思，但昆珀可沒想過要娶她。當然，還有亞歷山大，對，還有亞歷山大……不過你知道，我很喜歡亞歷山大，那可就糟糕了……我喜歡亞歷山大。」

他皺著眉頭停頓半晌，然後說：「小女孩，那怎麼辦，怎麼辦呢，啊？」

「艾拉貝羅小姐！」

艾瑪的聲音從緊閉的書房門外隱隱約約傳來。露希感激地把握住這個良機。

「桂康索小姐在叫我，我得走了。非常感謝你給我看這些東西……」

「不要忘了我們的祕密……」

「我不會忘記的。」露希說罷匆匆衝進門廳，一時無法確定自己是否真的聽到這個有附帶條件的求婚。

§

戴蒙．蓋達克在蘇格蘭警場自己的辦公室裡，坐在辦公桌旁。他閒適地斜倚在椅子裡，一隻手肘支在桌子上，手裡握著話筒打電話。他說的是法語，聽起來還算流利。

「這只是一種假設，你知道。」他說。

「但是它不失為一種可能。」電話另一端是巴黎市警察局長官署傳來的聲音。「我已經在這個範圍內著手調查。我的情報員報告說，他有兩三條線索還挺有希望的。除非那些女人有家人，或者有情人，否則很容易四處流浪，反正沒人替她們操心。她們或許去旅行，或許另結新歡，總之誰也無權過問。真遺憾，您寄給我們的照片太難辨認了。被掐死的人，樣子不會好看到哪裡去。那幫不上忙。我再去研究一下我的情報員對於這件事的最新報告，也許會有新發現。再見，親愛的朋友。」

蓋達克禮貌地重複一句「再會」，這時候，一名警察把一張字條放到他的辦公桌上，上面寫著：「桂康索小姐。求見蓋達克警官。鹿瑟福莊園一案。」

他放好話筒，對那警察說：「請桂康索小姐過來吧。」

他往椅子上一靠，一邊等一邊想。

這麼說他並沒有弄錯囉？艾瑪．桂康索的確知道一些事情。也許不多，但總是有的。而且她已經決定要告訴他了。

艾瑪被領進辦公室，他站起身來和她握手，請她在椅子裡坐下，並遞過一根菸，艾瑪謝絕了。之後是短暫的冷場，蓋達克想，她是在努力搜尋合適的措詞。他往前探了探身子，說：「您來是有事告訴我吧，桂康索小姐？我能為您效勞嗎？您在擔心什麼事情，對吧？也許您覺得只是小事一樁，和本案沒有關係；但再深入一想，或許它與本案有關也說不定。您來這兒是想把這事告訴我的，對吧？它可能有助於辨認遇害女子的身分。您覺得自己知道她是誰嗎？」

「不，不，不全是那樣，我真的覺得不太可能，但是……」

「不過還是有一些可能性，所以您很擔心。您最好把它告訴我們。我們或許能讓您安心一些。」

過了一會兒，艾瑪才開口說道：「您已經見過我三個哥哥了。我還有一個哥哥愛德蒙在戰爭中陣亡了。就在他去世前不久，他從法國給我寫來一封信。」

她打開手提包，取出一封破舊褪色的信讀了起來：

我希望不會讓你大吃一驚，親愛的艾瑪，我快要結婚了，和一個法國女孩。這一切也許太突然了，但我相信你會喜歡馬蒂娜。萬一我有什麼不測，你要好好照顧她。下一封信我再把詳細情形告訴你，那時候，我就是已婚男子了。慢慢地把這個消息透露給老爸，好嗎？他也許會氣得七竅生煙！

蓋達克警官伸出一隻手，艾瑪躊躇了一下，把信放到他手裡。她接著急急地說下去。

「收到這封信的兩天後，我們便接到電報，說愛德蒙下落不明，可能是陣亡了；後來有報告確認他已經犧牲。那正是敦克爾克戰役之前一個極端混亂的時期。就我查出的消息看來，軍方並沒有他結婚的紀錄。可是就如我剛才所說的，那時候是個極端混亂的時期。我從此失去那女孩的消息。戰後我也努力找尋過，但我只知道她的教名，那片法國領土又曾被德軍占領，加上我們不知道她的姓氏及其他情況，想找到她實在太難了。最後我想，可能婚禮根本就沒有舉行，也可能她在戰爭結束前就嫁給別人了，或者，甚至她也未能倖免於難。」

蓋達克警官點點頭，艾瑪接著說下去。

「就在大約一個月前，我收到一封落款是馬蒂娜．桂康索的信。您應該可以想像我當時的震驚。」

「您把信帶來了嗎？」

艾瑪從皮包裡拿出信遞給他。蓋達克頗有興趣地讀著。信是用斜體字寫的，出自一個受過教育的法國人手筆。

親愛的小姐：

希望收到這封信不會讓你太感意外。我甚至不知道你哥哥愛德蒙是否已把我們結婚的事告訴你，他說會告訴你的。我們結婚才幾天他就陣亡了；與此同時，德軍又占領了我們的村子，儘管愛德蒙曾經囑咐我寫信給你或者與你聯繫，但戰爭結束後，我並沒有那樣做。那時我已經擁有自己的新生活，再沒有必要和你們聯絡了。可是現在情況起了變化，我寫這封信是為了我兒子，他是你哥哥的親骨肉，你知道，而我……我無法給他本應享有的權益。下星期的頭幾天我會到英國，如果我能去看你，你能告訴我一聲嗎？我的地址是：倫敦北十區艾爾維新月街一二六號。再次希望這封信不會讓你感到太意外。

謹致以良好的祝願。

馬蒂娜・桂康索

蓋達克沉默半晌，又仔細地重讀一遍，才把信遞回去。

「您收到這封信後做了什麼，桂康索小姐？」

「我的妹夫布萊恩・伊特立那時正好在場，我就把這事跟他說了。然後我又打電話給在倫敦的哥哥哈羅德，和他商量了一下。他對整件事情抱持懷疑態度，囑咐我千萬要小心，還說我們必須好好查看那女人的證件。」艾瑪略作停頓，又繼續說下去：「當然，那些話都是些普通常識，我也很贊同他的看法。但如果這女孩——這女人——真的是愛德蒙信中提過的馬蒂娜，那我覺得我們得好好款待她。我按照她信中留下的地址回了信，邀情她來鹿瑟福莊園與我們會面。幾天後，我收到一封從倫敦打來的電報：『萬分抱歉，迫於意外事故必須返法，馬蒂娜。』此後，她就再也沒有來信或有任何消息了。」

「這是什麼時候的事？」

艾瑪皺皺眉頭。

「就在聖誕節之前。我之所以記得，是因為我本來想建議她和我們共度聖誕節。但我父親怎麼也不願意，所以我就提議她在聖誕節之後的那個週末，也就是趁大家還在這兒的時候過來。我想，她那通說要回去法國的電報，是在聖誕節前幾天發出的。」

「於是你認為，石棺裡的女屍可能就是這個馬蒂娜？」

「不，當然不是。但你說她可能是外國人時，我不由自主地開始懷疑，萬一……」

她的聲音慢慢低了下去。

蓋達克趕快安撫她。

「您把這件事情告訴我們，做得很對。我們會深入調查。我覺得那個寫信給你的女人很有可能確實回法國去了，現在還活得好好的。另一方面，的確存在著時間上的巧合。您很聰明，已經意識到這一點。審訊時您也聽見了，法醫證明死亡時間是在三、四個星期之前。別擔心，桂康索小姐，交給我們處理吧。」他又不經意地加了一句：「您和哈羅德．桂康索先生商量過了，那您父親和其他哥哥是怎麼說的？」

「我當然得告訴我父親。他非常緊張，」艾瑪淡淡一笑。「認為這事早有預謀，她的目的是想訛詐我們的錢。我父親一說到錢就特別激動。他相信——或者假裝相信吧——自己是個窮人，得盡力節省每一分錢。我相信老年人有時會有那種偏執。實情當然不是這樣，他有錢得很，而且實際上連四分之一都用不了……或者說，在個人所得稅沒有變得這麼高之前都用不了。他必定已經存下了一大筆錢。」她停了一下，又接著說：「我也告訴另外兩個哥哥。

奧菲好像把它當笑話看待，不過他也認為十之八九是個騙局。賽巨則絲毫不感興趣，他生性以自我為中心。最後我們決定接待馬蒂娜，同時邀請我們的家庭律師溫伯恩先生到場。」

「溫伯恩先生對這封信有什麼看法？」

「我們還沒來得及和他商量這件事。正要告訴他的時候，馬蒂娜的電報來了。」

「您沒採取進一步的行動嗎？」

「有，我寫信到倫敦的那個地址，信封上還寫明『請轉交』的字樣。但是沒有任何回音。」

「真是怪事，嗯……」他敏銳地看了她一眼。「您自己是怎麼想的？」

「我不知道該怎麼想。」

「您當時的反應是什麼？您覺得這封信是真的嗎？或者說，您同意父親和哥哥的看法嗎？還有，您的妹夫呢？他又做何感想？」

「哦，布萊恩覺得信是真的。」

「那麼您呢？」

「我？我不敢確定。」

「那您的感覺如何？假設那女子真是您哥哥愛德蒙的遺孀？」

艾瑪的臉色變得柔和起來。

「我非常喜歡愛德蒙，他是我最喜歡的哥哥。我看這封信確實是處在馬蒂娜那種境況下會寫出的信。她描述的事情經過也很合乎情理。我猜戰爭結束後，她可能再婚了，或者和某個能保護她和孩子的男人生活在一起。後來這男人也許死了，也許離開了她，於是她覺得應該像愛德蒙生前希望的那樣，請他的家族接受她。依我看，這封信寫得真實而自然……當然，哈羅德說，如果是為了招搖撞騙，那八成是個認識馬蒂娜或熟悉實情的女人，炮製了這封看似真實的信。我不得不承認他那種說法很合理，但是我仍然……」

她停下不說了。

「您希望這是真的？」蓋達克溫和地問道。

她感激地看了他一眼。

「當然，我希望這是真的。要是愛德蒙留下一個兒子，那我真是太高興了。」

蓋達克點點頭。

「正如您所說，那封信從表面上看很真實。令人驚奇的是後面接踵而來的事情：馬蒂娜．桂康索突然離開英國返回巴黎，事實上，你也從此沒了她的消息。您已經很親切地答覆了她，並且正準備歡迎她的到來，那為什麼她返回法國之後就再也不給您寫信了呢……那是假定真有其人而言。如果她是個騙子，當然這就好解釋得多了。我原以為您和溫伯恩先生商量過，於是他著手進行調查，結果弄得打草驚蛇；但您又告訴我，您並未與溫伯恩先生商議過。還有一種可能是，您的哪位哥哥去調查，而這個馬蒂娜有某些背景不可告人。她本以為要對付的只是愛德蒙疼愛的小妹妹，而不是個頭腦精明、生性多疑的生意人。她本來指望從您那兒為她的孩子爭取到一筆錢……現在也不是孩子了，應該是一個十五歲或十六歲的大男孩了……不用接受什麼盤問。後來卻發現，她要應付的是一個根本不同的局面。結果，可以想像，一些法律方面的問題會隨之而生。如果愛德蒙・桂康索真的留下一個兒子，是在婚姻狀態下生下的兒子，他會成為您祖父遺產的繼承人之一吧？」

艾瑪點點頭。

「而且，據我所知，他還將繼承鹿瑟福莊園和周圍的土地。現在它們大概已經是很值錢的建築用地了。」

艾瑪看上去有點吃驚。

「哦，我可沒想到那上面去。」

「嗯，反正我不必擔心。」蓋達克警官說，「您做得很對，前來告訴我這件事。我會進行調查。我看那個寫信的女人——她可能是想詐取錢財——和石棺中發現的女屍應該沒什麼關聯。」

艾瑪如釋重負地嘆了口氣，站起身來。

「真高興我告訴了您，您真親切。」

蓋達克一直把她送到門口。

然後他打電話叫韋瑟羅警佐進來。

「鮑勃，交給你一個任務。你去倫敦北十區艾爾維新月街一二六號走一趟，把鹿瑟福莊園一案中遇害女子的照片也帶去，看你能不能調查到一個自稱為桂康索太太——馬蒂娜・桂康索太太的情況。大概在十二月十五日到月底這段時間，她可能在那兒住過，或者曾把那兒當作通訊處。」

「是，長官。」

蓋達克開始埋頭處理桌上堆積如山的公文。下午他去拜訪一個擔任劇團經紀人的朋友，向他詢問了一番，也毫無結果。

當天晚些時候他又回到辦公室，發現桌上有份從巴黎拍來的電報：

您所提供情況與馬里茲基芭蕾舞團安娜・史卓文卡有關。建議來巴黎。

德桑，巴黎市警局局長官署

蓋達克克解脫地舒了一口長氣，眉頭舒展開來。

馬蒂娜・桂康索的事總算有點眉目……他決定搭乘晚上的渡船去巴黎。

／13

「你真是太客氣了，邀請我來和你們一起用茶。」瑪波小姐對艾瑪・桂康索說。

瑪波小姐一副可愛的老太太模樣，看來顯得糊里糊塗、傻里傻氣。她一邊衝著每一個人微笑，一邊環顧四周……哈羅德・桂康索穿著剪裁合身的深色外套，奧菲充滿魅力地笑著把三明治遞給她，賽巨穿了件破舊的花呢夾克站在壁爐邊，瞪眼看著家裡其他的人。

「真高興您能來。」艾瑪彬彬有禮地答道。

她隻字未提那天午餐後發生的那一幕……

「天哪，我都忘了，我告訴艾拉貝羅小姐今天帶她的姑媽來喝茶的。」

「去她的。」哈羅德粗暴地說，「我們還有好多話沒講，不需要陌生人在這兒打擾。」

「讓她和那女孩在廚房或別的什麼地方喝吧。」奧菲說。

「哦，不行，我不能那樣做。」艾瑪堅定地說，「那太不禮貌了。」

「哦，讓她來吧。」賽巨說，「我們可以從她那兒套套那個精靈古怪的露希的底細。我承認，我想進一步了解她。我無法信任她，她太聰明了。」

「她的人脈關係很好，而且是真的。」哈羅德說，「我已經把調查她的來歷一責包攬下來了。一定要弄清楚。她那樣到處亂翻，找出那具屍體……」

奧菲說：「如果我們能知道那該死的女人是誰就好了！」

哈羅德怒氣沖沖地加了一句：「我一定要說，艾瑪，你真是腦子出問題了，居然告訴警察那具屍體可能是愛德蒙的法國女朋友！他們會就此認為她來過這兒，還可能是我們當中的某個人謀殺了她！」

「哦，不，哈羅德，不要誇大事實。」

「哈羅德說得沒錯。」奧菲也說，「你被什麼鬼迷了心竅，我不知道，反正我總覺得不管走到哪兒都有便衣跟著。」

賽巨說：「我要她別去，可是昆珀支持她。」

「這又不干他的事。」哈羅德怒不可遏地說，「叫他鑽到藥片藥粉堆裡研究他的國民健康吧！」

「哦，別再吵了。」艾瑪疲倦地說，「有位老太太要來喝茶，我真是挺高興的。有個陌生人在這兒，對我們大家都有好處，至少不必把同樣一件事情翻來覆去地說上一遍又一遍。我得去稍微整理一下。」

她走出了房間。

「這個露希・艾拉貝羅……」哈羅德說完停頓了一下。「正如賽巨說的，這事也太奇怪了。她在長倉裡東尋西找，居然還弄開了石棺。那需要花很大的力氣啊。也許我們是該採取行動了，我覺得吃午飯時她的情緒很不對。」

奧菲說：「交給我吧，我很快就能查出她來這裡是不是有什麼目的。」

「她為什麼要打開石棺？」

「說不定她根本不是真正的露希・艾拉貝羅。」賽巨提出他的觀點。

「但那到底……」哈羅德看起來非常煩惱。「哦，真該死！」

他們面面相覷，憂慮之情溢於言表。

「我們正想仔細思考一下，這個討厭的老太婆又要來喝茶了。」

「今天晚上再好好商量商量吧。」奧菲說，「我們得從老太太嘴裡多套點露希的底細。」

於是，露希如約把瑪波小姐接了過來，並將她在壁爐邊安頓好。這會兒，奧菲正遞給她三明治，她則對奧菲欣賞地微笑著。她對相貌英俊的男人總是這樣。

「太謝謝你了……請問……哦，雞蛋和沙丁魚，真是太好了。我一喝茶恐怕就會貪嘴起來……你知道，一個人年紀大了……當然，晚上我吃得很少……我不得不小心謹慎。」她又轉向女主人。「你的房子真漂亮啊！還有這麼多漂亮的陳設，這些銅器，嗯，讓我想起我爸爸在巴黎博覽會上買的東西……真的？是你祖父買的？古典式樣，是不是？真美啊。你真幸福，兄弟們都在身邊。很多家庭都是四處離散，有的在印度，不過我想現在那裡是完了；還有非洲西海岸，氣候那麼糟糕。」

「我兩個哥哥住在倫敦。」

「多好啊！」

「另外一個哥哥賽巨，他是個畫家，住在伊比薩，巴里亞利群島中的一座島嶼。」

「畫家總是特別喜歡島嶼，是吧？」瑪波小姐又說，「蕭邦喜歡馬略卡島，對吧？但他是個音樂家。我還想起了高更。他過著一種很讓人悲哀的生活，有人覺得他在虛度光陰。我個人從不喜歡以土著婦女為題材的畫作……不過我知道他很受推崇。我不喜歡那種火紅的顏色，看他的畫讓人覺得悲從中來。」

她有些不以為然地瞥了賽巨一眼。

「瑪波小姐，跟我們說說露希小時候的事吧。」賽巨說。

她開心地對他笑笑。

「露希從小就很聰明。」她說，「是的，你很聰明，親愛的……現在別打岔；她的數學成績尤其突出。啊，我記得有一次，賣肉的多算了我的錢……」

瑪波小姐滔滔不絕地回憶起露希的童年，然後又說到了自己在鄉村度過的童年時光。

布萊恩和孩子們進來了，打斷了瑪波小姐。三個人剛才熱情高漲地去尋找線索，結果弄得又溼又髒。茶點拿來了，接著又來了昆珀醫生。他被介紹給老太太後，環視四周，微微有些吃驚。

「你爸爸沒什麼不舒服吧，艾瑪？」

「哦，沒有，只是今天下午他覺得有點累。」

「我想他是不想接待我這位客人吧。」瑪波小姐惡作劇般笑著。「我記得我親愛的老爸總是對我母親說：『有很多老太太要來嗎？把我的茶端到書房裡。』他挺任性的。」

「您可別以為……」

艾瑪剛一開口，就被賽巨插了進來。

「打從他親愛的兒子們一回來，他就在書房裡喝茶。從心理學角度來分析，這也是可以預見的，是不是，醫生？」

昆珀醫生很少把時間花在吃飯上，只見他囫圇吞著三明治和咖啡蛋糕，臉上還帶著毫不掩飾的讚賞之情。他說：「心理學就留給心理學家去研究吧。麻煩的是，現在的人都愛當業餘心理學家。我的病人們都能準確地告訴我，他們正受著什麼情結和精神官能症的煎熬，從不給我機會告訴他們。謝謝你，艾瑪，我還想再來一杯。今天沒時間吃午飯。」

「我認為醫生這一行是高尚而充滿犧牲精神的。」瑪波小姐說。

「可能您認識的醫生不是很多。」昆珀醫生說，「他們常被稱為吸血鬼，而多半也是些吸血鬼。無論如何，我們現在是有報酬的，而且國家會提供照顧。我們不會明知收不到錢還把帳單寄出去。但麻煩在於，每一個病人都想盡可能享受政府提供的福利。所以，如果小詹尼晚上咳嗽了兩次，或者小湯米吃了兩個青蘋果，那可憐的醫生就不得不半夜趕去看病！

哦，太好了，這蛋糕真好吃！艾瑪，你做得太棒了！」

「不是我做的，是艾拉貝羅小姐的手藝。」

「你做得也一樣好。」昆珀很忠誠地說。

「請你來看看父親好嗎？」

她站了起來，醫生也跟著起身，瑪波小姐目送他們離開房間。

「桂康索小姐是個很孝順的女兒，我看得出來。」她說。

「無法想像她怎麼受得了老爸！」賽巨快人快語。

「她在這兒有個舒適的家，父親也很愛她。」哈羅德趕快說。

賽巨說：「艾瑪人太好了，注定要做個老處女。」

瑪波小姐眼光微微一閃，說道：「哦，你這麼認為嗎？」

哈羅德趕緊說：「我哥哥用老處女這個詞語並沒有惡意，瑪波小姐。」

「哦，我沒有生氣。」瑪波小姐說，「我只是懷疑他的說法是否正確。我個人以為，艾瑪小姐不會做老處女，她屬於那種比較晚婚的人，但婚姻會很美滿。」

「若住在這兒就不太可能了，這裡找不到什麼可嫁的人。」賽巨說。

瑪波小姐眼中的光芒更強烈了。

「總還有牧師或……醫生吧。」

她看看這個又瞧瞧那個，眼神親切而略帶頑皮。

顯然她在暗示他們未曾注意到的某件事，而且這事還未必讓他們覺得開心。

瑪波小姐站起身來，身上幾條羊毛小圍巾和手提包跟著掉了下來。

三兄弟很殷勤地替她撿起來。

「你們真是太好了。」瑪波小姐的聲音像長笛一樣悅耳。「哦，對了，還有我那條藍色披肩……是的……再次感謝你們的盛情款待。你們知道，我一直在心裡想像你們家是什麼樣子，以便設想小露希在這兒的情形。」

「完美的家庭組合……還有謀殺案發生呢。」賽巨說。

「賽巨！」哈羅德勃然大怒。

瑪波小姐朝賽巨微笑著。

「你知道你讓我想起誰嗎？小托馬斯．伊德，一個銀行經理的兒子，他總是語不驚人死不休。這在銀行界當然行不通，所以他去了西印度群島……他在父親死後才回來，繼承了一大筆財產。這安排倒是不錯，他花錢的本事比賺錢強多了。」

§

露希送瑪波小姐回家。回程她正要轉進莊園後面那條小路時，有人從黑暗中閃出來，站在汽車前燈的光柱裡舉起手。露希認出那是奧菲．桂康索。

他鑽進車子，說：「這好多了，啊，外面好冷啊！我原來想舒舒服服地到外面溜達溜達，可是根本動不了。你已經把老太太送回去了？」

「是啊，她玩得很高興。」

「我們都看出來了。真是好玩，老太太們就喜歡參加各種各樣的聚會，不管它有多枯燥乏味。說真的，沒有比鹿瑟福莊園更乏味的地方了。我最多只能在這兒待兩天。你怎麼忍耐得下去，露希？不介意我叫你露希吧？」

「不介意。我不覺得這兒乏味啊。當然，我也不會長久做下去。」

「我一直在注意你……你是個聰明的女孩，露希，你太聰明了，煮飯打掃只是在浪費你的才能。」

「謝謝您，但我寧願煮煮飯、打掃打掃，也不想去坐辦公室。」

「我也是，但還有別的生活方式啊。你可以做一個自由工作者。」

「我就是啊。」

「不是指這種類型。我是說，為自己工作，把智慧用於對抗……」

「對抗什麼？」

「權力！對抗那些束縛我們、愚蠢、庸人自擾的規定！如果你夠聰明，你會發現總有辦法繞開那些規定。你是個聰明人，告訴我，這個想法對你有吸引力嗎？」

「也許吧。」

露希把車子駛進了馬廄。

「你不願考慮嗎？」

「我還得多聽一些意見。」

「打開天窗說亮話吧，我親愛的小姐，我可以聘用你。你有一種難能可貴的氣質，讓人對你產生信心。」

「您想要我幫您賣金磚嗎？」

「沒那麼冒險。只是稍微避開法律，僅此而已。」他的手在她的手臂上滑動。「你真是十分迷人，露希，我希望你能和我合作。」

「您過獎了。」

「所以我是白費唇舌了？好好考慮考慮，想想它的樂趣，以自己的智慧戰勝那些保守派。麻煩的是，我們需要資金。」

「恐怕我也沒錢。」

「哦，我可不是在向你乞討。不久後我就有錢了。我那偉大的爸爸，那個老吝嗇鬼，可不會長命百歲。一旦他嗚呼哀哉，我就真的有錢了。怎麼樣，露希？」

「條件是什麼？」

「你要是樂意的話，我們就結婚。女人嘛，不管有多麼先進、多麼獨立，總歸是想結婚的，而且已婚女子不會提供不利於丈夫的證明。」

「這話稍嫌逆耳了！」

「別裝傻了，露希，難道你不知道我已經愛上你了嗎？」

露希詫異的是，自己居然有種意亂情迷的感覺。奧菲身上的確有股魅力，但那也許純粹是肉體的吸引力罷了。她大笑著從他環抱的手臂中掙脫出來，說：「現在不是調情的時候，還得想想晚餐要做什麼。」

「好吧，露希，你是個可愛的廚師！晚上吃什麼？」

「等著瞧吧。您真壞，就像個孩子似的！」

他們進屋子後，露希急忙跑進廚房。正在準備晚餐時，哈羅德・桂康索來了，露希感到十分意外。

「艾拉貝羅小姐，我能與你談談嗎？」

「過一會兒好嗎，桂康索先生？我正在忙。」

「當然，當然可以。晚飯後怎麼樣？」

「好的，沒問題。」

晚餐準時上菜，同樣深得大家讚賞。露希洗刷完畢，走進門廳，發現哈羅德・桂康索正在那兒等著她。

「是什麼事，桂康索先生？」

「我們來這兒說好嗎？」

他開了客廳的門，領著露希走進去，還把門給帶上了。

「明天一早我就要走了。」他解釋道，「我想告訴你，你的幹練著實讓我驚訝。」

「謝謝您。」露希微感詫異。

「我覺得你的天賦被浪費了，確實是浪費了。」

「是嗎，我倒不覺得。」

他總不會要我嫁給他吧，露希心想，他已經有太太了。

「承蒙你的好心照拂，陪我們度過這段令人痛心的困頓期。我想請你到倫敦來……如果你願意打電話過來約個時間，我會交代祕書這件事。說實話，我們公司可以聘用像你這樣能力出眾的人。我們可以一起討論，看哪個領域最能讓你發揮長才。艾拉貝羅小姐，我可以提供你一份優渥的薪水以及美好的發展前途，我想它的結果會令你喜出望外。」

他慈祥地微笑著。

露希認真地回答：「謝謝您，桂康索先生，我會考慮的。」

「別考慮太久，一個有心上進的女孩是不會錯過這種機會。」他又露齒一笑。「晚安，艾拉貝羅小姐，好好睡一覺。」

「嗯，」露希自言自語。「嗯，這一切太有趣了……」

上樓睡覺時，露希在樓梯上遇見了賽巨。

「喂，露希，我想和你說點事。」

「你要我嫁給你，去伊比薩島照顧你嗎？」

賽巨大吃一驚，微微有些慌亂。

「我從沒想過這種事情。」

「對不起，我弄錯了。」

「我只想問問你，家裡是不是有火車時刻表？」

「就這樣？門廳的桌上就有一份。」

「你知道嗎？」賽巨責備她說，「別總以為每個人都想娶你。你是個漂亮女孩，但還沒漂亮到那種程度。這種毛病有個說法……它會在你身上不斷發展，而你也變得愈來愈糟糕。事實上，如果我要結婚，你一定是我最後一個選擇，最後一個選擇！」

「是嗎？」露希說，「你不用再嘮叨了。也許你比較喜歡我做你的繼母？」

「你說什麼？」賽巨目瞪口呆地看著她。

「你剛才已經聽見了。」

露希說著走進自己的房間，關上了門。

14

戴蒙·蓋達克和巴黎市警察局局長阿爾芒·德桑非常友好。兩人見過一兩次面，相談甚歡。因為蓋達克的法語說得很流利，所以兩人的談話大部是用法語進行。

「那只是一種假想而已。」德桑提醒他。「我這兒有一張那個芭蕾舞團的照片……那就是她，左邊數來第四個。這有什麼幫助嗎，啊？」

蓋達克警官承認幫助不大。被掐死的女人本來就不易辨認，更何況這張照片上的女孩都化了濃妝，戴著華麗的鳥羽頭飾。

「也可能是她，」他說，「我無法再做進一步判斷。她是誰？你知道她的什麼情況？」

「幾乎等於零。」局長樂呵呵地說，「你知道，她不是什麼重要角色。這個馬里茲基芭蕾舞團也不是什麼重要劇團。它都在郊區的劇院表演，長期巡迴演出，它不具聲譽，沒出過明星，也沒有著名的女主角。不過我會帶你去見見管理劇團的喬萊特夫人。」

喬萊特夫人是個精力旺盛、辦事有條不紊的法國女人，一雙眼睛精明外露，唇上有點汗毛，還有一身肥肉。

「我……我不喜歡警察。」她狠狠地盯著他們，毫不掩飾她對這次會唔深惡痛絕。「他們就知道讓我難堪。」

「不，不，夫人，您別那麼說。」德桑說，他是個高高瘦瘦、神色憂鬱的男人。「我什麼時候讓您難堪了？」

「你忘了那個喝石碳酸的小傻瓜？」喬萊特夫人馬上接腔。「她愛上了樂隊指揮，而那傢伙自己另有興趣所在，對女人毫不在意。但你就為了那件事大做文章！這對我那些美麗的芭蕾舞演員一點好處也沒有。」

「正好相反，你們的票房因此大為提高，」德桑說，「而且那都是三年前的事了，您不該耿耿於懷。現在來談談這個女孩，安娜．史卓文卡。」

「嗯？她怎麼啦？」夫人小心翼翼地問道。

蓋達克警官問：「她是俄國人嗎？」

「不，不是。是她的名字讓你這麼想吧？那些女孩子就愛取這樣的名字。她不是重要角色，跳得不好，長得也不特別漂亮。表現算是差強人意，群舞跳得不錯，獨舞就不行了。」

「她是法國人嗎？」

「也許。她有一本法國護照，不過她有一次告訴我，她有個英國丈夫。」

「她告訴你她有個英國丈夫？還活著嗎？還是去世了？」

喬萊特夫人聳聳肩膀。

「死了，或者離開她了吧。我哪知道那麼多？這些女孩子總是和男人糾纏不清。」

「您最後一次見到她是什麼時候？」

「我帶團到去倫敦六個星期。我們在托基、伯恩茅斯、伊斯特本，還有個什麼地方我忘了，另外還在哈默史密斯等地演出。然後我們回到法國，但安娜沒回來。她留話說要離開劇團去和夫家的人住在一起，總之是胡說八道了一番。我可沒把它當真。八成是她又遇見了一個男人，你知道。」

蓋達克警官點點頭，他知道喬萊特夫人會這麼想。

「這對我沒什麼損失，我一點也不在乎，反正我能找到更好的女孩子來跳舞。所以我只是聳聳肩，再也沒去想她了。我何必？女孩子就是這樣，總是為男人瘋瘋癲癲的。」

「那是哪一天？」

「我們回巴黎的時間嗎？那是……是的，聖誕節前的星期日。安娜是在這之前兩天或三天離開劇團。我不是記得很清楚……但是在哈默史密斯的那個週末，她就缺席了，我不得不重新安排……她也真夠麻煩的。這些女孩子呀，見到男人全是一個樣。我斬釘截鐵地對團員說：『嘖，我再也不要她了，那種人！』」

「您非常生氣。」

「啊！我……我可不在乎。毫無疑問，她又和新結識的某位男士共度聖誕了！這不關我的事，反正我能找到別的女孩，有好多女孩想到馬里茲基芭蕾舞團跳舞哩。她們會和安娜跳得一樣好，或者跳得比她更好。」

喬萊特夫人停頓了一下，閃動著眼睛，很感興趣地問道：「你們為什麼想找她呢？她發財了嗎？」

蓋達克警官禮貌地回答：「與此相反，我們認為她可能被謀殺了。」

喬萊特夫人又恢復了原先的冷漠。

「這有可能！有過這種情況。唉！她還是個虔誠的天主教徒呢，每週日都去做彌撒……一定是去懺悔。」

「夫人，她有沒有對您說過她有個兒子？」

「兒子？你是說她有個孩子？那個……我覺得不大可能。這些女孩全部……她們每一個人都知道那個有用的地址，必要時就去那兒。德桑先生和我一樣清楚。」

「她在從事舞台表演之前可能生過孩子，」蓋達克說，「比如說，在戰時。」

「啊，在戰爭期間！那很有可能。但我對此一無所知。」

「其他的女孩有誰和她最要好？」

「我可以給你兩三個人的名字，但她和誰都不是特別親密。」

他們從喬萊特夫人那兒再也問不出什麼有用的東西了。

後來他們把粉盒拿給喬萊特夫人看，她說安娜是有一個那種粉盒，但團裡其他女孩大多也有。安娜是否在倫敦買過一件毛皮大衣？她不知道。「我啊，我每天都得處理排練、舞台燈光、生意上的各種困難，沒時間去管演員穿什麼衣服。」

之後，他們又找喬萊特夫人提到的那幾個女孩談話。其中一兩個和安娜很熟，但她們都說安娜很少談自己，一個女孩說，安娜談到自己時就開始謊話連篇。

「她喜歡胡謅，說自己曾是大公爵或英國金融家的情婦，或說戰時為地下組織工作過，甚至有一回說在好萊塢當過電影明星。」

另一個女孩說：「我想她確實有過一段平淡的中產階級生活。她喜歡跳芭蕾，因為覺得芭蕾舞很浪漫，但她跳得並不好。你知道，如果她說『我父親是亞眠的一個布商』，那就不夠浪漫了。所以她就自己編故事。」

「在倫敦的時候，」先前那女孩說，「她甚至暗示說，有個很有錢的人要帶她環遊世界，因為她讓他想起他在車禍中喪生的女兒。瞧她牛皮吹得多大！」

「她告訴我要和一個富有的蘇格蘭貴族一起生活，要在那兒射野鹿。」第二個女孩又說。

這些話都無濟於事，從中得出的結論只有一個：安娜·史卓文卡是個大說謊家。她當然沒有在蘇格蘭和一個貴族一起射鹿，也不可能站在灑滿陽光的輪船甲板上環遊世界，但除此之外，也沒有理由認為她就躺在鹿瑟福莊園的一具石棺裡。女孩們和喬萊特夫人辨認起她來也非常猶疑不定。有一點像安娜，這一點她們都同意，可是那具屍體全身已經腫脹不堪，有可能是任何一個人。

唯一能確定的事是：十二月十九日，安娜．史卓文卡決定不回法國；十二月二十日，一個外表與她相似的女子乘坐四點三十三分的火車去布拉漢頓，而且在車上被人掐死。

如果石棺裡的女屍不是安娜．史卓文卡，那麼安娜現在人在哪裡？

喬萊特夫人的回答簡單而篤定：「和一個男人在一起！」

也許正確答案就是這樣吧，蓋達克沮喪地想著。

另一種可能性也得考慮到……有人不經意地提起安娜說自己有個英國丈夫。

那個丈夫會不會就是愛德蒙．桂康索？

想想熟人對安娜的描述，這一點似乎不大可能。還有一種更大的可能性就是：安娜以前認識馬蒂娜，兩人的關係非常親密，所以安娜得知馬蒂娜的許多重要隱私。或許給艾瑪．桂康索寫信的人就是安娜，但她又害怕引起別人調查，甚至出於謹慎而斷絕了與馬里茲基芭蕾舞團的關係。但老問題又來了：她現在人在哪裡？

顯然，喬萊特夫人的回答具有最大的可能性：和一個男人在一起……

§

蓋達克離開巴黎之前，和德桑討論了馬蒂娜的問題。德桑傾向於同意這位英國同行的意見，認為這件事和石棺裡發現的女屍沒有關聯，但他也認為應該進一步調查此事。

他向蓋達克保證，法國保安局會盡力調查，看看是否有南特郡第四步兵團愛德蒙．桂康索中尉和一個教名為馬蒂娜的法國女子的婚姻紀錄，時間在敦克爾克陷落之前。

但他也提醒蓋達克，很難得到確鑿無疑的答覆。他們說的那個地區，幾乎也就在那時候被德軍占領，此後屬於法國的那部分領土備受戰爭蹂躪，很多建築物和相關紀錄都已毀掉。

「不過你放心吧，親愛的老同行，我們會盡力而為。」

說完，他和蓋達克就分手了。

§

蓋達克回來時，韋瑟羅警佐已經等得興味索然。

「是個寄宿公寓，先生？艾爾維新月街一二六號是個寄宿公寓，挺富麗堂皇的，所有條件都不錯。」

「有人認出她嗎？」

「沒有，沒人看過照片上的女人去那兒取過信，但我本來就覺得希望不大，都過了將近一個月了，而且很多人寄宿過那地方，那兒實際上是學生的寄宿宿舍。」

「她也許用另一個名字住在那裡。」

「即便是這樣，他們也沒認出照片上的人。」他又補充道：「我們在附近旅館也轉了轉，沒人用馬蒂娜・桂康索的名字登記過。接到您從巴黎打來的電話後，我們就調查了安娜・史卓文卡的名字。她和劇團其他成員一起在布魯克林一家廉價的旅館登記住宿過。那兒住的大部分是演員。十九日星期四晚上表演結束後，她就退了房。再沒有別的紀錄了。」

蓋達克點頭，建議韋瑟羅警佐再做一次深入調查，但他自己也覺得成功的希望很渺茫。經過一番考慮，他打電話給「溫伯恩／亨德森／卡斯太爾律師事務所」，要求和溫伯恩先生約時間見面。

他被領進一間通風不佳的房間，溫伯恩先生正端坐在一張老式的大辦公桌後面，桌上堆滿一捆捆塵封的文件。牆上掛著各種契約箱，標著已故「約翰・弗爾德斯爵士」、「德林夫人」、「喬治・羅博頓」等字樣。至於這是過去遺留下來的，還是現在正在處理中的事務，他就不得而知了。

溫伯恩先生看著來訪者，露出家庭律師面對警察那種客氣而又警惕的神情。

「需要我為您效勞嗎，警官先生？」

「這封信……」

蓋達克把馬蒂娜的信推到辦公桌那邊。溫伯恩先生伸出一個指頭，很不情願地碰了碰，也沒有拿起來看。他的臉色微微變紅，嘴唇抿得緊緊的。

「就是這個，」他說，「就是這個！昨天早上我收到艾瑪・桂康索的信，她告訴我，她去了蘇格蘭警場以及……後續的情況。我得說我被弄糊塗了，真是弄糊塗了！為什麼他們收到這封信時不和我商量商量！令人無法理解！應該馬上通知我的……」

蓋達克警官重複幾句客套話來安慰溫伯恩先生，這倒是讓他心平氣和的最好辦法。

「我完全不知道愛德蒙結過婚。」溫伯恩先生委屈地說。

蓋達克警官說他認為可能是因為在戰爭期間，所以就含含糊糊沒了下文。

「戰爭期間！」溫伯恩先生怒氣沖沖地厲聲道，「是啊，戰爭爆發時，我們在林肯法律學院，炮彈直接打在隔壁屋子上，我們的好多紀錄都毀了。當然不是真正重要的文件——為了安全起見，重要的東西都轉移到鄉下了——但還是弄得大家慌亂不堪。那時桂康索家族的事務是由我父親經手。他六年前去世了，他可能知道愛德蒙的這件『婚事』。但從表面上看，他們即使有結婚的打算，也沒有舉行婚禮，所以我父親沒把它當回事。這麼多年後，居然有人跳出來要人承認一樁婚姻和一個婚生子！真是荒唐！我倒要問問，她有什麼證據？」

「如此一來，」蓋達克說，「她和她的兒子能得到什麼？」

「我猜她是想讓桂康索家族供養她和她的兒子。」

「是的。但我的意思是，從法律上看，她和她的兒子能享受到什麼權利……如果她能夠證明身分的話？」

「哦，我明白了。」溫伯恩先生戴起剛才在盛怒之下擱到一邊的眼鏡，一雙精明的眼睛透過鏡片緊盯著蓋達克。「這個嘛，目前什麼也得不到。但如果她能證明那孩子是愛德蒙・

桂康索的兒子，並且是在合法婚姻狀態之下出生的，那麼這個男孩就能在盧瑟．桂康索死後享有喬賽亞．桂康索遺留給他的那份財產。不僅如此，他還可以繼承鹿瑟福莊園，因為他是長孫。」

「有人想繼承那棟房子嗎？」

「以便住在裡面？我認為當然沒有。不過那塊土地，親愛的警官，可值一大筆錢啊。若作為工業和建築用地，它非常值錢，因為這塊土地正位於布拉漢頓的中心位置。哦，是的，是相當可觀的一筆遺產。」

「我記得您告訴過我，盧瑟．桂康索死後，賽巨會得到它吧？」

「他將繼承那筆不動產，是的，因為他是目前年紀最大的兒子。」

「據我所知，賽巨．桂康索對金錢不感興趣吧？」

溫伯恩先生冷冷地瞟了蓋達克一眼。

「是嗎？我個人對這種說法暫持保留態度。這世上確實有一些清高脫俗的人對金錢毫不在意，不過我一個也沒碰到過。」

顯然溫伯恩先生對這句話很是自得。

蓋達克警官趕快抓住這一線希望。

「哈羅德和奧菲，」他試探性地問道，「似乎都因為這封來信而惴惴不安。」

溫伯恩先生答道：「有可能，很有可能。」

「那會減損他們繼承的遺產數目嗎？」

「當然，愛德蒙．桂康索的兒子……姑且說他有個兒子吧，可以享有五分之一的遺產。」

「看來也不是什麼特別嚴重的損失。」

溫伯恩先生機智地瞥了他一眼。

「你的意思是不是這根本不構成謀殺的動機？」

「但我想他們倆在經濟上都比較拮据。」蓋達克低聲說。

他在溫伯恩先生犀利的目光之下毫無怯意。

「哦，所以警方已經調查過了？是的，奧菲幾乎一直手頭吃緊，偶爾有短短一段時間會很有錢，但總是好景不長。哈羅德……看來你已經發現了，現在也是岌岌可危。」

「儘管外表看起來他還是經濟狀況良好？」

「充充門面罷了！完全是在充門面！這些在城市發展的公司，有一半你都不知道他們有沒有償還債務的能力！那些給外行人看的財務報表看起來都沒問題，但如果帳面上的資產並不是真正的資產，如果這些資產正處於破產的邊緣，你會怎麼辦呢？」

「這麼說，哈羅德．桂康索迫切需要金錢周轉？」

「但他掐死亡兄的遺孀也拿不到錢啊。」溫伯恩先生說，「謀殺盧瑟．桂康索才能給家庭成員帶來好處，但沒人去殺他呀。警官，我真不知道你這麼調查下去會有什麼結果。」

最糟糕的是，蓋達克心想，他自己也不知道。

／15

蓋達克警官和哈羅德・桂康索約好在公司辦公室見面，他和韋瑟羅警佐準時到了那兒。辦公室位於金融中心一棟辦公大樓中的四樓，裡面的陳設一派繁榮昌盛的景象，充滿了濃厚的現代商業氣息。

一個乾淨俐落的年輕女士記下他的名字後，謹慎地在電話中低語了幾句，然後起身把他們帶進哈羅德・桂康索的私人辦公室。

哈羅德坐在一張皮面大辦公桌後，和以往一樣充滿自信，無可挑剔。雖然據警官個人掌握的情況來猜測，他已然瀕臨破產，但他依舊絲毫不露痕跡。

他抬起頭熱誠地表示歡迎。

「早安，蓋達克警官，我希望您這次來訪，給我們帶來了比較確切的消息。」

「恐怕沒有，桂康索先生。我只是想再問幾個問題。」

「再問幾個問題？我們把到現在為止能夠想到的每一件事都說出來了。」

「那只是您的感覺，桂康索先生。不過我們也只是在做例行公事而已。」

「好吧，這回您想知道什麼？」他很不耐煩地說。

「我想請您準確地告訴我，去年十二月二十日下午到晚上……大約下午三點到午夜之間，您在做什麼。」

哈羅德．桂康索臉都氣紅了。

「您問我的這個問題好像很特別。我倒想知道，這是什麼意思？」

蓋達克溫和地笑了笑。

「我只是想了解一下，十二月二十日星期五下午三點到午夜，您在什麼地方。」

「為什麼？」

「這有助於縮小破案範圍。」

「縮小範圍？那麼您又掌握了新的線索囉？」

「我們希望是離事實稍稍近了一些，先生。」

「我不知道是不是該回答你們的問題。我是說，如果沒有我的律師在場的話。」

「那當然，看您方便，」蓋達克說，「您不一定非得回答。您也有權在回答問題之前請律師到場。」

「您不是在……我得先搞清楚，在威脅我吧？」

「哦，沒有，先生。」蓋達克警官表現出適度的震驚。「沒那回事。我要問您的問題同樣也會問別人，沒有針對任何人。這是剔除無關資料的必要方法。」

「啊，當然，我願意盡我所能幫助您。讓我想想……這種事一時間不容易想起來。不過我們這兒的工作一向有條不紊，我想，愛莉斯小姐可以幫上忙。」

他對著桌上的一台電話簡短交代了幾句。沒過一會兒，一個身材曼妙、穿著合宜黑色套裝的年輕女郎拿著筆記本走了進來。

「這是我的祕書愛莉斯小姐，蓋達克警官。啊，愛莉斯小姐，這位警官想知道……是哪天來著？」

「十二月二十日星期五。」

「十二月二十日星期五的下午到晚上我在做什麼。我希望你有記下來。」

「哦，有。」

愛莉斯小姐走了出去，又拿了一份辦公室備忘錄回來，翻到那一頁說：「十二月二十日早上您在辦公室，和戈爾迪先生商談格羅馬蒂公司合併的事。後來和福斯維勳爵在伯克利飯店共進午餐……」

「啊，就是那天，是的。」

「您大約三點回到辦公室，口授了十幾份信函。然後您去參加蘇富比拍賣會，對那天拍賣的一份珍貴手稿很感興趣。您沒有再回辦公室，但我留了一張紙條提醒您去參加凱特林俱樂部的晚宴。」她疑惑地抬起頭。

「謝謝你，愛莉斯小姐。」

愛莉斯小姐輕巧地走出了辦公室。

「我記得很清楚，」哈羅德說，「那天下午我去了蘇富比，不過我想要的東西要價太高了。我在傑明街一家小茶館——我想大概是叫拉塞爾吧——喝過茶，又逛到新聞劇院待了半小時左右，然後就回家了。我住在卡地根花園四十三號。凱特林俱樂部的宴會七點三十分在凱特林門廳舉行。結束後我就回家睡覺。我想這樣回答您的問題可以吧？」

「真是一清二楚，桂康索先生，您什麼時候回家換衣服的？」

「我記得不太清楚，大概剛過六點吧。」

「宴會結束時是幾點？」

「是……我想想，我是十一點半到家的。」

「是您的男僕開的門，還是艾麗·桂康索夫人？」

「我夫人艾麗十二月初就去法國南部了。我自己用彈簧鎖鑰匙開的門。」

「那麼您說您在那時候回家，並沒有人可以給您證明囉？」

哈羅德冷冷地盯了他一眼。

「我敢說，傭人們一定聽見我回來了。我有兩個傭人，是一對夫婦。可是說真的，警官……」

「稍等一下，桂康索先生，我知道這種問題很煩人，我馬上就問完了。您有車子嗎？」

「是的，一輛恆伯豪克。」

「您自己開車嗎？」

「對，但除了週末外，那車平時不怎麼用，現在想在倫敦市區開車根本是不可能的。」

「我猜，您通常是開車去探望住在布拉漢頓的父親和妹妹吧？」

「除非我要在那兒待一段時間。如果晚上去的話，比如像那天去參加審訊，我都坐火車去。火車服務周到，又比開車快得多。我妹妹雇的汽車會在車站接我。」

「您把車子停在哪兒？」

「我在卡地根花園後面的那條小街上租了一間車庫。還有問題嗎？」

「我想就到此為止吧。」蓋達克警官微笑著站起身來。「真抱歉，太打擾您了。」

他們出來後，韋瑟羅警佐這個陰鬱而事事懷疑的人意味深長地說：「他很不高興您問那些問題，相當不高興。這些問題讓他很不安。」

「如果你沒有殺人，而別人認為你可能有，那自然會讓你很惱火吧。」蓋達克警官溫和地說，「尤其像哈羅德·桂康索這樣有身分地位的人，他必定會怒氣沖天。那倒沒什麼，我們現在要弄清楚的事情是，那天下午是否有人在蘇富比拍賣會上看見哈羅德·桂康索，也得去茶館做同樣的調查。他可以輕輕鬆鬆搭乘四點三十三分的火車，把那女人推下去，再坐火車回倫敦，及時出現在宴會上；他也可以用同樣的方式晚上駕車去把屍體移到石棺裡，再駕車回來。去他放車的那條小街調查一下。」

「是，先生。您認為他就是這麼進行的？」

「我怎麼知道？」蓋達克警官反問，「他個子高，皮膚黝黑，又有可能在那列火車上，而且和鹿瑟福莊園有緊密聯繫。他是很有犯罪嫌疑。現在輪到他的兄弟奧菲了。」

§

奧菲．桂康索在西漢普斯德有間套房。公寓的樣子很新潮，卻看得出有點偷工減料。樓前有個很大的庭院，公寓的住戶們也不為別人著想，就把車子停在那兒。

那間屋子很現代化，臥室牆壁上嵌有壁櫥，顯然是帶家具出租的。裡面有一張可以從牆上拉下來的夾板桌、一張沙發床，還有幾把不太相配的椅子。

奧菲．桂康索很殷勤地接待了他們，但警官覺得他有些緊張。

「我真是受寵若驚啊。」他說，「您是不是要喝點什麼，蓋達克警官？」他指著幾個酒瓶子問著。

「不用了，謝謝您，桂康索先生。」

「事情那麼嚴重了嗎？」

他對自己這個小玩笑哈哈大笑了一番，然後問他們有什麼事情。

蓋達克警官說，只是小事一樁。

「十二月二十日的下午和晚上我在幹什麼？我怎麼知道？那是……噢，三個星期前了。」

「您哥哥哈羅德就能非常準確地告訴我們。」

「哈羅德老哥也許會，但奧菲小弟可不是這樣。」他的話語中多了些東西，也許是嫉妒和怨恨。「哈羅德是我們家的成功楷模，忙忙碌碌，是個有用的人才，時間排得滿檔，每件事情都安排好時間，每件事都在計畫時間內完成。即使他想搞個謀殺，大概也會仔細地算準時間，嚴格去執行。」

「您舉這個例子有什麼特殊的理由嗎？」

「哦，沒有，只是突然想到當作笑話來說吧。」

「現在談談您自己吧！」

奧菲攤開雙手。

「我告訴您，我對時間和地點的記憶力特別差。要是您現在想問聖誕節那天的情況，我或許能回答您，畢竟還有線索可尋。我知道聖誕節那天自己在什麼地方。我們在布拉漢頓和父親一起。不知道該怎麼說，我們去了，他卻抱怨花錢太多，不去的話又抱怨我們從來不和他親近。其實我們這樣做只是為了讓妹妹高興。」

「您今年也去了？」

「對。」

「但不幸的是，您父親病了，是嗎？」

蓋達克出於職業本能，高明地旁敲側擊了一下。

「他是病了。他為了厲行勤儉節約的偉大目標，平時勒緊腰帶過日子，一下子突然暴飲暴食，當然會引起消化不良。」

「就這麼簡單？」

「當然，還會有什麼？」

「我覺得他的醫生非常擔心。」

「啊，那個傻子昆珀。」奧菲馬上輕蔑地說，「別聽他的話，警官。他最喜歡大驚小怪了。」

「真的？我看他是個聰明人。」

「他是個徹頭徹尾的傻瓜。父親其實沒什麼病，心臟更是強健，但他完全騙倒了昆珀。父親一旦不舒服，就開始小題大做，把昆珀支使來支使去。他只好問這問那，還要檢查他吃喝過的每一樣東西。真是可笑！」奧菲一反常態，慷慨激昂地說著。

蓋達克沉默了一會兒，這一招顯然很見效。奧菲坐立不安，飛快地瞥了他一眼，急躁地問道：「唉，這是怎麼一回事？為什麼您要知道三、四個星期前的某個星期五我在什麼地方？」

「那麼您記起是在星期五囉？」

「我記得您說過。」

「也許吧。」蓋達克說，「我問的就是二十日星期五那天。」

「為什麼？」

「例行調查而已。」

「胡說八道。你們是不是又發現那女人的什麼情況了？知道她從哪兒來的？」

「我們的資料還不夠完整。」

奧菲目光銳利地看了他一眼，說：「艾瑪以為她可能是我哥哥愛德蒙的遺孀。你們可別被這種荒謬的想法引入歧途！那完全是胡說八道！」

「這位馬蒂娜沒有求助於您嗎？」

「求助於我？天哪，才沒有呢！真是天大的笑話！」

「那您認為她會不會去找您哥哥哈羅德呢？」

「這倒很有可能。他的名字經常出現在報紙上，也很有錢。她要是去找哈羅德，我不會吃驚的。不過她什麼都撈不到，哈羅德和我老爸一樣，一毛不拔。艾瑪是家裡心最軟的人，而且她還是愛德蒙最喜歡的妹妹。但艾瑪並不輕信於人，也知道這女人可能是個騙子。她準備等全家人——加上一個鐵石心腸的律師——都在的時候和那女人會面。」

「很明智的做法。」蓋達克說，「你們當時有確定好家庭會議的日期嗎？」

「可能在聖誕節之後，二十七日……」他停下來不說了。

蓋達克很是開心。

「哈，我知道了，有些日子對你還是有意義的。」

「我告訴你了，沒有確切訂下哪一天。」

「可是您已經說過了……是什麼時候？」

「我確實想不起來了。」

「您不能告訴我，十二月二十日星期五晚上您在幹什麼？」

「對不起，我的記憶一片空白。」

「您沒有行程日誌嗎？」

「我受不了那種東西！」

「聖誕節之前的那個星期五……應該不是太困難吧？」

「有一天我去打高爾夫球，還很有希望獲勝……」奧菲搖搖頭。「不對，那是再上一個星期。那我可能在到處閒逛吧。我有很多時間都在東遊西蕩。我發現在酒吧裡談生意比在別的地方順利得多。」

「也許別人，或者您的一些朋友，能幫助我們？」

「有可能。我會去問問他們，反正我會盡力而為。」

奧菲看起來有自信一點了。

「我無法告訴你我那天在做什麼，」他說，「但我可以告訴你我沒做什麼。我沒有在長倉謀殺任何人。」

「您為什麼這麼說呢，桂康索先生？」

「少來了，我親愛的警官！您在調查這起謀殺案，不是嗎？您問我某日某時某刻在什麼地方，那表示你們已縮小調查範圍。我很想知道您為什麼鎖定星期五那天的……什麼時間來著……午飯時間到午夜？事情都過了這麼久，不可能是法醫提出來的。是不是那天下午有人看見死者進了長倉，說她進去後就再也沒出來了？是不是那樣？」

奧菲銳利的黑眼睛緊盯著蓋達克，但警官也已經驗豐富，不會對這種事情有什麼反應。

「恐怕我們只能讓您猜猜了。」他和悅地說。

「警察總是這麼神祕兮兮的。」

「不僅僅是警察吧。桂康索先生，我覺得如果您努力去想，是可以記起那個星期五在幹什麼。當然，也許您有理由不想記起來……」

「您那樣是拐不了我的，警官。真是奇怪，實在很奇怪，真的，我居然想不起來……但事實如此！等等，那個星期我去里茲了，住在市政廳旁邊一間旅館裡……我記不清名字了，不過你們很快就可以查出來，那可能是在星期五。」

「我們會調查的。」警官不動聲色地說。他站起身來。「很遺憾您不太願意合作，桂康索先生。」

「我真是倒楣透頂了！賽巨可以安全地證明他在伊比薩；哈羅德，毫無疑問，可以檢視他每一小時的約會和參加宴會的紀錄；而我卻完全沒有不在場證明。真慘！太可笑了！我已經告訴您了，我沒有殺人！為什麼我要殺死一個素不相識的女人？我為了什麼？即使那具屍體真是愛德蒙的遺孀，那又為什麼非得是我們當中的某一人殺的？如果她嫁的是哈羅德，然後又突然出現……那倒會讓尊貴的哈羅德大為難堪，因為犯了重婚罪，還會惹上別的麻煩。但那是愛德蒙啊！我們很樂意讓父親拿出一筆錢給她，再送那個孩子去念個體面的學校。父親一定會氣瘋了，不過為了面子，他也無法拒絕。您不喝一杯再走嗎？真的不喝？太不幸了，我幫不上您的忙。」

§

「長官，您有什麼發現嗎？」

蓋達克警官看看神情激動的警佐。

「怎麼，韋瑟羅，怎麼回事？」

「我認出他了，先生，那個傢伙！我一直想確定這一點，突然就想起來了。他曾和迪基．羅傑斯被扯進罐頭食品那件案子。但我們始終沒能拿他怎麼樣……這傢伙太能守口如瓶了。他還和蘇活區那幫人混在一起，做手錶和義大利金幣的買賣。」

正是！蓋達克恍然大悟，終於了解為什麼一見奧菲的面就覺得似曾相識。那幫人玩的規模很小，所以警方找不出任何證據。奧菲總是在詐騙邊緣上打轉，但每次他又總有像樣的理由證明自己是被無端連累。不過警方非常確定，他每次總能穩賺一小筆。

「那就讓整個局勢明朗多了。」蓋達克說。

「您認為是他幹的？」

「我不能說他有謀殺的傾向，但如此一來，有些事情就解釋得通了。比如他為什麼無法提供自己的不在場證明。」

「是的，那對他非常不利。」

「那倒未必，」蓋達克說，「這其實是個很聰明的辦法……一口咬定自己什麼都想不起來。有很多人的確記不起自己一個星期前在什麼地方、做了什麼事。如果你不願讓自己打發時間的方式引起別人的注意，比如說和迪基・羅傑斯那幫人在貨車經過的路邊攤約會什麼的，那麼這種法子尤其具有說服力。」

「所以您認為他沒有什麼問題？」

「我現在還不能說什麼人沒有問題。」蓋達克警官說，「你得調查一下，韋瑟羅。」

§

蓋達克的雙眉緊鎖，坐回桌邊，在面前的便箋上簡單地做著筆記：

凶手：高個男子，皮膚黝黑。

受害者：可能是馬蒂娜，愛德蒙．桂康索的女友或遺孀。

可能是安娜．史卓文卡……正好此時退出了巡迴演出，年齡、外表、衣著等相符。到目前為止，未發現和鹿瑟福莊園有關聯。

可能是哈羅德的前妻……重婚。

可能是哈羅德的情婦……來敲詐勒索。

如果和奧菲有關，可能是敲詐……握有可能把他送進監獄的證據。

如果是賽巨……也許和他在國外的什麼事情有關聯……巴黎？巴里亞利群島？

或者

受害者是假扮成馬蒂娜的安娜．史卓文卡？

或者

受害者是個不知名的女人，被不知名的凶手謀殺！

「八成是後者。」蓋達克大聲說道。

他沮喪地考慮著目前的發展。找不出犯罪動機，就無法再把案情推進一步。到現在為止，所有的推測動機不是不夠充分，就是太牽強附會。

如果要謀殺的是桂康索老先生，動機就很充分了……

他腦海中靈光一閃，又在便箋上記了幾句：

問昆珀醫生聖誕節桂康索先生發病的事。

問賽巨的不在場證明。

問瑪波小姐最新的傳聞。

／16

蓋達克到達麥迪遜路四號時，發現露希．艾拉貝羅正與瑪波小姐在一起。他猶豫了一會兒，想著是否要把行動計畫說出來，隨後又想到露希．艾拉貝羅可能是個有力的盟友。

寒暄過後，他嚴肅地拿出皮夾，抽出三英鎊紙幣，再加上三先令，推到瑪波小姐面前。

「這是什麼，警官？」

「諮詢費啊。您是顧問，謀殺案的偵查顧問。我要諮詢脈搏、體溫、局部反應及謀殺案可能存在的深層原因。我今天只是本地一個束手無策的開業醫生。」

瑪波小姐眨著眼睛看著他，他對她咧嘴笑笑。露希．艾拉貝羅先是輕輕喘了口氣，隨後爆發出一陣大笑。

「哈，蓋達克警官，您畢竟還是很有人情味的嘛！」

「哦，沒錯。嚴格來說，我今天下午不是來執行公務的。」

「我告訴過你，我們以前見過面，」瑪波小姐對露希說，「亨利・克什林……我一個多年老友，是他的教父。」

「艾拉貝羅小姐，你想聽聽我們第一次見面時，我的教父是怎麼描述她的嗎？他形容她是上帝創造出來最好的偵探，是在合適土壤中培養出來的天才。他告訴我千萬不能瞧不起……」戴蒙・蓋達克停頓了一會兒，腸枯思竭地找著「老太婆」的同義詞。「唔，上了年紀的女士們。他說她們通常能告訴你可能發生的事情，應該發生的事情，甚至是確實已經發生的事，而且，她們還能說出為什麼會發生。他還加了一句說，尤其是這位……唔，上了年紀的女士，更是出類拔萃。」

「啊，」露希說，「這相當於開出一份保證書嘛。」

瑪波小姐臉上泛起了淡淡的紅暈，有些手足無措，顯出少有的緊張。

「親愛的亨利爵士，」她喃喃低語著，「總是那麼善良誠懇。說真的，我一點都不聰明，也許只是對人性有些許了解罷了。你知道，在一個村子裡……」她比先前鎮定了一點，補充道：「當然，如果沒有親臨現場，總是比較缺乏優勢。某些人總能讓你聯想起另外某些人，我覺得這是一件很棒的事。因為無論在哪個地方，人的類型總是相似的，這一點非常有用，可以作為引導。」

露希有點茫然，但蓋達克深有同感地點點頭。

「您在那兒喝過茶，是不是？」他說。

「是的，我去了。非常開心，但沒看見桂康索老先生，難免有點失望。不過總沒有十全十美的事。」

「如果看見凶手，你能確切知道就是『他』嗎？」露希問。

「哦，我可不敢說。親愛的，人們太容易去猜想，而涉及到謀殺這樣嚴重的問題，猜想可能會鑄成大錯。我們所能做的只是觀察相關人等，或者可能相關的人，看看他們能讓我們聯想起誰來。」

「例如賽巨和那個銀行經理？」

瑪波小姐糾正她說：「是銀行經理的兒子，親愛的。伊德先生本人倒是和哈羅德先生很像——一個非常保守的人，但未免有點太貪財——也是那種會千方百計避免醜聞的人。」

蓋達克笑了，又問：「那麼奧菲呢？」

「修車廠的詹金斯，」瑪波小姐毫不猶豫地回答，「他不會偷走工具，但他會拿壞的或質料低劣的千斤頂偷偷換去好的。我相信他用起電池也不太老實……雖然我不太懂那些事情。我知道雷蒙已經和他斷絕來往，改去米徹斯特路那個修車廠了。至於艾瑪嘛，」瑪波小姐沉思著繼續說道，「她總是讓我想起潔娜汀．韋布。她穿著非常樸素，甚至有些邋遢；而且生活在她母親的高壓之下。讓人吃驚的是，後來她母親猝然去世，潔娜汀繼承了一大筆錢，她便去剪短了頭髮再重新燙過，然後再乘船去旅遊，回來嫁了一個非常好的律師，還生了兩個孩子。」

這種比較再清楚不過了。露希很不安地說：「您還記得您說過艾瑪會結婚吧？她的哥哥們為此很不高興。」

瑪波小姐點點頭，說：「是的，男人們總是那樣，注意不到眼皮底下發生的事。我相信你自己也沒有注意到。」

「確實沒有，」露希承認。「我完全想不到那種事。我看他們倆都……」

「這麼老了？」瑪波小姐微笑著。「我想昆珀醫生不過四十出頭，雖然他兩鬢有些斑白了。顯然他渴望過一種家庭生活。而艾瑪．桂康索還不到四十，還不至於老到不能結婚。昆珀醫生的太太是難產死的，死的時候還很年輕，這是我聽說的。」

「應該是，艾瑪有一天說過這件事。」

「他一定很孤單寂寞，」瑪波小姐說，「一個工作忙碌、努力的醫生需要一個賢妻，一個富有同情心、不必太年輕的妻子。」

「親愛的，」露希說，「我們是在調查謀殺案還是在作媒呀？」

瑪波小姐閃動著眼睛。

「恐怕我是太浪漫了，也許因為我是個老小姐吧。你知道，親愛的露希，就我來說，你已經完成任務了。如果你真想在接受下個工作前出國休假，現在還有時間做個短期旅行。」

「要我現在離開鹿瑟福莊園？絕不！現在我已經是個徹徹底底的偵探了，和那兩個男孩一樣熱中！他們把所有時間都用來找線索，昨天還翻遍了垃圾箱。真是難聞死了。他們其實不知道自己要找什麼。蓋達克警官，如果他們得意洋洋地拿張破紙片來找您，上面寫著『馬蒂娜，你要命的話就離長倉遠一點』，您可要知道，那是我可憐他們而藏在豬圈裡的！」

「為什麼要放在豬圈裡呢，親愛的？」瑪波小姐興味盎然地問，「他們還養豬嗎？」

「哦，沒有，現在不養了。只是……我有時會去那兒。」

露希莫名其妙地紅了臉。瑪波小姐凝神注視著她，愈發感興趣了。

「現在誰還在家裡？」蓋達克問。

「賽巨，布萊恩會來過週末。哈羅德和奧菲明天回來，他們今天早上打過電話。不知怎麼的，我覺得您已經打草驚蛇了，蓋達克警官。」

蓋達克微微笑了。

「我只是讓他們清醒一下，要他們說說十二月二十日星期五那天的行蹤。」

「他們說得出來嗎？」

「哈羅德能，奧菲不能……或者是不願意吧。」

露希說：「我想，要找出每個人的不在場證明很難；時間、地點和具體日期，一定也很難查。」

「這需要時間和耐心，不過我們會設法辦到。」他瞥了一眼手錶。「我要馬上去鹿瑟福莊園和賽巨談談，但是我得先找到昆珀醫生。」

「您現在去正是時候，他六點鐘有手術，通常半個小時後結束。我得回去弄晚餐了。」

「我想請教您一件事，艾拉貝羅小姐。他們一家人對馬蒂娜這件事有什麼看法……純粹家人間的看法？」

露希迅速回答：「他們都很不高興艾瑪把這事告訴您，也很討厭昆珀醫生，覺得是他鼓動艾瑪這麼做。哈羅德和奧菲認為這是騙局，不是真的；艾瑪半信半疑，賽巨也覺得有人冒充，但他不像另外兩個弟弟把這事看得那麼嚴重。布萊恩正好相反，認為這事千真萬確。」

「為什麼？我不懂。」

「唉，布萊恩就是那樣，只看得到事物的表象。他判斷那真是愛德蒙的妻子，更確切地說，是遺孀……她只是突然回法國去了，但他們總會再收到她的信。事實上，她到現在都沒寫信來，但在他看來那也很自然，因為他自己從來不寫信。布萊恩的確挺可愛，就像一隻盼著被人帶出去散步的小狗。」

「你會帶他去散步嗎，親愛的？」瑪波小姐問道，「也許帶到豬圈那兒？」

露希敏銳地看了她一眼。

「這麼多男士在家裡來來去去……」瑪波小姐沉入冥想中。

每當瑪波小姐說出「男士」這個詞語時，總是充滿著維多利亞時代的韻味，彷彿是那個古老年代的回聲。你會馬上想起意氣風發的熱血男兒（也許還留著連鬢鬍子），他們或許帶點邪氣，但對女人總是殷勤有加。

「你這麼漂亮，」瑪波小姐又評價起露希。「我想他們一定很注意你吧？」

露希雙頰微紅，一些記憶的片段在心頭掠過。斜倚在豬圈牆上的賽巨，憂鬱地坐在廚房桌上的布萊恩，還有奧菲幫她收拾咖啡杯時，手指輕輕觸到她的……

「男士們，」瑪波小姐說，彷彿在描述著一種危險的異類。「在某方面總是非常相似，即使年紀已經很老了……」

「親愛的，」露希大叫起來。「一百年前，您一定是被當作巫婆燒死的！」

然後她把老桂康索提出條件向她求婚的事告訴了瑪波小姐。

「事實上，」露希說，「他們在某種程度上都施展過您所謂的追求。哈羅德算是個正人君子，他要在倫敦金融界幫我找個好職位。我覺得那不是因為我的外表有魅力，一定是他們認為我掌握了一些線索。」

她大笑起來，但蓋達克警官笑都沒笑。

「小心點。」他說，「他們可能不是在追求你，而是要謀殺你。」

「那或許要簡單得多了。」露希也同意他的意見。隨後她微微打了個寒顫，說：「我都忘了。那些孩子們正玩得開心，都快把這事當成遊戲看待了。但這並不是遊戲啊。」

「是的。」瑪波小姐說，「謀殺不是遊戲。」她沉默片刻又開口說道：「那兩個孩子不是快要回學校了嗎？」

「快回去了，下週就走。他們明天去詹姆斯．史托德維司家過完最後幾天假期。」

「那我放心了。」瑪波小姐嚴肅地說，「我不希望他們在這裡時再有什麼事發生。」

「您指的是桂康索老先生？您認為他會是下一個被謀殺的人？」

「哦，不是。」瑪波小姐說，「他不會出什麼事的。我指的是孩子們。」

「噢，特別是亞歷山大。」

「但是……」

「你知道，他們在到處搜尋線索，男孩子就喜歡做那種事，但是這可能很危險。」

蓋達克一邊思索一邊看著她說：「瑪波小姐，您不認為這起案子只是一個陌生男人殺了一個陌生女人？您非常確定它和鹿瑟福莊園有關？」

「我認為兩者之間必定有關聯，是的。」

「對於凶手，我們所掌握的線索只有他是個高個子，皮膚黝黑。那是您的朋友說的，她也只能說出這麼多。而鹿瑟福莊園有三個高個子、黝黑的男人。您知道，驗屍審訊開庭那天，我出來看見那三兄弟站在人行道上等著車子開過來，三個人都背對著我，結果真是令人驚訝，他們穿著厚大衣時，看上去一模一樣。三個黝黑高個子的男子。但事實上，他們是三種完全不同的類型。」他嘆了一口氣。「這就讓事情更難辦了。」

「我在想，」瑪波小姐喃喃低語，「我在想案情是否會比我們想像的簡單。謀殺通常很簡單，只是為了一個明顯、卑鄙的動機……」

「您認為那個神祕的馬蒂娜真的存在嗎，瑪波小姐？」

「愛德蒙·桂康索已經或準備和一個叫馬蒂娜的女孩結婚，對此我是深信不疑。聽說艾瑪・桂康索已經給你看過愛德蒙的信，而據我自己的觀察和露希告訴我的情況來判斷，艾瑪・桂康索絕對不可能編造出那種事情。她幹嘛要那麼做呢？」

「假設馬蒂娜存在的話，」蓋達克陷入了沉思。「那就有謀殺動機了。馬蒂娜帶著兒子重新出現，將會減少幾位桂康索先生們的財產分配。儘管那些損失並不足以引致謀殺，但他們現在手頭都很拮据……」

「甚至包括哈羅德嗎？」露希難以置信地問道。

「甚至那個看上去事業如日中天的哈羅德・桂康索。他表面上是個冷靜保守的金融家，但那也只是虛有其表而已。他已經陷入困境，而且還被牽扯進不正當的投機生意。如果他能馬上得到一大筆錢，也許能避免破產。」

「但如果這樣的話……」露希說了一半就停下來。

「怎麼了，艾拉貝羅小姐？」

「我知道，親愛的，」瑪波小姐說，「你想說，那樣就殺錯人了。」

「是的，馬蒂娜的死不會給哈羅德或任何人帶來好處。除非……」

「除非盧瑟・桂康索死了。正是如此。但我從醫生那兒了解到，桂康索老先生比外人想像的要健康。」

「他還能活不少年呢。」露希說，接著又皺了皺眉頭。

「怎麼說？」蓋達克用鼓勵的口氣說道。

「他聖誕節的時候病得很厲害，」露希說，「他說醫生為此大驚小怪了一番。『任何人都會以為我是被他的大驚小怪毒死的。』他是那麼講的。」

她把詢問的目光投向蓋達克。

「是的。」蓋達克回答，「那正是我想問昆珀醫生的事。」

「哎呀，我得走了。」露希叫道，「天哪，已經太晚了！」

瑪波小姐放下手中正在織的毛線，拿起一份《泰晤士報》，上面有做了一半的填字遊戲。

「真希望身邊有一本字典，」她咕噥著，「Tontine 和 Tokay。[12] 我總是搞不清楚這兩個詞。我相信有一個是匈牙利酒。」

「那是 Tokay。」露希從門邊回過頭說，「但一個是五個字母，另一個是七個字母。提示是什麼？」

「哦，那不在填字遊戲裡，」瑪波小姐含糊其詞地說，「只在我的腦子裡。」

蓋達克警官緊緊盯著她，隨後說了聲「再見」就走了。

12 Tontine 是唐堤式養老金法，即參加者共用一筆基金，當有人死亡時，生者即增加其份額，最後僅存者獲得該基金的全部餘額。Tokay 是一種甜而醇的匈牙利葡萄酒。

╱17

蓋達克不得不多待幾分鐘，等著昆珀做完晚上的手術。醫生向他走過來，顯得疲憊不堪，情緒低落。

他遞了杯酒給蓋達克，後者接過去後，他又給自己調了一杯。

「可憐的傢伙，」他說著坐到一張破安樂椅上。「這麼緊張，又這麼愚蠢……實在是笨透了！今晚的病例，真讓我痛苦！那女人一年前就該來找我了！如果她那時候來，手術就有可能成功。現在為時已晚。差點讓我發瘋。人啊，真是一種英雄和懦夫的特殊混合體！她忍受著病痛，不發一句怨言，只因為害怕自己所擔心的事情成為事實。而另外一些人則處在另一個極端，小指頭上腫起了一塊就讓他們痛苦不堪，自以為得了癌症，跑來浪費我的時間，結果證明只是普通的凍瘡！哦，別為我擔心，我只是需要發洩一下。好了，您有何貴幹？」

「首先，我是來感謝您的，因為您規勸桂康索小姐把那封聲稱是她哥哥遺孀的信交給我。」

「噢，那個啊。結果有什麼發現嗎？我其實沒有勸她，是她自己想那樣做的。她擔心得要命。當然，她那些親愛的小哥哥們都想阻攔她。」

「他們為什麼要那樣做呢？」

醫生聳聳肩。

「我猜是擔心那位女士真有其人吧。」

「您認為那封信是真的嗎？」

「不知道，我也沒看過。我覺得是某個知情者想弄筆錢花花，希望能以此打動艾瑪。他們可大錯特錯了。艾瑪又不是傻瓜，她如果不先盤問幾個實際的問題，是不會和一個素不相識的『嫂嫂』擁抱的。」接著，他頗為好奇地加了一句：「您為什麼要問我的意見呢？我和這件事沒什麼關係吧？」

「其實我來請教您的是另外一碼事……但我也不知道該怎麼說。」

昆珀醫生看起來很感興趣。

「我聽說不久前……我想是在聖誕節吧，桂康索先生的病情突然惡化。」

他看見醫生的臉色為之一變，一下子嚴峻起來。

「是的。」

「據我了解，是胃不太舒服？」

「是的。」

「這很難……桂康索先生總是誇耀自己的健康，說他會比家裡大部分的人長命。他還提到您……請原諒，醫生……」

「他說您是個小題大做的老頭子。」

「哦，沒關係，我不在意別人對我的評論。」

昆珀微微一笑。

「他說您問他各種各樣的問題，不僅僅問他吃了什麼，還問是誰做的、誰端來的。」

醫生收斂了笑容，臉色又嚴峻起來。

「說下去。」

「他說了這樣的話：『說得好像他認為有人要毒死我似的。』」

出現了一瞬間的靜默。

「您有……這類的懷疑嗎？」

昆珀沒有立即回答，他起身踱來踱去，最後走到蓋達克面前。

「您想要我說什麼？您以為一個醫生可以無憑無據地指控別人下毒嗎？」

「我只是想了解一下，您私下有沒有過這種念頭？」

昆珀醫生閃爍其詞：「桂康索老先生過著非常節儉的生活。家人回來的時候，艾瑪就會加菜，結果是，他患了……很嚴重的腸胃炎。症狀和診斷結果是一致的。」

蓋達克堅持不懈地追問：「我明白了。您感到很滿意嗎？您就一點兒也不……怎麼說呢，困惑嗎？」

「好啦，好啦，是的，我的確感到您所謂的『困惑』了！這樣您開心了吧？」

「這讓我很感興趣。」蓋達克說，「您到底在懷疑或害怕什麼？」

「當然，胃病的種類很多，但有些症狀與其說是普通的腸胃炎，還不如說是砒霜中毒更適切。提醒您一句，這兩者非常相似。比我厲害的醫生也難以認定砒霜中毒的症狀，只好老老實實地開一張腸胃炎的診斷書。」

「那麼您調查的結果如何？」

「看來事實並不像我所懷疑的那樣。桂康索先生向我保證，在我還沒照顧他之前，類似的病症他就已經發作過，而且也是基於同樣的原因，總是在食物過於豐盛的時候發生的。」

「總是在家裡人很多的時候？和家人在一起時？還是和客人們在一起時？」

「是啊，這很值得探討。不過坦率地說，蓋達克，我不太放心，我甚至寫信給莫里斯老醫生，他原本是我的老闆，我來了不久他就退休了。桂康索原本就是他的病人。我問他老先生以前發病的情況。」

「他怎麼答覆您的？」

昆珀咧嘴一笑。

「我被他嘲笑了一番，勸我別傻了。啊哈，」他聳聳肩。「也許我的確是個該死的傻瓜。」

「我懷疑。」蓋達克沉吟半晌，然後決定開誠布公地談談。「坦率地說，醫生，有人在盧瑟．桂康索死後可以得到很大的好處。」

醫生點點頭。

「他是個老人，一個精神矍鑠、身體健壯的老人。他可能活過九十歲嗎？」

「沒問題，他把時間都用在保養身體上，而且他的體質很好。」

「他的兒子、女兒年紀也都漸漸大了，他們是不是感到壓力很大？」

「別把艾瑪算進去，她不是下毒的人。他都是在其他人回來的時候才發作，不是她和他單獨相處時。」

這是最基本的防衛手段……如果她是下毒者的話。警官心裡暗想著，但是沒說出來。

他停頓片刻，小心翼翼地尋找著合適的字眼。

「當然，我對這些事情並不了解。但假設有人下了砒霜，桂康索豈不是太幸運了，總能倖免於難？」

「是啊，」醫生說，「您已經注意到這件奇怪的事情了。正是這件事使我相信，我的確如老莫里斯所說是個大傻瓜。您知道，這顯然不是一起定期施放小劑量砒霜的案子……可能你們會稱之為『用砒霜下毒的傳統方法』。桂康索從來沒得過慢性腸胃炎，從某種角度看，突然就胃病發作實在有點不大可能。但假設它們的發作並不是由於自然原因，那下毒者怎麼每次都出錯？那也不合乎情理。」

「您是指放入的劑量不足？」

「是的。另一方面，桂康索體質強健，會使別人致死的劑量未必能奪走他的性命。個人的體質也是要考慮的。但是您想想，都到現在這個時候了，下毒者如果不是特別膽小，他就該加大劑量了。那他為什麼不加呢？這表示，」他補充了一句：「根本就沒有什麼下毒者！也許自始至終就是我在胡思亂想！」

「這問題的確奇怪，」警官也有同感。「似乎不太合乎邏輯。」

§

「蓋達克警官！」

有人在急切地低聲呼喚，讓警官嚇了一跳。

他正想按響前門門鈴時，亞歷山大和他的朋友史托德維司悄悄地從陰影中溜了出來，說：「我們聽見您的車子來了，便過來攔住您。」

「好吧，進去再說吧。」

蓋達克又把手伸向門鈴，但亞歷山大粗手粗腳地急急拉住他的外套，喘著大氣說：「我們發現一條線索了。」

「沒錯，我們發現一條線索了。」史托德維司又重複了一遍。

該死的女孩！蓋達克在心中暗罵。

「好極了！」他敷衍地說，「我們進屋裡看看吧！」

「不行，」亞歷山大堅持己見。「一定會有人打擾的。去馬具室吧，我們帶您去。」

蓋達克很不情願地跟著他們轉過屋角來到馬廄。史托德維司推開一扇沉重的大門，伸手打開一盞昏暗的電燈。這間馬具室曾是維多利亞時代打掃得最乾淨的地方，如今卻成了堆放廢棄物的倉房。破舊的花園椅、生鏽的園藝工具、一台過時的大割草機、鏽花彈簧床墊、吊床，還有破爛的球網，放得到處都是。

「我們經常來這兒，」亞歷山大說，「可以自由自在地做自己的事情。」

這兒處處表現出有人居住的痕跡，壞床墊被堆成了沙發椅，一張生鏽的舊桌子上放了一大盒巧克力餅乾，屋裡還貯藏著一些蘋果、一盒太妃糖，以及一個拼圖玩具。

「這真的是一條線索，先生。」史托德維司迫不及待地說，眼睛在鏡片後閃動著。「我們今天下午發現的。」

「我們已經找了好幾天了。在灌木叢裡……」

「樹洞裡……」

「我們還檢查了所有的垃圾箱……」

「那兒有些很有趣的東西，實際上……」

「然後我們去了鍋爐房……」

「老希爾曼在那兒放了一個裝滿廢紙的白鐵桶……」

「因為鍋爐熄火時，他想再把火點起來……」

「被風吹過來的舊紙片，他都撿起來扔到鍋爐裡去……」

「我們就在那裡發現的……」

「發現什麼？」

蓋達克打斷了他們倆的一唱一和。

「發現了線索。小心，史托德維司，把手套戴上。」

史托德維司煞有介事地按照偵探小說裡最標準的辦案程序，掏出一雙髒兮兮的手套戴上，又從口袋裡摸出一本柯達摺疊照相夾，用戴著手套的手指小心翼翼地從裡面抽出一個又髒又皺的信封，鄭重其事地交給蓋達克。

兩個男孩都激動得屏住了呼吸。

蓋達克很嚴肅地接了過來。他很喜歡這兩個男孩，所以準備要配合演出。

信是從郵局寄來的，裡面沒有信紙，只有破信封，是寄給倫敦北十區艾爾維新月街一二六號的馬蒂娜・桂康索夫人。

「您明白了嗎？」亞歷山大氣喘吁吁地說，「這表示她來過這裡，就是愛德蒙舅舅的法國妻子，那個引起軒然大波的女人。她一定來過這裡，後來又跑到別的地方去了。看起來情況是這樣，是不是？」
史托德維司插話進來。
「看來她就是被謀殺的女人……我是說，先生，您不覺得事情可能非常簡單，石棺裡的女屍或許就是她嗎？」
他們焦灼地等待著回答。
蓋達克誇大著這個發現的重要性，說：「可能，很有可能。」
「這個線索很重要，對嗎？」
「您會驗指紋吧，是不是，先生？」
「當然。」蓋達克說。
史托德維司深深地呼了口氣，說：「我們的運氣真不錯，最後一天了。」
「最後一天？」
「是的。」亞歷山大答道，「我明天要去史托德維司家，度過最後幾天假期。他們家有一棟非常漂亮的房子，是安娜女王時代建造的。」
「是威廉國王和瑪麗王后時代。」史托德維司說。
「但我記得你母親說過……」
「媽媽是法國人，她不太懂英國的建築。」
「但你父親明明說它建於……」

蓋達克則在檢查著信封。

露希．艾拉貝羅真夠聰明，她是怎麼偽造出郵戳？他仔細地盯著它，不過光線實在太微弱了。那兩個男孩當然覺得很好玩，但他可就為難了。露希，該死的露希，怎麼不從這個角度考慮一下！但如果這是真的，那就得開始一系列行動，這麼一來……

在他身後，一場關於建築的爭論還在熱烈繼續著，他對此充耳不聞。

「來，小夥子們，」他招呼著。「我們進屋裡去吧。你們幫了我一個大忙。」

18

蓋達克由兩個孩子護送著從後門進了屋子，看來他們對這裡是熟門熟路。廚房裡很明亮，充滿著愉快的氣氛。露希繫了條大白圍裙，正在擀餡餅皮。布萊恩．伊特立斜倚在碗櫃旁，帶著小狗般忠實的神情全神貫注地盯著露希，一隻手還摸著自己金黃色的大鬍子。

「哈囉，爸爸。」亞歷山大親切地說，「您又跑來這兒了？」

「我喜歡待在這兒。」布萊恩說完又補充一句：「艾拉貝羅小姐並不介意。」

「哦，是沒關係。」露希說，「晚安，蓋達克警官。」

「您要在廚房裡偵查嗎？」布萊恩很感興趣。

「不完全是，賽巨．桂康索先生還在這兒吧？」

「哦，是的，賽巨在這兒。您要叫他來嗎？」

「我想和他談談。是的，請您去叫他好嗎？」

「我去看他在不在，」布萊恩回答，「他可能到村子裡去了。」

他從碗櫃旁直起身來。

露希對著他說：「太謝謝您了，我的手上全是麵粉，否則我就去叫他了。」

「您在做什麼呢？」史托德維司急切地問。

「桃子蛋糕。」

「好耶！」史托德維司叫道。

「快到晚飯時間了嗎？」亞歷山大又問。

「還沒。」

「天哪，我餓死了！」

「食品櫥裡還有剩下的薑餅。」

兩個男孩步調一致地衝了上去，在櫃門口撞在一起。

「他們就像蝗蟲似的。」露希說。

蓋達克開口了：「我要向你致敬。」

「致敬什麼。」

「你的天才……就是這個！」

「什麼？」

蓋達克拿皮夾中的信封給她看，然後說：「做得真妙。」

「您到底在說什麼？」

「這個，親愛的小姐，這個。」

他把信半抽出來，她大惑不解地盯著他。

蓋達克心中突然一片混亂。

「你難道沒有偽造這個，然後放到鍋爐房，以便讓那兩個男孩找到？快，告訴我！」

「你說的事情我一無所知，」露希說，「難道您是說……」

布萊恩回來了，蓋達克飛快地把皮夾放回口袋裡。

「賽巨在書房裡。」布萊恩說，「你可以去找他了。」

他又站到碗櫃邊，於是蓋達克警官往書房走去。

§

賽巨・桂康索似乎很高興看見蓋達克警官，他問道：「又到這兒調查啦？有沒有什麼進展？」

「可以說有點進展吧，桂康索先生。」

「已經發現那具屍體是誰了嗎？」

「暫時還無法確認，不過我們已經有一個比較像樣的想法了。」

「不錯啊。」

「根據我們最新掌握的資料，我們想請你再做一些說明。既然您正好在這兒，我就從您開始吧，桂康索先生。」

「我不會再待很久，一兩天後我就回伊比薩。」

「看來我來得正是時候。」

「請說吧。」

「我想請您詳細描述一下，十二月二十日星期五那天您在什麼地方，都做了些什麼事。」

賽巨飛快地瞥了他一眼，又靠到椅背上，打了個哈欠，一副滿不在乎的樣子，彷彿陷入了沉思，在努力回想著。

「這個，我已經告訴你了，我人在伊比薩。問題是，我每一天都過得差不多，早上畫畫，下午三點到五點午睡，光線適合的話再畫幾張素描。有時候和市長、有時候和醫生在廣場咖啡館裡喝杯開胃酒，接著再隨便湊合一頓。晚上大部分時間都消磨在斯科提酒吧，和一些勞工階級的朋友一起。那對你有幫助嗎？」

「我想聽的是實情，桂康索先生。」

賽巨坐了起來。

「你這話很具攻擊性啊，警官。」

「您這麼以為嗎？桂康索先生，您告訴過我，您十二月二十一日從伊比薩出發，當天就抵達英國吧？」

「是啊。艾瑪，嗨，艾瑪！」

艾瑪．桂康索從隔壁的小客廳裡走了過來，疑惑地看看賽巨，又看看警官。

「聽著，艾瑪，我是聖誕節之前的週六回到這裡，是吧？我直接從機場來的，是吧？」

「是啊，」艾瑪覺得有些莫名其妙。「你大概在午飯時間到的。」

「那就是了。」賽巨對警官說。

「您一定把我們都看成傻瓜了，桂康索先生。」蓋達克和顏悅色地說，「您要知道，這些事情是能查出來的。您能不能給我看看您的護照？」

他不說話了，等著賽巨回應。

賽巨答道：「我找不到那該死的東西了。今天早上我還在找，我本想把它送到庫克旅行社的。」

「我想您會找到的，桂康索先生。不過我其實也不是非看不可。有紀錄顯示，您是十二月十九日晚上抵達英國。現在也許您願意說明一下您的活動過程，從那時起直到十二月二十一日午餐時間您到達這兒為止？」

賽巨火冒三丈。

「這是什麼鬼年頭，到處是繁文縟節和填不完的表格！那就是官僚體制帶來的不良後果！竟然不能去自己喜歡的地方，幹自己想幹的事！總是有人在喋喋不休地問問題。你們幹嘛專找二十日的麻煩？二十日有什麼特別嗎？」

「我們認為二十日正好是謀殺案發生的當天。您當然可以拒絕回答，不過……」

「誰說我拒絕回答了？給我一點時間嘛！你在驗屍審訊時對謀殺日期可是諱莫如深的！那以後又有什麼新發現嗎？」

蓋達克以沉默回答。

賽巨斜視了艾瑪一眼，說：「我們去別的房間如何？」

艾瑪馬上說：「我走好了。」她走到門邊，又停住腳步回頭說：「要知道，這是很嚴肅的事情，賽巨。如果謀殺案是在二十日發生的，那你一定得告訴蓋達克警官你那天到底幹了什麼。」

她進了旁邊的房間，還把門關上。

「好艾瑪，」賽巨說，「好了，她走了。是的，我是在十九日離開伊比薩的。原計畫是在巴黎停留幾天，見見住在塞納河左岸的幾個老朋友。但後來我在飛機上遇到一個很有魅力的女人……真是個大美人！總之，她和我一塊下了飛機。她要去美國，得先在倫敦處理一些生意上的事。我們十九日到倫敦，住在金斯韋大飯店……這算是奉送，如果你的探子們還沒查出來的話！我自稱為約翰．布朗。這種時候可千萬不能用真名。」

「那二十日呢？」

賽巨做了個鬼臉。

「宿醉未醒啊，一個早上都很難受。」

「下午呢？三點以後？」

「讓我想想……嗯，無所事事地閒逛吧，你們會這樣形容。先去了國家美術館……夠高雅的吧？然後看了場電影《牧場上的羅恩娜》。我一直很喜歡西部片，那片子棒極了……然後在酒吧裡喝了幾杯，回房間睡了一會兒，大約十點和那個女朋友出去，到幾個很熱鬧的地方轉了轉，大部分地方我都記不清名字了。我想有個地方叫『跳蛙』什麼的。她對那些地方瞭若指掌。我喝得酩酊大醉。說真的，我想不起什麼了，直到第二天早上醒來，覺得更加難受。那小姐去趕飛機了，我往腦袋上澆了澆涼水，請藥劑師給我配了點醒酒藥，接著就動身來這兒了，還假裝是剛到希思羅。我覺得沒必要惹艾瑪生氣。你知道女人就是那樣，你不立刻回家，她們就有種受傷的感覺。我還是向她借錢才付了計程車費。反正我是一貧如洗，向我老爸借也是白搭，他不會給一個子兒的。老吝嗇鬼！好啦，警官，滿意了吧？」

「您能說得具體點嗎，桂康索先生？比如說從下午三點到七點之間的事。」

「我覺得不太可能。」賽巨活潑地說，「國家美術館的服務員看著你都沒精打采的，看畫展的人又特別多，不，不大可能。」

艾瑪又進來了，手裡還拿著小記事本。

「您想知道十二月二十日每個人都做了些什麼，是嗎，蓋達克警官？」

「這個……唔，是的，桂康索小姐。」

「我剛剛查過記事本，二十日那天我去布拉漢頓參加教堂修復基金會的一個會議，大概十二點四十五分會議結束，然後我和委員會的艾丁頓男爵夫人和巴特利小姐一起在卡代納咖啡館共進午餐。午餐後去逛了商店，做聖誕採購，也買了些聖誕禮物。我去了格林福德、萊爾、斯威夫特鞋店等商店，也許還有另外幾家。四點四十五分去苜蓿茶室喝茶，隨後去火車站接布萊恩，他是坐火車來的。六點左右到家，發現父親正在發脾氣。我已經給他留下午餐，但下午來幫忙做家務、送下午茶的哈特太太沒來。他怒氣沖天，把自己關在房裡，不讓我進去，也不和我說話。他不喜歡我下午出去，但我有時候還是堅持要出去。」

「您的腦筋很清楚，謝謝你，桂康索小姐。」

他總不能告訴她，她是個女人，而且身高只有五英尺七英寸，因而她那天下午在什麼地方、幹什麼並不重要！

他只好問道：「我聽說您另外兩個哥哥是後來到的，是嗎？」

「奧菲星期六晚上很晚才到。他跟我說那天下午想打電話給我，但我不在家。我父親心情不好時從來不接電話。哈羅德哥哥直到聖誕夜才來。」

「謝謝您，桂康索小姐。」

「也許我不該問……」她猶豫片刻。「您做這些調查是有什麼新發現嗎？」

蓋達克從口袋裡掏出皮夾，用指尖把信封抽了出來。

「請不要碰到。您認得這東西嗎？」

「這個？」艾瑪困惑地盯著他。「那是我的字，是我寫給馬蒂娜的信。」

「我也覺得是。」

「但它怎麼會在您手裡呢？難道她……您找到她了？」

「看來我們可能已經……找到她了。這個空信封是在這兒發現的。」

「在屋子裡？」

「在庭園裡找到的。」

「那麼她的確來過這兒了！她……您是說在石棺裡的人……是馬蒂娜？」

「看來很有可能，桂康索小姐。」蓋達克輕聲說道。

§

他回到城裡時，這一點又被進一步證實。阿爾芒．德桑捎來一個消息：

安娜．史卓文卡的一個女友收到她寄來的一張明信片。顯然坐船旅遊的故事是真的！她到了牙買加，用你的話說，還玩得樂極了！

蓋達克把那張紙揉成一團扔進廢紙簍。

§

「說實在話，」亞歷山大坐在床上，一邊大嚼著巧克力，一邊思索著說道，「今天是最勁爆的一天！發現了一條真正的線索！」

他的聲調充滿敬畏。

「事實上，整個假期都過得很有意思，」他又開心地補充道，「我想這種事情將是空前絕後。」

「我可不希望再碰到這種事了。」露希正跪在地上把亞歷山大的衣服裝到行李箱裡。「這些科幻小說你都要隨身帶著嗎？」

「最上面那兩本不要，我已經看過了。足球、足球鞋、橡膠靴子要分開裝。」

「你們男孩子出門怎麼淨帶些不好拿的東西！」

「沒關係，他們會派一輛勞斯萊斯來接。他們有輛很棒的勞斯萊斯，還有輛新的賓士。」

「他們一定很有錢。」

「有錢得不得了！而且待人也很好。不過我還是不想去。說不定這裡會發現另一具屍體。」

「老天保佑千萬不要。」

「不過，書上可是經常這麼寫的。我是說，那些看見或知道內幕的人也會死於非命，可能就是你喔！」

他一邊說一邊撕開第二條巧克力。

「拜託！」

「我可不願見你被人謀殺。」亞歷山大安慰她。「我很喜歡你，史托德維司也是。我們覺得你是第一流的廚師。你做的菜太可口了！而且，你也非常聰明。」

聽得出來，最後一句表示他的高度肯定。

露希照單全收了，她說道：「謝謝，但我可不會為了取悅你而把自己的命送掉。」

「好吧，總之你最好小心點。」亞歷山大提醒她。

他不說話了，靜靜地享用了幾口巧克力，然後狀似隨便地提了一句：「如果爸爸時常來這兒走動，你會照顧他吧？」

「是啊，當然。」露希微感驚詫。

亞歷山大告訴她：「爸爸的問題在於倫敦的生活並不適合他。你知道，他老是和不正經的女人混在一起。」他憂心忡忡地搖搖頭，再繼續說下去：「我很愛他，但他需要人照顧。他到處遊來晃去，和不好的人交往。本來有個老奶媽在照顧他，可惜她去世了。布萊恩需要的是正常的家庭生活。」

他嚴肅地看著露希，又伸手去拿另一條巧克力。

「第四條了，亞歷山大，不能再吃了，」露希懇求著。「你會肚子不舒服的。」

「哦，不會啦，我曾經連續吃過六條，也沒有什麼不舒服。我不是那種膽汁分泌過盛的人。」他停頓片刻，又說：「你知道吧，布萊恩喜歡你。」

「他是個好人。」

「他有些方面是有點糊塗，」布萊恩的兒子評論道，「但他曾經是個出色的戰鬥機飛行員，勇敢得不得了。而且脾氣也很好。」他又停住了，目光轉到天花板上，真誠地說道：「我覺得，說真的，如果他再婚，倒不失為一件好事……找個高尚的人……我自己完全不介意有個繼母……不會的，我的意思是，如果她真是那種高尚的人……」

露希深感震驚，意識到亞歷山大的言外之意。

「那些關於繼母的話其實都是扯淡，」亞歷山大繼續對著天花板說，「早就過時了。史托德維司和我認識的好多人都有繼母，因為父母離婚等原因，他們都相處得很不錯。當然，這就要看繼母怎麼樣了。當然，如果她帶你出門或者參加運動會什麼的，人家一定會一時搞不清楚，我是說如果出現兩對父母的話。不過想要錢的時候就方便了！」現代生活中的問題在他心中交戰，他又遲疑了一會兒說：「最好是有自己的家、親生的父母。但如果母親去世了……唉，你明白我的意思吧？如果她是那種高尚的人……」

亞歷山大第三次說到這句話。

露希被打動了。

「我覺得你非常懂事，亞歷山大，我們一定努力給你父親找個好太太。」

「好的。」亞歷山大的回答並不明確，隨後他又似乎不經意地加了一句：「我剛才提過了，布萊恩很喜歡你，他這麼告訴我的……」

露希心中暗想，這兒的月下老人真是太多了！先是瑪波小姐，現在又來了亞歷山大！不知為什麼，豬圈邊的那一幕在她心頭掠過。

她站起身來。

「晚安，亞歷山大。現在就剩下你的盥洗用具和睡衣了，明天早上再裝進去吧。」

「晚安。」亞歷山大答道。

他在床上躺了下去，頭枕在枕頭上，閉上了眼睛，活脫是一幅夢中天使的圖畫。他馬上就睡著了。

／19

「沒找到您所謂的『決定性』資料。」韋瑟羅警佐像往常一樣陰著臉說。

蓋達克瀏覽著十二月二十日哈羅德．桂康索不在場證明的調查報告。

有人三點三十分左右在蘇富比拍賣會見到他，但不久他就走了。拉塞爾茶館沒人認出他的照片。但那時正是下午茶時間，生意非常興隆，他又不是常客，沒認出來也不足為奇。他的男僕證實，他在六點四十五分回到卡地根花園換衣服赴宴。宴會七點半開始，時間已經不早了，因此桂康索先生顯得有些急躁。男僕記不得那天晚上曾聽見他回來，不過事隔一段時間也實在記不清楚了，而且他不常聽見桂康索先生回來的聲音。他們夫婦總是很早就休息。哈羅德在後面小街的車房是他租的私人車庫，平常是鎖住的。沒人會去注意誰來誰往，也不可能特地記住某個晚上的情形。

蓋達克長嘆一聲：「都不夠確定。」

「他的確在凱特林俱樂部的宴會上出現過，但早在演講結束之前就離開了。」

「火車站的情況怎麼樣？」

不管是在布拉漢頓車站或派汀頓車站都是一無所獲。時間差不多是在四星期之前，已經不大可能有人記起什麼了。

蓋達克又嘆了口氣，伸手拿起賽巨的資料。又是些不夠確定的證明。有個計程車司機模模糊糊記得，那天下午曾經載一名乘客去派汀頓火車站，「那人長得有點像這個傢伙。穿著髒兮兮的褲子，頭髮亂蓬蓬的。因為車錢比他上次來英國時上漲了，他嘴裡還一直罵個不停。」他之所以記得那一天，是因為一匹叫「爬行」的馬在兩點三十分那場比賽中獲勝，而他正好在那匹馬上押了一大筆錢。就在那位乘客下車後，他從車上的收音機裡聽到這個消息，就立即趕回家慶祝了。

「感謝上帝，幸好有那場賽馬！」蓋達克說著把報告放到一邊。

「這份是奧菲的。」韋瑟羅警佐說，聲音微微有些異樣。

蓋達克敏感地抬頭看了他一眼，只見他臉上流露出幾分好酒沉甕底的自得。

其實這份調查也不算讓人滿意。奧菲獨自住在公寓裡，出入時間不定；他的鄰居們不愛挖人隱私，而且都是坐辦公室的，整天不在家。但快看到最後的時候，韋瑟羅用大拇指指著最後一段讓他看。

專管卡車盜竊案的利基警佐，曾在沃丁頓到布拉漢頓的公路上一家叫作「磚屋」的路邊飲食店裡，監視過幾位卡車司機。他注意到鄰桌坐著和迪基・羅傑斯一夥的奇克・伊萬斯，還有曾在迪基・羅傑斯一案中出庭作證的奧菲・桂康索，他一眼就認出來了。不知道他們在搞什麼名堂。時間是十二月二十日，星期五，晚上九點三十分。奧菲・桂康索幾分鐘後上了一輛公共汽車，朝布拉漢頓的方向去了。在十一點五十五分開往派汀頓方向的火車發車之前，威廉・貝克，布拉漢頓火車站的檢票員曾給一位男士剪過票。他一眼認出那是桂康索小姐的兄弟。他還記得那天下午有個頭腦不大正常的老太太發誓說，她看見火車上有人被謀殺。

「奧菲？」蓋達克放下報告。「奧菲？我很懷疑。」

「他有可能在做案現場。」韋瑟羅指出。

蓋達克點點頭。是的，奧菲可以搭乘四點三十三分那班火車去布拉漢頓，在途中執行謀殺行動，然後乘火車去「磚屋」，九點半離開，還有充足時間去鹿瑟福莊園，把屍體從路堤下移到石棺裡，再及時回到布拉漢頓趕十一點五十五分回倫敦的車。迪基・羅傑斯那幫人中的某一個還可能幫他搬運屍體。不過蓋達克也只是懷疑。那幫人是很可惡，但不是殺人犯。

「奧菲？」他疑慮重重地反覆唸著這個名字。

§

而同時在鹿瑟福莊園裡，桂康索一家人正聚在一起。哈羅德和奧菲也專程從倫敦趕來。

沒過一會兒，他們講話的聲調愈來愈高，火氣也愈來愈大。

露希在一個壺裡調好冰雞尾酒，端到圖書室裡。從門廳裡可以清楚聽見裡面的聲音，顯然很多話的矛頭指向艾瑪。

「這完全是你的錯，艾瑪。」哈羅德低沉的聲音中帶著怒氣。「你竟然會這麼目光短淺、這麼愚蠢，真是出乎我的意料之外。如果你不把那封信拿到蘇格蘭警場去，哪會惹出這許多的麻煩？」

奧菲的男高音接了下去。

「你一定是昏了頭！」

「別罵她了啦，」賽巨開口了。「事情已經發生了。如果他們證實那具女屍就是失蹤的馬蒂娜，而我們卻對收到她來信一事守口如瓶，不是顯得更加可疑。」

「你倒好，賽巨，」哈羅德大為惱怒。「他們調查我們二十日那天的行蹤，你呢，人不在國內，但奧菲和我可就倒楣了。幸好我還記得那天下午在哪裡、幹了什麼事。」

「我就知道你還記得。」奧菲說，「如果你要策畫一場謀殺，哈羅德，一定也會仔仔細細安排好自己的不在場證明，對此我深信不疑。」

「恐怕你就沒那麼幸運了。」哈羅德冷冷地回答。

「那可不一定，」奧菲反駁道，「如果不是真的鐵證如山可以證明你不在現場，那你還不如別把那種證明提供給警方。他們要識破那些東西易如反掌。」

「如果你是在暗示我殺了那女人……」

艾瑪叫了起來：「噢，你們別吵了。你們當然誰也沒殺死那女人！」

「還有一點情報可以提供給你，二十日那天我並沒有在國外！」賽巨說，「警方非常聰明，已經知道這件事了。所以我們大家都在懷疑之列。」

「要不是艾瑪……」

「哦，別再說了，哈羅德。」艾瑪叫道。

昆珀醫生結束了他與桂康索老先生的密談，從書房裡走了出來，目光落到露希拿著的酒壺上。

「這是什麼？在慶祝什麼嗎？」

「倒不如說想用它來平息他們的怒氣。他們已經在那兒唇槍舌劍了。」

「互相指責嗎？」

「主要是在責怪艾瑪。」

昆珀醫生的眉毛一揚。

「是嗎？」

他從露希手中拿過酒壺，推開圖書室的門走了進去。

「晚安。」

「啊，昆珀醫生，我正想跟你說幾句話。」是哈羅德的聲音，嗓門比先前更尖、怒氣沖沖。「我倒想知道，你干涉我們家的私事，慫恿我妹妹去報告警方，到底是什麼意思？」

昆珀醫生冷靜地說：「桂康索小姐徵求我的意見，我也告訴她了。我覺得她做得很對。」

「你竟敢說……」

「小女孩！」

那是桂康索老先生的習慣性稱呼，他正從露希身後的書房往外窺視著。

露希很不情願地回過身去。

「有事嗎，桂康索先生？」

「今天晚上你要給我們做什麼菜？我想吃咖哩。你的咖哩料理做得很好，我們已經好久沒吃了。」

「您知道那兩個孩子不大愛吃咖哩。」

「那兩個孩子？那兩個孩子？他們算什麼？我才是最重要的人。而且他們已經走了，那真是一大快事。我想吃點熱呼呼、美味的咖哩料理。聽見沒有？」

「好吧，桂康索先生，您會如願的。」

「那才對，你是個好女孩，露希。你關照我，我也會關照你的。」

露希回到廚房，打消了原本做醬汁雞肉的計畫，開始準備做咖哩。這時前門忽然砰的一聲，她透過窗子看見昆珀醫生怒沖沖地大步走出屋子，鑽進車裡開走了。

露希嘆息了一聲。她想念起那兩個男孩子，還有些掛念布萊恩。

唉，算了。她坐下來開始剝蘑菇。

不管怎樣，她還得給這家人做頓可口的晚餐，餵飽這些壞傢伙！

§

昆珀醫生把車子駛進車庫時，正好是凌晨三點。他關上車庫進了屋子，隨手疲倦地帶上前門。喬希·辛普金斯太太生了一對健康的雙胞胎，給她現有的八口之家增添了新力量。辛普金斯先生沒有對雙胞胎的誕生表露出絲毫喜悅之情，只是很苦惱地說：「雙胞胎，雙胞胎有什麼好的？四胞胎倒也罷了，還能撈點好處，自然有人寄來各種各樣的東西，新聞界圍著你轉，報紙上還登出照片，女王拍來賀電的時候，報上也會大力宣揚。但雙胞胎呢，除了平白多出一張嘴要餵，沒什麼好的！我們家族從來沒人生過雙胞胎，我妻子那邊也是。真是不公平！」

昆珀醫生上樓進了臥室，開始脫外套。他瞥了一眼手錶，三點過五分。給這對雙胞胎接生遇到了意想不到的困難，幸好最後一切順利。他打了個哈欠，真是疲憊不堪，實在太累了。他欣慰地看看自己的床。

這時電話鈴響了。

昆珀醫生罵了一句，拿起話筒。

「昆珀醫生嗎？」

「是我。」

「我是露希．艾拉貝羅，從鹿瑟福莊園打來的。我想您最好過來一趟，這裡的人好像都病了。」

「病了？怎麼個病法？有什麼症狀？」

露希詳細描述了一番。

「我現在馬上過去……」

他對她簡短指示了該採取的應急措施。

然後他飛快地重新穿好衣服，往急救包裡又塞了幾樣東西，匆匆地上了車。

§

三小時後，醫生和露希才疲憊不堪地在廚房的桌旁坐了下來，大杯大杯喝著黑咖啡。

「啊，」昆珀醫生一口氣喝完，把杯子放下來，茶托「啪」地響了一聲。他說：「我很需要這杯咖啡。現在，艾拉貝羅小姐，我們來談談這件事吧。」

露希看著他，由於勞累，他臉上的皺紋清晰可見，使他看起來比四十四歲的實際年齡要老得多，兩鬢的黑髮也已經泛起星星點點的灰白，眼角還出現皺紋。

「就我的判斷，」醫生說，「他們都會沒事的。但我想知道怎麼會這樣。今天是誰做的晚餐？」

「我做的。」露希回答。

「都做了些什麼？說詳細點。」

「蘑菇湯、咖哩雞、奶泡酒、雞肝和燻肉做的點心。」

「戴安娜吐司。」昆珀醫生出人意料地說。

露希淡淡一笑。

「對，是戴安娜吐司。」

「好吧，我們仔細討論一下。蘑菇湯……我猜是罐頭食品？」

「當然不是，是我現做的。」

「你現做的？用什麼做？」

「半磅蘑菇、雞湯、牛奶、奶油和麵粉做的芡糊，還有檸檬汁。」

「啊，也許有人會說『一定是蘑菇的緣故』。」

「不是蘑菇。我自己也喝了點湯，可是我一點事都沒有。」

「是啊，你安然無恙，我倒把這點給忘了。」

露希的臉紅了起來。

「您的意思是……」

「我沒那個意思。你是個很聰明的女孩，如果我想的事情是你以為的那樣，那你現在一定會躺在床上痛苦呻吟。我對你很了解，我認真調查過了。」

「您為什麼要那樣做？」

昆珀醫生的嘴唇緊緊地抿成一條線。

「因為我覺得有責任調查來這兒居住的外人。你以從事這種特殊的工作維生，而且是一位誠實的年輕女士，在來這兒之前與桂康索家族也沒有任何瓜葛。所以你並不是賽巨、哈羅德或奧菲的女朋友，不是來幫他們幹些齷齪勾當的。」

「您真的以為……」

「也許是我多慮了，」昆珀說，「不過我不得不處處小心。這是做醫生最倒楣的地方。我們繼續往下說吧。咖哩雞，你有吃嗎？」

「沒有，在烹煮時我已經聞飽了。不過我當然嘗了嘗味道，還喝了點湯和奶泡酒。」

「你是怎麼上奶泡酒的？」

「一人一個玻璃杯。」

「那你現在都已經清理完畢了？」

「如果您指的是清洗碗碟，那麼我是已經全部洗完放好了。」

昆珀醫生呻吟了一句：「這種情形就叫『手腳太快』。」

「是的，就現在的情形來看，我能了解。但做都做了，我也沒辦法。」

「還有剩下什麼嗎？」

「還剩下一點咖哩，放在食品櫥的一個碗裡。我原打算今晚用它作為咖哩濃湯的湯底。蘑菇湯也還有剩下，就是沒有奶泡酒和點心了。」

「我要把咖哩和湯帶走，辣醬呢？有沒有配辣醬？」

「有。那些石缸裡有一個裝的是辣醬。」

「我也要帶點回去。」他起身說，「我得上樓去看看他們。看過之後，你能不能撐到明天早上？留心看護他們。最晚到八點鐘，我會派一個護士過來，我會給她詳細指示的。」

「我希望您跟我直說。您覺得這是食物中毒，還是……還是，唔，有人下毒？」

「我已經告訴你了。醫生說話不能只是『覺得』，必須有確實的把握才行。如果這些食物採樣確實有毒，我就可以做出結論了。否則……」

「否則什麼？」露希問。

昆珀醫生把一隻手放在她的肩上。

「有兩個人要特別照顧好，」他說，「一個是艾瑪，我不希望她有什麼不測……」他的聲音中流露出無法抑制的感情。「她甚至還沒有真正開始生活。你知道，艾瑪．桂康索這樣的人最難能可貴了。艾瑪，嗯，艾瑪對我很重要。我還沒有這樣告訴過她，但是我一定會的。好好照顧艾瑪。」

「您可以百分之百相信，我會好好照顧她。」

「也要好好照顧老先生。我不能說他是我最喜歡的病人，但他仍是我的病人。我要是放任他被人害死，那我就罪無可赦了。可能某個兒子……也可能三個都是……他們都希望他一命嗚呼，好得到他的財產。」他猛然揶揄地看了她一眼，說：「哎呀，我說得太多了。你是個好女孩，你要提高警覺，而且少說為妙。」

§

蓋達克警官看起來非常心煩意亂，叨唸著：「砒霜？砒霜？」

「是的，在咖哩裡。這個是剩下的咖哩，您手下的人可以再檢查一下。我只用一小塊雞肉粗略地檢驗一下，不過結果是確鑿無疑的。」

「那麼是有人下毒囉？」

「好像是這樣。」昆珀醫生乾澀地說。

「你說他們全都中毒了，除了那位艾拉貝羅小姐？」

「除了艾拉貝羅小姐。」

「看來她有點可疑。」

「她會有什麼動機？」

「會不會是發瘋啊，」培肯提醒道，「那些人平時看起來與常人無異，但很容易就會發狂。」

「艾拉貝羅小姐並沒有發瘋，我以一個醫學工作者的人格保證，她和你我一樣正常。如果艾拉貝羅小姐把砒霜放在咖哩裡讓桂康索一家人吃，她總得有個理由吧？而且她是個非常聰明的年輕小姐，一定會小心不讓自己成為家中唯一沒有中毒的人。她一定會……或者說任何有頭腦的下毒者都會……吃進一點點有毒的咖哩，然後把症狀誇大。」

「那樣您就無法分辨了嗎？」

「分辨出她比別人吃得少？大概不行。不管怎麼說，人對毒性的反應並不完全相似，同樣的劑量可能對某些人的影響就比較大。當然，」昆珀醫生笑嘻嘻地加了一句：「一旦病人死了，你就能比較精確地測出他所服下的劑量了。」

「不然就是……」培肯警官略略停頓了一會兒，繼續提出他的想法。「可能是桂康索家裡的某個人誇大了自己的症狀。他或許也混充中毒，以免引起別人的懷疑。這個想法怎麼樣？」

「我已經想到這一點了，那正是我會向您報告的原因。現在就看您的了。我讓一個可靠的護士在那兒照顧，不過她也無法面面俱到。依我看，並沒有人服下足以致死的劑量。」

「是下毒者出錯了嗎？」

「不是。我看更有可能的是那人在咖哩中下的毒，只達到引起食物中毒的程度，這樣大家就很容易歸罪於蘑菇……人們總是固執己見，認為蘑菇是有毒的。然後有個人後來可能病情惡化，突然死亡。」

「因為第二次中毒？」

醫生點點頭說：「我之所以立即向您報告，並且派了一名特別護士在那兒看護，就是為了這個原因。」

「她知道砒霜的事嗎？」

「當然。她知道，艾拉貝羅小姐也知道。您當然最了解自己的工作了，不過如果我是您，我會趕過去說明他們是中了砒霜的毒。那有可能讓凶手心生恐懼，從而不敢執行原來的計畫。現在，他也許正指望他在食物中下毒的計謀能夠得逞。」

警官桌上的電話響了。他拿起話筒說：「好的，接過來吧。」他聽了一兩句後，對昆珀說：「是您的護士。是的，你好，請說吧……什麼？嚴重的復發……是的……昆珀醫生現在和我在一起……如果你想和他說話……」

他把話筒遞給醫生。

「我是昆珀。我知道了……是的，非常正確……好的，繼續保持，我們現在就過去。」

他放下電話，轉向培肯。

「是誰？」

「奧菲，」昆珀醫生說，「他死了。」

20

蓋達克的聲音從電話裡傳來，分明是對此事難以置信。

「奧菲？」他說，「奧菲？」

培肯警官稍稍換了換話筒的位置，說：「你沒預料到吧？」

「我確實沒想到，說實話，我剛剛還以為他是凶手呢！」

「我也聽說檢票員認出他來了，這對他非常不利。是啊，原本我們好像已經找到凶手了。」

「唉，」蓋達克斷然地說，「我們都錯了。」

出現一瞬間的沉默。然後蓋達克問：「不是有個護士在那兒照顧嗎？她是怎麼搞的？」

「這也不能怪她。艾拉貝羅小姐實在累壞了，便去睡了一會兒。護士一個人要照顧五個病人，老先生、艾瑪、賽巨、哈羅德和奧菲，她也不能面面俱到啊。好像是桂康索老先生開始大發牢騷，說自己快要死了，護士進去安慰他，再出來給奧菲送葡萄糖水，他喝完就一命嗚呼了。」

「又是砒霜嗎？」

「好像是。當然也有可能是毒性復發，但昆珀認為不是，強斯頓也贊成他的意見。」

「我覺得，」蓋達克疑惑地說，「奧菲似乎注定要成為犧牲品。」

培肯聽著很感興趣。

「你是說，奧菲的死不會給任何人帶來任何好處，而老先生一死，他們才能從中獲利？我覺得可能是凶手弄錯了……他可能以為那水是要送給老先生的。」

「他們能確定那玩意兒就是那樣放進去的？」

「不，他們當然無法確定。那個護士，真是個優秀的護士，把那些茶具統統洗了！杯子、勺子、茶壺，全洗了！不過那可能是必要的吧。」

「那就是說，」蓋達克沉吟道，「有個病人的病況並不像別人那樣嚴重，而且看準機會又再次往杯裡下了毒？」

「唔，不會再發生這種荒唐的事了。」培肯警官嚴肅地說，「現在除了艾拉貝羅小姐之外，我們還派了兩名護士去那裡值班，我也調了幾名警察去那兒。你要過去嗎？」

「我盡快趕到！」

§

露希．艾拉貝羅穿過門廳來迎接蓋達克警官，她臉色蒼白，形容憔悴。

「這段時間讓你受驚了。」蓋達克說。

「真像一場漫長而恐怖的噩夢。」露希說，「昨天晚上我真以為他們都要死了。」

「關於咖哩的事……」

「是咖哩嗎？」

「是的，裡面很巧妙地摻進了砒霜，一如博爾吉亞謀殺親夫的手法。」

「果真如此，那一定是……家裡的某個人。」露希說。

「沒有別的可能性嗎？」

「沒有。你知道，我開始做那道該死的咖哩雞時已經很晚了，都超過六點了。因為桂康索先生特別指定要吃咖哩雞，我不得不開了一罐新的咖哩粉，所以它事前不可能被人動過手腳。我想咖哩會不會蓋住砒霜的味道？」

「砒霜是沒有任何味道的。」蓋達克漫不經心地說，「現在談談機會的問題。誰有機會在煮咖哩時動手腳？」

露希仔細想了一下，說：「事實上，我在飯廳擺放餐具時，誰都有可能溜進廚房。」

「我明白了。那麼當時誰在屋子裡呢？桂康索老先生、艾瑪、賽巨？」

「還有哈羅德和奧菲。他們下午從倫敦回來。哦，還有布萊恩，布萊恩・伊特立。但他在晚餐前就離開了，他說要去布拉漢頓和某人會面。」

蓋達克沉思著說：「這和老先生聖誕節發病的事有關。昆珀懷疑那也是砒霜中毒。昨晚他們毒性發作的程度都一樣嗎？」

露希想了想說：「我想桂康索老先生的病勢看起來最嚴重。昆珀醫生發了瘋似的拚命救治他，我覺得他真是個好醫生。賽巨最大驚小怪，不過身體健康的人經常是那樣子。」

「艾瑪怎麼樣？」

「她的情況也很糟。」

「真奇怪，為什麼會是奧菲呢？」蓋達克說。

「似乎注定就會是奧菲。」露希說。

「真有意思，我也這麼說過。」

「不過那似乎毫無意義。」

「如果我能把這些事情的動機都找出來就好了！」蓋達克說，「但我就是難以把這一系列事件聯繫起來！姑且認為石棺裡被掐死的女人就是愛德蒙・桂康索的遺孀馬蒂娜吧。到現在為止，這些已經被證實了。那與奧菲被人蓄意毒死一事必定存在某種關聯。答案就在這兒，在家裡的某個地方。不過就說是他們家有人瘋了，也於事無補啊。」

「可不是嗎？」露希也有同感。

「好吧，好好照顧自己。」蓋達克警告她。「這屋子裡有個下毒者。記住，樓上那些病人當中，有一個人的病情也許不像他裝出來的那麼嚴重。」

蓋達克走後，露希慢慢地走上樓去。經過桂康索老先生的房間時，一個聲音專橫地叫住了她。由於生病，那聲音略略微弱了一些。

「小女孩，小女孩，是你嗎？到這兒來！」

露希走進房間，桂康索先生正躺在床上，枕頭墊得好好的。露希覺得，對一個有病在身的人來說，他未免太精神煥發了點。

「屋裡到處都是該死的護士，」桂康索先生抱怨著，「匆匆忙忙地走來走去，自以為是什麼大人物，只知道給我量體溫，也不給我吃我想吃的東西。這一定得花一大筆錢，告訴艾瑪把她們都趕走，你一個人就能把我照顧得好好的。」

「大家都生病了，桂康索先生。」露希說，「您應該知道，我無法照顧到每個人。」

「蘑菇，」桂康索先生說，「是最危險的東西，最該死的東西！一定是因為昨天晚上我們喝的那些湯，那是你做的。」他又責備地加了一句。

「蘑菇沒有問題，桂康索先生。」

「我沒有怪你，小女孩，我沒有怪你。以前也發生過這種事情。一個該死的黴菌跑進食物裡就開始作怪了，沒有人能夠分辨出來。我知道你是個好女孩，不會幹出這種事。艾瑪怎麼樣了？」

「今天下午感覺好多了。」

「哈！哈羅德呢？」

「他也好些了。」

「奧菲是怎麼一命嗚呼的？」

「我想並沒有人告訴您這件事吧，桂康索先生。」

桂康索先生放聲大笑，笑得很得意、很開心。

「我是聽說的。」他說，「他們想瞞過我老人家可沒那麼容易。那麼奧菲的確是死了，對吧？再也不能敲詐我，再也拿不到一個子兒囉？你知道，他們都在等著我死，尤其是奧菲。現在卻是他先死了。這真是個天大的諷刺。」

「您這麼說未免太殘忍了，桂康索先生。」露希一臉嚴肅。

桂康索先生又咯咯地笑起來。

「我會比他們都活得長命。你等著看吧，小女孩，你看著吧。」

露希回到房間，拿出字典查「tontine」這個名詞。她闔上書，凝視著前方，陷入沉思。

§

「我不明白你為什麼要來找我？」莫里斯醫生很不耐煩地說。

「您認識桂康索一家人已經很久了吧？」蓋達克警官說。

「是的，我認識桂康索家族每一個人。我還記得喬賽亞．桂康索，他是個不好對付的人，很精明，賺了好多錢。」老先生在椅子上換了個姿勢，一雙眼睛在濃眉下緊盯著蓋達克警官。「所以，你已經聽那小傻瓜昆珀說過了，這些熱心的年輕醫生，腦子裡總有轉不完的念頭！他竟然認為有人想毒死盧瑟．桂康索！真是無稽之談，胡鬧！他當然有胃病，我還給他治療過。不過他的病也不常發作，沒什麼大不了。」

「昆珀醫生覺得有人下毒。」蓋達克說。

「醫生只憑空想是不行的。真有砒霜中毒的現象，我應該認得出來。」

「有相當多知名的醫生都沒辦法看出來，」蓋達克說。他又在記憶裡搜尋著。「在坎巴羅一案中，坦尼太太、查爾斯．利茲和魏思貝里一家三口被安葬的時候，給他們治療的醫生連一點疑心都沒起過。那些醫生還都是很有名望的好人……」

「好吧，好吧，」莫里斯醫生說，「你是說我可能弄錯了？啊，我可不覺得。」他沉默了一會兒，又開口道：「昆珀認為是誰幹的……如果的確有這麼一回事？」

「他也不知道，他只是感到很憂心。您也知道，那畢竟關係到一大筆財產啊。」

「是的，是的，我很清楚，盧瑟．桂康索死後他們會得到那筆錢。他們現在都迫切地需要錢，這一點是沒錯，但也不至於就此謀財害命、殺死老頭子啊。」

「的確沒有必要。」蓋達克警官贊同地說。

「無論如何，」莫里斯醫生說，「我的原則是，沒有正當理由絕不胡亂猜疑。凡事必須就事論事。」他又重複了一遍。「我承認你說的一切讓我有點震驚。這顯然是使用了大量的砒霜下毒。但我還是不明白你為什麼要來找我。我所能告訴你的就是我自己並沒有產生過懷疑。或許本該懷疑的是我應該更嚴肅地看待盧瑟・桂康索的胃病。但現在問題已不僅於此了呀。」

蓋達克表示同意。

「我們真正的目的，」他說，「是想多了解一點桂康索家族的情況。他們之間有沒有人情緒過於緊繃，或者有什麼奇怪的念頭？」

莫里斯的眼睛在濃眉下犀利地盯著他。

「是的，我知道你可能會往那方面想。唔，老喬賽亞非常健康，身體也結實得很。他的妻子來自一個近親通婚的家族，有點神經過敏，而且有憂鬱症的傾向。她生下第二個兒子不久就去世了。我覺得盧瑟從她那兒繼承了一種……唔，不穩定的心理狀態。他年輕時庸庸碌碌，還經常和他父親鬧彆扭。他父親對他很失望。我覺得他從此懷恨在心、耿耿於懷，以致最後形成一種偏見，一直持續影響到他結婚之後。如果你和他談過話，就會注意到他是打心眼裡不喜歡自己的兒子。不過他很愛兩個女兒，艾瑪和伊迪絲。伊迪絲已經去世了。」

「為什麼他這麼厭惡自己的兒子？」蓋達克問道。

「那你得去找那些最前衛的心理學家解釋了。我剛剛說過，盧瑟對自身處境從不知足，尤其對他的經濟狀況憤憤不平。他有一筆收入，卻沒有支配本金的權利。如果他有權解除兒子的繼承權，也許就不會這麼討厭他們了。這方面的無權讓他產生一種恥辱感。」

「他之所以想到比他們長命就高興，就是這個原因吧？」蓋達克警官又問。

「可能吧。我想這也是他吝嗇的根本原因。我知道他已經從每月的高額收入中，積攢了一筆相當可觀的財產……當然大部分是在個人所得稅升到現在這種嚇人的稅率前攢的。」

蓋達克警官產生了一種新的想法。

「他會不會立下遺囑，把積蓄留給某人呢？這一點是可以做到的。」

「哦，是的，不過只有上帝知道他留給誰。也許是給艾瑪，但我覺得不大可能。她本來就能分到老先生的一份遺產。也許會給他的外孫亞歷山大吧。」

「他喜歡他，是嗎？」蓋達克問。

「過去是的。亞歷山大是他的外孫而不是孫子，這可能會有所區別吧。他也很喜歡布萊恩·伊特立，伊迪絲的丈夫。當然我不太了解布萊恩，我有好些年沒見到他們了。讓我吃驚的是，他戰後居然變得這樣無所事事。他具備了戰時需要的一切特質：勇氣、幹勁、勇往直前而義無反顧，但我覺得他不具備穩定性。也許他最後會變成流浪漢。」

「就您所知，年輕一代中有沒有特別乖僻的人？」

「賽巨是個怪人，天生的叛逆者。我覺得他不太正常。你也許會說，有誰是正常的？哈羅德非常正統，但為人不是很好，鐵石心腸，眼睛只看著什麼時候有機可乘。奧菲有種罪犯的特質，生來就是個壞蛋。我曾經親眼看見他從放在前廳的慈善捐款箱裡拿錢。那種人！唉，算了，這可憐的傢伙已經死了，我不該再批評他。」

蓋達克吞吞吐吐地問：「艾瑪．桂康索……怎麼樣？」

「是個好女孩，文靜嫻雅，別人總是捉摸不透她在想什麼。她很有主見，但總是悶在肚子裡，實際上，她比外在表現出來的要有個性得多。」

「我想您認識愛德蒙吧？那個在法國陣亡的兒子？」

「對。我覺得他是幾個孩子中最好的。心地善良，天性樂觀，是一個很不錯的小夥子。」

「您有沒有聽說過，他即將或者已經和一個法國女孩結婚的消息？就在他陣亡之前？」

莫里斯醫生皺皺眉頭。

「我記得好像有這麼一回事。但已經是很久以前了。」

「在戰爭初期，是嗎？」

「是的。哈，我敢說，如果他真娶了法國太太，一定會後悔一輩子。」

「現在有理由相信他的確娶了個外國太太。」蓋達克說。

他三言兩語把最近發生的事情交代了一遍。

「我記得曾在報紙上見過石棺女屍的報導，原來那就是在鹿瑟福莊園。」

「現在也有足夠理由認定，那女人就是愛德蒙．桂康索的遺孀。」

「唉，唉，真是太不可思議了，簡直就像小說而不是發生在真實世界。可是誰想殺死那可憐的女人呢？我是說，這件事怎麼會和桂康索家的砒霜下毒案聯繫在一起呢？」

「不外乎有兩種理由，」蓋達克說，「但都相當牽強。也許有人很貪婪，想獨吞喬賽亞・桂康索的全部財產吧。」

「他要是那樣想，就是個大傻瓜。」莫里斯醫生說，「他一定得為這筆收入支付超高額的遺產稅。」

／21

「蘑菇真是危險的東西！」基德太太說。

在過去幾天之中，同樣的話基德太太已經說了不下十次。露希沒有回答。

「我自己就從來不碰這種東西，」基德太太又開口了。「實在太危險了。還好上帝保佑，只出了一條人命。本來所有的人，還有你，小姐，都可能送命哩。你算是倖免於難啊。」

「不是因為蘑菇，」露希說，「它們根本就沒有問題。」

「你不相信嗎？蘑菇是很危險的！如果有一個毒蕈混在裡面就完了！真有意思，」基德太太一邊把碗碟叮叮噹噹放進水槽，一邊繼續喋喋不休。「事情總是禍不單行。我姐姐的大孩子出麻疹，我們家的厄維摔了一跤折了手臂，我丈夫又生了一身的疔瘡。全湊在同一個星期裡！你不相信是不是？這兒也是一樣，先是一場可怕的謀殺，現在又是奧菲先生死於蘑菇中毒。我倒想知道下一個是誰？」

露希感到十分不安，她也想知道下一個是誰。

「我丈夫不喜歡我來這兒，」基德太太繼續往下說，「覺得很不吉利。但我說，我認識桂康索小姐很長時間了，她是個好人，得依賴我幫她呢。我還說，我也不能撇下可憐的艾拉貝羅小姐，把家裡的每一樣工作都扔給她做。真是太難為你了，小姐，這麼多碗盤。」

露希也不得不同意，現在她的大部分時間都花在這些碗盤上。她此刻就正在盤子裡分菜，要送到各個病人面前。

「至於這些護士小姐，她們從不幫一點忙，」基德太太說，「她們只曉得要杯沏得濃濃的茶、一份準備妥當的餐點。我可真是累壞了。」她用自吹自擂的腔調說。

事實上，她除了平時早上該做的家事之外，什麼也沒多做過。

露希煞有其事地誇她：「你從來不讓自己閒著，基德太太。」

基德太太心花怒放。

露希拿起第一個盤子，往樓上走去。

「這是什麼？」桂康索先生很不高興。

「牛肉汁和牛奶蛋糕。」露希答道。

「拿走。」桂康索先生說，「那種東西我碰都不想碰。我告訴過護士，我想吃牛排。」

「昆珀醫生認為您現在還不能吃牛排。」露希說。

桂康索先生嗤之以鼻。

「我現在已經恢復過來，明天就能起床了。其他人怎麼樣？」

「哈羅德先生好多了，」露希回答，「他明天要回倫敦。」

「太好了。」桂康索先生說，「賽巨呢？他有沒有可能明天就回他的島上？」

「他還不打算走。」

「真可惜。艾瑪在幹什麼？她為什麼不來見我？」

「她還躺在床上呢，桂康索先生。」

「女人總是縱容自己。不過你是個堅強的好女孩。」他又讚許地說道，「你成天跑來跑去，對吧？」

「這樣我才能得到充分的運動啊。」露希說。

桂康索先生點頭以示稱許。

「你是個健康強壯的女孩。可別忘了我以前跟你說過的話。這幾天，該看到的你都看到了，艾瑪也不會永遠『小姑獨處』。他們要是跟你說我是個吝嗇的老頭子，你可千萬別聽進去。我小心保管著自己的錢，已經存了為數不少的財產，我知道時機到來時該用在誰的身上。」他色瞇瞇地看著露希。

露希躲開他伸出的手，快步走出房間。

她把第二盤食物端給艾瑪。

「哦，謝謝你，露希。我現在已經復原得差不多了，感覺挺餓的。這是個好兆頭，是吧，親愛的？」

露希把托盤放在艾瑪膝上時，艾瑪又說：「我覺得很對不起你的姑媽。我想你近來沒時間去看她吧？」

「說實在的，確實沒時間。」

「恐怕她在掛念你了。」

「哦，別擔心，桂康索小姐。她很能理解我們正在經歷一段艱難時期。」

「你給她打電話了嗎？」

「沒有，最近沒打。」

「嗯，去打吧，每天給她打個電話。得到親人的消息，老年人心情會很不一樣。」

「您真好。」露希說。

她下樓去取另一個盤子的時候，心中微微感到有些自責。家裡那麼多人生病，亂成了一團，她也忙得脫不開身，沒時間去想別的事。她打定主意，一給賽巨送完飯，就打電話給瑪波小姐。

家裡現在只有一名護士，她和露希在樓梯口擦肩而過，互相問好。

賽巨坐在床上，忙著在紙上寫東西，紙面看起來乾淨整齊得令人不敢置信。

「哈囉，露希。」他說，「今天你給我帶了什麼酒來？我希望你趕快把那個討厭的護士趕走。她說話太假正經了，不知為什麼要把『你』說成『我們』。『我們今天早上怎麼樣啊？』『我們睡得好嗎？』『哦，天哪，我們真淘氣，把床單扔成那樣！』」他用又高又尖的假嗓子模仿著護士說話的語氣。

「您看來很開心啊，」露希說，「在忙什麼呢？」

「計畫，」賽巨說，「計畫著老爸歸天之後如何處理這個地方。你知道，這塊地很不錯。我還沒決定是留一部分自己開發，還是一次把它賣掉……工業用地可是很值錢的。這棟房子嘛，可以蓋成療養院或學校。我現在還無法確定是不是要賣掉一半，再把錢投資到另一半的土地上，做出一番驚人的事業。你覺得怎麼樣？」

「您還沒有拿到手呢！」露希冷冰冰地回答。

「我會的，」賽巨說，「土地不會像其他東西一樣分成一份一份，所以馬上就能到手。如果我能賣個好價錢，而且那筆錢是資金而不是收入，我應該不必付所得稅，那錢就多得花不完了。想想看。」

「我一直以為您很藐視金錢。」露希說。

「沒錢的時候當然藐視金錢囉，」賽巨說，「唯有這樣，才能讓自己顯得高貴啊！你真漂亮，露希，還是我太久沒見過漂亮女人了？」

「我認為是這樣。」

「你還是忙著照顧大家、清潔環境嗎？」

「看來已經有人照顧你了。」露希瞧瞧他說。

「那個該死的護士。」賽巨憤憤地說，「你參加奧菲的驗屍審訊了嗎？結果怎麼樣？」

「審訊延期了。」露希答道。

「警方真是小心謹慎。這種大規模的下毒方式真是害了不少人，不是嗎？我說的是心理上，而不是指具體的表現。」最後他又加了一句：「好好照顧你自己，小姐。」

「我會的。」露希說。

「小亞歷山大已經回學校了嗎？」

「我想他仍然和史托德維司一家人在一起。後天就開學了。」

露希在吃午餐之前，打了電話給瑪波小姐。

「真是十二萬分的抱歉，我一直沒能過去看您。不過我實在很忙。」

「那是當然，親愛的，當然。反正我們現在也無能為力，只能等待。」

「是啊，但我們在等待什麼呢？」

「艾思佩．梅吉力谷迪很快就要回家了。」瑪波小姐說，「我寫信要她馬上搭飛機回來。我說這是她的責任。所以不用太擔心，我親愛的。」

她的聲音溫和親切，具有讓人安定的力量。

「您不覺得……」露希開了個頭，又停下不說。

「還會有更多的死亡？哦，親愛的，但願不會。可是誰知道呢？我是說，如果有人真那麼惡毒。我覺得那兒有一股邪惡的力量存在。」

「也許是瘋狂的力量吧。」露希說。

「我知道這是現代人看待事物的方式，但我個人不以為然。」

露希掛斷電話，來到廚房，拿起自己的盤子。基德太太已經解下圍裙打算離開了。

「小姐，你沒事吧？」她關切地問。

「我當然沒事。」露希不耐煩地答道。

她端著托盤，並沒有走進那間陰暗的大飯廳，而是進了小書房。快要吃完時，門開了，布萊恩・伊特立走了進來。

「哈囉，」露希打著招呼。「真是沒想到啊。」

「我也覺得。」布萊恩說，「他們都怎麼樣了？」

「噢，好多了。哈羅德明天要回倫敦。」

「你怎麼看這整件事情？真的是砒霜嗎？」

「是砒霜。」露希回答說。

「報紙上還沒有登出來呢。」

「是沒有，我想警方要暫時保密吧。」

「那人一定和桂康索家有深仇大恨。」布萊恩說，「有誰可能偷偷摸摸進來在食物裡動手腳呢？」

「我想，我是可能性最大的人。」露希說。

布萊恩望著她，急切地問道：「但是你並沒有，對吧？」話音中微微有些驚詫。

「是的，我沒有。」露希說，「不可能有人在咖哩雞上動手腳。我一個人在廚房裡烹飪，一個人端上桌去，唯一能動手腳的人就是坐著進餐的那五個人。」

「是呀，你何必呢？他們與你毫無關係，不是嗎？」他又說，「我這麼突如其來地回來，希望你不會介意。」

「不，不，當然不會。您回來要住下嗎？」

「唔，我想住下來，如果不惹你們討厭的話。」

「你知道，我現在沒有工作，唔，覺得很煩。你真的不介意嗎？」

「不，不，我們能應付得了。」

「哦，這又不是由我來決定，艾瑪才能決定。」

「唉，艾瑪不會在意的，」布萊恩說，「艾瑪對我一向很好，你知道，用她自己的方式。她把很多事情都放在心裡，別人很難了解她。親愛的艾瑪一直住在這兒侍候老頭子，大部分的人都會吃不消。真可憐，她從來沒結過婚。我想現在也為時太晚了。」

「我覺得一點都不晚呢。」露希說。

「也許吧……」布萊恩想了想。「可能會是個牧師……」他充滿希望地說，「她在教區事務方面可以助上一臂之力，而且能和母親協會打好交道。說到母親協會，其實我也不太了解那是怎麼回事，只是有時在書上看過。她們星期日去教堂時還戴帽子。」他補充一句。

「這種前景對我不怎麼具有吸引力。」露希說著起身拿起托盤。

「我來吧。」布萊恩從她手中接過盤子，兩人一起走進廚房。「我幫你洗盤子好嗎？我很喜歡這個廚房，」他繼續說，「我也知道如今人們已不欣賞這種老東西了，但我還是喜歡這棟房子。我想這種欣賞趣味也許會讓人吃驚，但我的確是喜歡它。可以任意在獵場上降落一架飛機呢。」他滿懷熱情地說。

他拿起一塊擦玻璃杯的布，開始擦拭勺子和叉子。

「這兒歸賽巨的話似乎有點浪費，」他談著自己的意見。「他要做的第一件事一定是賣掉整片土地，然後又跑回外國，揮霍一空。我真不明白為什麼有人會覺得英國不好呢？哈羅德也不會要這棟房子。對艾瑪來說，這房子太大了。如果它歸亞歷山大所有呢，他和我會在這兒一起快快樂樂地過日子。當然若有個女人住在這兒就更好了。」他一邊說一邊看著露希。「哦，算了，說這個又有什麼用？如果亞歷山大要得到這個地方，那就意謂著他們全都得先死去，那是不可能的，對吧？我看老頭子說不定就能輕輕鬆鬆活到一百歲，把他們都氣死。我怎麼覺得他對奧菲的死一點都不傷心呢？」

露希簡短地回答了一句：「是的，他是不傷心。」

「剛愎自用的老魔鬼！」布萊恩·伊特立由衷說道。

22

「外面傳說得好可怕呢，」基德太太說，「我反正是不聽的，太煩人。但是我也管不了他們。不過你大概不會相信那些。」她充滿希望地等待著露希的回答。

「是啊，我想也是。」露希答道。

「關於在長倉裡發現的那具屍體，」基德太太正在擦廚房的地板，手腳並用像隻螃蟹似的往後爬，嘴裡還在繼續往下說道：「就有人說她是愛德蒙先生在戰時的女朋友，又如何如何到這兒來，她那吃醋的丈夫跟在後面，最後把她殺死了。這倒有點像外國人幹的事，但已經過了這麼多年，好像也不大可能吧？」

「我覺得像天方夜譚。」

「還有說得更糟的呢，」基德太太又說，「要有多荒唐就有多荒唐，你聽了一定會大吃一驚。有人說哈羅德先生以前在國外什麼地方結過婚，她來到這兒發現他犯了重婚罪，又和艾麗夫人結了婚，所以打算和他鬧上法庭，於是他在這兒和她會面，同時就把她殺了，還把屍體藏到石棺裡！你倒聽聽看！」

「真是聳人聽聞。」露希含含糊糊地說，思緒已經飛到別的地方。

「當然，我不會聽信他們，」基德太太一副仗義執言的架勢。「我才懶得理會這種胡說八道呢。不過真是奇怪，他們怎麼想得出這種事情，更不用說到處亂說了。我只希望不要有閒話傳到艾瑪小姐耳朵裡，她會很不安的，我可不願意那樣。艾瑪小姐是好女孩，我從來沒聽誰說過她一句壞話，一句都沒有。當然，奧菲先生現在死了，也沒人說他不好了。有些別人評價他的話，現在也不會說了。不過小姐，那些風言風語真是可怕。」

基德太太說得興致勃勃。

「你聽到這些話一定很痛苦吧！」露希說。

「哦，是的。」基德太太說，「真的很痛苦。我跟我丈夫提過，說他們怎麼會這樣呢？」

門鈴響了起來。

「醫生來了。小姐，你去開門還是我去？」

「我去吧。」露希說。

但來的人不是醫生。只見一個修長優雅、身穿貂皮大衣的女子佇立在台階上。停在沙石彎道上的是一輛勞斯萊斯。司機坐在方向盤前，引擎還在響著。

「請問我能見見艾瑪・桂康索小姐嗎？」

她的聲音中充滿了魅力，「R」這個字母發音有點不清楚。這位女士本人也很具魅力，三十五歲上下，黑色頭髮，打扮得雍容華貴。

「真對不起，」露希說，「桂康索小姐病了，正在床上休息，不方便會見客人。」

「我知道她病了，可是我有重要的事情必須見她。」

「恐怕……」露希剛想開口，就被來訪者打斷了。

「我想您是艾拉貝羅小姐，沒錯吧？」她露出一個迷人的微笑。「我兒子提過您，所以我才知道的。我是史托德維司夫人，亞歷山大現在在我那裡。」

「噢，我明白了。」露希說。

「我真的有要事必須會見桂康索小姐，」她繼續往下說，「我知道她生病了，但我向您保證，這不僅是一次社交意義上的拜訪。因為孩子們……我的兒子跟我說了一些事情，我覺得非同小可，所以以想和桂康索小姐就這件事談一談。請您問問她的意思好嗎？」

「請進來吧。」露希領著客人進了門廳，來到客廳裡，然後說：「我上去問問桂康索小姐。」

她上樓敲敲艾瑪的房門，走了進去。

「史托德維司夫人來了，」她說，「她有要事必須見您。」

「史托德維司夫人？」艾瑪很是詫異，臉上掠過一絲憂慮之色。「孩子們……亞歷山大不會出什麼事吧？」

「不是的，不是的。」露希讓她安心。「我相信孩子們安然無恙。好像是孩子們跟她提過什麼事情。」

「噢，好吧……」艾瑪躊躇了一下。「也許我該見見她。我看起來還可以嗎，露希？」

「您看起來氣色很好。」露希說。

艾瑪坐在床上，肩頭圍著一條柔軟的粉色披肩，把她的臉也映出了幾分淡淡的紅暈。她的黑髮經過護士的梳理，整整齊齊，清清爽爽。露希前天還在梳妝台上放了一瓶紅葉，整個房間看上去很美觀，絲毫不像病人的房間。

「我真的覺得情況恢復得很好，可以起來了。」艾瑪說，「昆珀醫生說我明天就可以下床了。」

「您看來的確已經恢復了健康。」露希又問：「我把史托德維司夫人帶上來好嗎？」

「好的。」

露希走下樓去，對客人說：「您就上樓到桂康索小姐的房間好嗎？」

她引著客人上樓，開門讓她進去，然後把門關上。史托德維司夫人走到床邊，伸出手來。

「桂康索小姐，真抱歉這樣打擾您。我想，我在學校運動會上見過您吧？」

「是的。」艾瑪說，「我還很清楚地記得您。請坐吧。」

為了方便起見，床邊放了一把椅子，史托德維司夫人就在這把椅子上坐了下來。她說話的聲音低沉而優雅。

「我這樣冒昧登門，您一定覺得很意外，但我也是事出有因，而且是很重要的原因。您知道，孩子們跟我講了一些事情，您也明白他們對發生在這兒的謀殺案感到非常興奮。我承認一開始時我很不高興，甚至很緊張，想馬上把詹姆斯帶回家。但我先生對此報以大笑，說顯然命案與這家人是毫無關係的；他還說，由此他想起了自己的少年時代。況且從詹姆斯的信中可以看出，他們倆正玩得興高采烈，把他們叫回來也太不近人情。於是我做了讓步，同意他們玩到原定時間，再讓詹姆斯把亞歷山大帶回家。」

「您覺得我們該早點把您的孩子送回家？」

「不，不，我沒有這個意思。哦，這件事真是很難啟齒，但該講的還是得講。您知道，孩子們聽到了很多消息。他們告訴我這個女人，就是遇害的那個女人，警方認為可能是您大哥……在戰時陣亡的大哥的法國女友或在法國認識的女朋友？是這樣嗎？」

「有這種可能。」艾瑪微微遲疑了一下說道：「我們不得不考慮這種可能性，也許真是這樣的。」

「有證據相信那具屍體就是那個女子馬蒂娜嗎？」

「我已經告訴您了，有這種可能性存在。」

「但為什麼他們認為她就是馬蒂娜呢？她身上有什麼信件或證件嗎？」

「沒有，沒有那種東西。不過您知道，我曾經收到馬蒂娜的一封信。」

「您有一封信？是馬蒂娜寄來的？」

「是的，信裡告訴我她人正在英國，想來看看我。我邀請她到這兒來，但後來又收到一封電報，說她回法國去了。或許她真的回法國了，我們也不知道。不過既然在這兒發現了寄給她的信封，似乎又表明她的確來過這兒。我真的不知道……」她沒有說下去。

史托德維司夫人飛快地插話進來。

「您當真不知道這件事和我的關係嗎？您必定不知道的。如果我處在您的立場，一定也弄不清楚。但是當我聽見這件事情，聽見人們扭曲了事實的真相時，我不得不來確認一下事情的真實經過。因為如果是……」

「什麼？」艾瑪問。

「我必須告訴您一件原本不想跟您說的事……您知道嗎，我就是馬蒂娜．杜布瓦。」

艾瑪愕然地盯著來客，似乎一時還沒能反應過來。

「您？您是馬蒂娜？」

客人有力地點點頭。

「是的，我知道這一定會讓您受驚，但這是千真萬確。我是在戰爭初期遇上您哥哥，他被軍隊指定住在我們家。嗯，其他的您都知道了。我們相愛了，並且打算結婚，然後是敦克爾克大撤退，有報告說愛德蒙失蹤了，後來確認已經陣亡。往事不堪回首，這都是很久以前的事了，一切也都已經結束。但是我要告訴您，我深深愛著您哥哥。

「接著就是一段戰時的艱苦歲月。德軍占領了法國，我成了地下組織的成員，和另外一些人奉命幫助英國人經由法國回到本土，也正是這個機緣，我認識了現在的丈夫。他是空軍軍官，空降到法國執行特殊任務。戰爭結束後我們就結婚了。有一兩次我曾經考慮過，是否該寫信給你或者過來看你，但又被自己否決了，我想，重提舊事沒什麼好處，我已經有了新生活，不想再追憶前塵往事。」她嘆了口氣，又說：「不過我跟您說，當我發現我的兒子在學校裡最好的朋友就是愛德蒙的外甥時，心中真有一種奇異的欣慰之情，我覺得亞歷山大酷似愛德蒙……您一定也有這種感覺吧？詹姆斯和亞歷山大能成為這麼好的朋友，在我看來真是一件讓人高興的事情。」她身子前傾，把手放到艾瑪的臂上。「親愛的艾瑪，您知道嗎，當我聽說這起謀殺案，聽說這個遇害的女人被懷疑是愛德蒙認識的馬蒂娜時，我就決定必須前來告訴您真相。或者我必須把事實告訴警方。不管那具女屍是誰，絕對不是馬蒂娜。」

「我簡直不敢相信，」艾瑪說，「您，您居然就是馬蒂娜，愛德蒙寫信跟我提到過的馬蒂娜！」她嘆息著搖搖頭，又困惑地鎖起眉頭。「但我還是不明白，給我寫信的是您嗎？」

史托德維司夫人用力搖搖頭。

「不，不，我當然沒有寫信給您。」

「那麼……」艾瑪欲言又止。

「那麼一定是有人假裝成馬蒂娜，想要從您這兒詐取錢財，一定是這樣。不過那會是誰呢？」

艾瑪慢慢地說：「我想當時一定有其他的知情者，這誰知道呢？」

對方聳聳肩。

「也許有吧。但那時候沒人和我特別親密、特別要好。自從我來到英國，對這事也絕口未提，而且那人為什麼要等那麼久的時間才行動？奇怪，真奇怪。」

「我也不明白，我們再聽聽蓋達克警官有什麼高見。」她看著客人，目光一下子柔和起來。「真高興終於認識了你，親愛的。」

「我……你……愛德蒙經常說起你，他非常喜歡你。我的新生活過得很幸福，但我對過去仍然難以忘懷。」

艾瑪往後靠了回去，長長嘆息了一聲。

「這真是莫大的安慰呀。我們一直害怕那具女屍是馬蒂娜，那樣一來就和我們家脫不了關係。但現在……哦，我真是如釋重負。我不知道那可憐的人是誰，但她和我們不會有任何關係了。」

23

像往常一樣，身材優美的女祕書給哈羅德．桂康索端來下午茶。

「謝謝，愛莉斯小姐。今天我要早點回家。」

「我覺得您根本就不該來，桂康索先生。」愛莉斯小姐說，「您看起來還是很虛弱。」

「我沒事。」

哈羅德．桂康索嘴上雖然那樣說，卻真的感覺很虛弱，毫無疑問，他近來夠倒楣了。

唉，好了，一切都過去了。

真是不可思議，他沮喪地想。奧菲本來不該死，死的該是老頭子才對。畢竟，他有……七十三還是七十四歲？又病了好幾年。如果有人該送命，那就是老頭子了。但偏偏不是，偏偏是奧菲。就哈羅德所知，奧菲這傢伙雖然瘦削，但身體結實又健康，也沒什麼大病。

他靠回椅背上，嘆了一口氣。那女孩說得沒錯，他的確沒有完全恢復過來；但他還是想回辦公室，想看看業務進展如何。情況相當不妙啊！這一切……他環視四周。陳設富麗堂皇的辦公室，家具是用白色木料做的，還泛著亮光，新潮的椅子價格不菲，一切都透出欣欣向榮的景象。這是好事啊！奧菲就錯在這一點上！如果你看起來一副事業發達的樣子，別人就會以為你生意興隆、財源廣進，也就沒有財務穩不穩定的流言蜚語了。然而這種如履薄冰的狀況也不是長久之計，如果死的不是奧菲，而是父親就好了！老頭子當然早就該死了。他的事業可以依靠老頭子中毒致死而重振雄風！是啊，如果他父親死了……唉，那就沒什麼好擔心了。

頭等大事仍然是要絲毫不露憂慮之色，要保持事業成功的表象，不能像可憐的奧菲，總是一副寒酸相，看著就缺乏辦事能力，他倒也的確如此。他是一個三流的投機商人，從來沒有膽量賺大錢，只會和一幫不可靠的人鬼混，做些投機買賣，從來不肯對自己經營的事業負起責任，只在邊緣上打轉。結果怎麼樣呢？短時間內腰纏萬貫，隨後又是窮困潦倒，就這樣周而復始。奧菲真是沒有長遠眼光。從整體來看，他並不覺得奧菲的死是什麼大損失。他從來沒特別喜歡過奧菲，況且奧菲這個障礙去掉之後，從他祖父那兒繼承到的遺產也可以大為增加，不是分成五份而是四份了。這相當不錯。

哈羅德的臉色開朗了一些，他起身拿了帽子和大衣，離開辦公室。最好先放鬆一兩天，他現在感覺還不是很好。汽車正在下面等著，他駕駛著車子在倫敦的行人和車輛中迂迴前進，很快就到家。

他的男僕達爾開了門。

「夫人剛剛回來，先生。」

哈羅德愣愣地盯了他一會兒。艾麗！天哪！艾麗今天回來？他已經忘得一乾二淨，幸好達爾提醒了他。如果他上樓看到她，露出一臉驚詫的表情，那可不太好。艾麗和他對於彼此的感情都不抱太大的幻想，也許艾麗喜歡他吧？他也不知道。

大致來說，艾麗令他很失望。當然他從來沒有愛過她，不過她儘管相貌普通，倒也是個可親的女人，而且她的家庭和社會關係對他很有用處。但也或許並不如他想像的那麼有用，因為婚後他就一直假設著孩子出生後的情況，想像孩子們會攀上一門好親戚。但他們沒有一兒半女，他和艾麗只能一起慢慢變老。他們在共同生活中沒有太多的話可聊，相處上也沒有特別的樂趣可言。

她經常外出和親戚們住一段時間，冬天則通常去蔚藍海岸。這種生活對她很適合，她也很能適應。

他上樓走進客廳，向艾麗問好，他總是很注意細節。

「你回來了，我親愛的。真抱歉，我在城裡有事耽擱了，沒能去接你，於是盡快地趕回家。聖拉斐爾怎麼樣？」

艾麗告訴他聖拉斐爾的情形。她身材很瘦，沙土色的頭髮，鼻梁有些拱起，褐色眼睛中有種茫然的神色。她說話的聲調顯示出良好的教養，卻未免有些單調和無精打采。有了一個愉快的假期啦，過英吉利海峽風浪有些大啦，渡過多佛海峽像往常一樣不好受啦……

「你應該搭飛機回來，」哈羅德照例說，「那就省事多了。」

「我也知道，但我不喜歡搭飛機。我從來沒搭過，那會讓我神經緊張。」

「可以節省很多時間。」哈羅德說。

艾麗．桂康索夫人沒有回答。可能她在生活中的問題不是如何節省時間，而是如何打發時間吧。她彬彬有禮地問起丈夫的健康狀況。

「艾瑪的電報嚇了我一大跳，我以為你們都病了。」

「是的，是的。」哈羅德答道。

「那天我在報紙上看到，」艾麗說，「有一家旅館裡四十個人同時食物中毒。我覺得冰箱這種東西很危險，大家貯藏東西的時間太長了。」

「有可能。」哈羅德接腔。

他該不該提砒霜中毒的事呢？他注視著艾麗，覺得不能那樣做。在艾麗的世界裡是沒有砒霜下毒這回事，那只會在報紙上讀到，而不會發生在自己和家人身上。但它的確在桂康索家發生了……

他去房間躺了一兩個小時，才換衣服用晚餐。進餐時他和妻子面對面坐在一起，繼續禮貌地說著同樣的話題：聖拉斐爾的熟人和朋友。

「門廳桌上有你一個小包裹。」艾麗說。

「是嗎？我沒注意到。」

「有人告訴我一件怪事，好像是說有人在一個倉房裡發現一個被謀殺女人。她說是在鹿瑟福莊園，我想一定是別的鹿瑟福莊園。」

「不。」哈羅德說，「不是別的地方，真的就在我們家的倉房裡。」

「真的嗎？哈羅德！鹿瑟福莊園的倉房裡有個女人被謀殺了？你怎麼絕口不提呢？」

「唔，其實也沒發生多久。」哈羅德說，「這事說來也讓人很不舒服。當然，和我們沒有任何關係。媒體對此大做文章，我們也得應付警方什麼的。」

「真讓人不舒服。他們發現是誰殺的嗎？」她敷衍地加了一句，表示自己很感興趣。

「還沒。」哈羅德回答。

「是什麼樣的女人？」

「沒人知道。不過可以看出是個法國人。」

「哦，法國人。」除了社會階層不同之外，艾麗的腔調與培肯警官如出一轍。「那一定讓你們很煩惱吧？」她問。

他們走出飯廳，進了小書房，他們單獨相處時經常坐在那兒。哈羅德到這裡時已是筋疲力盡。我得早點去睡覺，他想。

他從門廳桌上拿了妻子剛才提到過的小包裹。包裹很小，乾乾淨淨地用蠟封上，包紮得一絲不苟。哈羅德在壁爐邊常用的椅子上坐下，把它拆開。

裡面裝了個小藥盒，上面貼著「每晚兩片」的標籤。還有一張上頭印著「布拉漢頓藥房」的小便箋，寫著「遵昆珀醫生醫囑謹寄」的字樣。

哈羅德．桂康索雙眉緊鎖，打開盒子看著藥片。是的，好像和他以前服用的藥是相同的，但他記得昆珀醫生說過不用再吃了。昆珀醫生是這樣說的：「現在你不需要它們了。」

「這是什麼，親愛的？」艾麗問道，「看你一臉憂慮的樣子。」

「哦，只是些藥片。以前我一直在晚上服用，但我記得醫生說過不用再吃了。」

他的妻子溫和地說：「也許他說的是不要忘了吃吧。」

「也許吧。」哈羅德半信半疑地說。

他看了看艾麗，她也正在注視他。有一刻，他忽然想知道……他並不是經常想了解艾麗的……她到底在想什麼。她溫和的注視沒有給他任何解答，她的眼睛就像空屋上的窗子，空空蕩蕩。艾麗對他有什麼想法？有什麼感覺？她曾經愛過他嗎？也許吧。她是不是因為厭倦了貧困的生活，覺得他在倫敦混得不錯才嫁給他呢？唔，從整體來看，她已經徹底擺脫貧窮了。她在倫敦有汽車和房子，喜歡的時候可以出國旅行，可以買昂貴的衣服，不過天知道那些衣服在她身上穿成了什麼樣子。是的，她整體上過得還是不錯的。但他也懷疑她是不是真的這樣認為。她當然不是真心喜歡他，他也不是。兩人沒有任何共同點，沒有共同話題，沒有可一起分享的回憶。如果他們有孩子……偏偏他們又沒有。真是怪事，家裡除了小伊迪絲的兒子，再也沒有別的孩子了。小伊迪絲是個傻姑娘，在戰時愚蠢而草率地結了婚。唔，他給過她忠告的。

他說：「這些年輕飛行員是不錯，朝氣蓬勃，充滿魅力和勇氣等等。但你要知道，他們在平和時期卻會變成一無是處，可能還養活不了你呢。」

伊迪絲說，那又有什麼關係？她愛布萊恩，布萊恩也愛她，況且他也許很快就會為國犧牲，為什麼他們不能即時享受快樂呢？一旦隨時隨地都會化成炮灰，考慮將來又有什麼用？伊迪絲還說，其實將來也沒什麼好擔心，反正總有一天他們會繼承祖父所有的遺產。

哈羅德坐在椅子裡不安地動來動去。真的，他祖父的遺囑真是惡毒！它讓他們大家都拴在一條繩子上。那份遺囑沒有讓任何人感到快樂。孫子們不快樂，他們的父親也為此怒火中燒。老傢伙是不打算死了，所以他才悉心保養自己；但他必須馬上死，一定要馬上死。否則……重重心事再次閃過哈羅德心頭，弄得他很不舒服，他突然感到疲憊不堪，頭暈目眩。

他注意到艾麗仍在注視他，那雙看似茫然又若有所思的眼睛讓他渾身不自在。

「我該上床休息了。」他說，「明天就出城去。」

「是啊。」艾麗說，「這想法不錯。我想醫生一定會先叫你要放鬆些的。」

「醫生總是那麼說的！」

「別忘了吃藥，親愛的。」艾麗說著拿起藥盒遞給他。

他道了聲「晚安」就上樓去了。是的，他需要吃藥。也許過早停止服藥是個錯誤。他取出兩片，倒了杯水吞了下去。

24

「沒有人會像我一樣，把事情弄得這麼一團糟。」戴蒙・蓋達克沮喪萬分地說。

他坐在芙倫絲家擺滿家具的客廳裡，伸直兩條長腿坐著，顯得有些不協調。他垂頭喪氣，無精打采。

瑪波小姐表示抗議，她溫柔地安慰著他。

「不，不，你做得非常出色，我親愛的孩子。真的很出色。」

「我做得很出色，是嗎？我讓那一家人全部中毒，奧菲身亡；現在哈羅德也死了。那兒到底發生了什麼事？我真想知道！」

「有毒的藥片。」瑪波小姐沉吟著。

「是的，真是狡猾透頂！那些藥片就和他平常吃的一模一樣，還附了一張印著標籤的小紙條，上面寫著『遵昆珀醫生醫囑謹寄』。可是，昆珀從未訂購過這種藥。還貼了藥房的標籤，但藥劑師對此一無所知。那盒藥片是從鹿瑟福莊園來的。」

「你真的確定那是打從鹿瑟福莊園來的？」

「是的。我們徹底檢查了一遍。那盒子原來是裝著開給艾瑪的鎮靜藥片。」

「噢，我知道了，是給艾瑪的……」

「是的，裡面有她和兩名護士的指紋，還有藥劑師的指紋，然後就沒有別人的了。寄藥片的人非常仔細。」

「所以鎮靜藥片被拿走了，被別的東西取而代之？」

「正是。那就是那些致死的藥片！每一片都一模一樣。」

「你說得很對。」瑪波小姐同意他的意見。「我還記得很清楚，小時候有黑色藥水、褐色藥水……那是止咳藥水、白色藥水，還有某某醫生的粉紅色藥水，大家從來不會弄混這些藥水。你知道嗎，實際上在我們聖瑪莉米德村的人，還是喜歡那種藥物。他們總是討著要瓶裝藥水，不要藥片。那是些什麼藥片？」

「烏頭[13]。那種藥通常用標示『毒藥』的藥瓶裝著，以一比一百的比例稀釋後外用。」

「怪不得哈羅德吃下去就死了。」瑪波小姐陷入沉思。

13　烏頭（Aconite），一種廣被使用的藥材，具鎮痛、抗發炎功效，但根部毒性極強，誤食會造成中毒。

戴蒙·蓋達克像是呻吟道：「發了一大堆牢騷，您千萬別見怪。趕快去把這一切告訴珍阿姨……我就是那麼想的！」

瑪波小姐說：「你真是太有心了。你是亨利爵士的教子，我對你當然要另眼看待，這和對一般的警官是很不一樣的。」

戴蒙·蓋達克對她笑笑，但笑容轉瞬即逝。

「我把每件事都弄得一團糟！警察局長還向蘇格蘭警場求助，但他們得到了什麼？反而被人當成笑柄！」

「不，不。」瑪波小姐說。

「是的，是的！我不知道誰毒死了奧菲，不知道誰毒死了哈羅德，更有甚者，我也不知道遇害的那名女子是誰！本來馬蒂娜一案似乎已經露出眉目，整件事好像都能聯繫起來了，但現在呢，又發生什麼事？真正的馬蒂娜出現了，更不可思議的是，她居然是羅伯特·史托德維司爵士的夫人！那麼倉房裡的女人是誰？天知道！起初我認為她是安娜·史卓文卡，並且根據這個想法去努力調查，後來又發現她不是……」

瑪波小姐意味深長地低咳了一聲，蓋達克的注意力一下子被吸引了過去。

「真的不是嗎？」她低語道。

蓋達克盯著她。

「是啊，那張從牙買加寄來的明信片……」

「沒錯。」瑪波小姐說，「但那並不是真憑實據，不是嗎？我是說，誰都可以從任何一個地方寄出一張明信片。我記得布賴爾利太太，她患了很嚴重的神經衰弱症，最後他們說她必須去療養院觀察治療。她擔心孩子知道這件事，就寫了十四張明信片，安排好從國外十四個地方寄過來，告訴孩子們媽咪在國外度假。」她看看戴蒙·蓋達克，又加上了一句：「你明白我的意思嗎？」

「是的，當然明白。」蓋達克緊盯著她。「如果那張明信片和馬蒂娜的案子不是這麼吻合，我們自然早就去追查它的真實性了。」

「這是當然。」瑪波小姐低低說了一句。

「兩者是有關係的。」蓋達克說，「畢竟，艾瑪收到了一封署名馬蒂娜·桂康索的信。史托德維司夫人沒寄，但總有某個人寄了呀。有人想假扮馬蒂娜騙取錢財，您總不能否認這一點吧。」

「對，不能否認。」

「然後，艾瑪寫的信封……上面還有倫敦的地址，在鹿瑟福莊園被發現了。這說明她的確來過這兒。」

「但是那名遇害的女子沒有來過！」瑪波小姐指出這一點。「不是你說的那麼回事。她只是在死後來到鹿瑟福莊園。她是被人從火車上推下來，扔到路堤下面。」

「哦，沒錯。」

「那個信封只能證明凶手曾來過這兒。也許他把信封和一些證件一起掏了出來，然後不小心掉在地上；或者，我現在開始懷疑，他是不是真的出於不慎才掉落的。培肯警官和你的手下已經徹底搜查過，但沒有發現。所以它是後來才在鍋爐房出現的。」

「那很容易理解啊，」蓋達克說，「園丁會把被風吹得到處亂飛的東西撿起來，再扔到鍋爐裡。」

「那兒正好是孩子們最容易發現的地方。」瑪波小姐思索著說。

「您認為，有人刻意安排好讓我們發現？」

「啊，我只是懷疑。畢竟，想知道孩子們下一步要去哪兒尋找是輕而易舉的事情，你甚至還可以暗示他們……是的，我的確懷疑。它讓你中斷了調查安娜．史卓文卡那條線索，不是嗎？」

蓋達克問：「您認為那可能是她嗎？」

「我覺得你開始調查她的時候，引起了某人的警惕，就是那樣……我認為有人不希望那些調查進行下去。」

「讓我們鎖定這個基本事實：有人想冒充馬蒂娜，」蓋達克說，「然後由於某些原因並未冒充成功。為什麼？」

「那是一個很有趣的問題。」瑪波小姐說。

「有人拍電報來，說馬蒂娜要回法國，然後策畫好和那女孩一塊兒旅行，在路上殺死了她。到這兒為止，您贊同我的推論嗎？」

「不完全同意。」瑪波小姐說，「真的，我覺得你把事情想得太複雜了。」

「太複雜！」蓋達克叫了起來。「您把我弄糊塗了！」

瑪波小姐用傷心的聲音說她並不想那樣。

「好了，告訴我吧。」蓋達克說，「您知道那個被害的女人是誰嗎，還是不知道？」

瑪波小姐嘆了口氣。

「這太難了，很難準確表達我的意思……我是說，我不知道她是誰，但我有把握知道她原來是誰，如果你能明白我的意思的話。」

蓋達克一甩頭。

「明白您的意思？我一點兒也摸不著頭緒！」他往窗外看了一眼。「您的露希·艾拉貝羅來看您了。好吧，我得走了。今天下午我的自信心低弱。現在又來了個容光煥發、辦事能幹的年輕小姐，我可受不了。」

25

「我在字典裡查了 tontine 這個字。」露希說。

寒暄過後，露希開始在房間裡漫無目的地走動，這兒摸摸瓷狗，那兒拍拍椅套，又碰碰窗口放的塑膠針線盒。

「我知道你會去查的。」瑪波小姐平和地說。

露希慢慢地引用書上的話：「Lorenzo Tonti，義大利銀行家，一六五三年創立一種養老保險金制度。此制度中，參加保險的人死亡後，其份額將歸入生者的份額之中。」她停頓了一下。「就是那樣，是嗎？和本案非常吻合，您甚至早在後面兩起命案發生前就想到了。」

她又沒完沒了、漫無目的地繞著房間踱步起來。瑪波小姐坐在那兒看著她。今天這個露希・艾拉貝羅和她平時認識的露希真是截然不同。

「真是自找麻煩，」露希說，「立那種遺囑！最後如果只有一個人還活著，他就會得到所有的錢。而且那筆遺產數目巨大，是吧？就算是分成幾份也為數不少……」她的話音漸漸減弱，就此停住。

瑪波小姐說：「問題在於人是貪婪的，有的人就是這樣。你知道，事情往往就是這樣開始的。起初並沒有殺人，也不願殺人，甚至沒想過謀殺這回事。開始僅僅是因為貪婪，想得到超過自己份內的東西。」她把毛線放到膝蓋上，雙眼凝視前方，望著空中。「你知道嗎，我第一次遇到蓋達克警官時就碰到這種案例。那是發生在鄉下的一起案子。在門登罕溫泉附近。開頭如出一轍，一個體質虛弱、和藹可親的人想得到一大筆財產，那人本來無權動用那筆錢，但又似乎可以輕而易舉地占為己有。剛開始沒有謀殺的念頭，只是做了一些輕鬆簡單、看起來沒什麼大不了的事情。起因只是那樣……但最後竟以三起謀殺案而告終。」

「正如這次的案子，」露希說，「現在已經發生三起謀殺了。那個冒充馬蒂娜的女人本來可能為她兒子爭得一份財產，然後是奧菲，再來是哈羅德。現在只剩下兩個了，是嗎？」

「你是指只剩下賽巨和艾瑪了嗎？」瑪波小姐問。

「不是艾瑪。艾瑪並不是高個子黝黑的男人。不是她。我指的是賽巨和布萊恩·伊特立。我之所以從來沒懷疑過布萊恩，是因為他有一頭金髮，金黃色的大鬍子、藍眼睛，但您知道嗎，那天……」她停住了嘴。

「是，說下去。」瑪波小姐說，「告訴我吧，有什麼事讓你很不安，是嗎？」

「那是史托德維司夫人告辭的時候。她道了再見，正往汽車裡坐時，她突然回頭問我：

『我剛進來時，站在陽台上那個高個子、皮膚黝黑的男人是誰？』」

「我開始想不出她指的是誰，因為賽巨還躺在床上休息呢。所以我疑惑地問她：『您指的不會是布萊恩．伊特立吧？』她說：『就是他，皇家空軍少校伊特立。在法國從事抵抗運動期間，他有一次還藏在我們家的閣樓上呢。我還記得他站立的姿勢，還有肩膀的輪廓。』她又說：『我想再見見他。』但是後來我們沒找到他。」

瑪波小姐一言不發，等著她的下文。

「然後，」露希又說，「後來我看到他……他正背對著我站著，我看見了以前本該注意到的事情。即使一個男人的頭髮是金黃色的，一旦他厚厚地塗上一層髮油，看起來也會暗沉許多，布萊恩的頭髮是不深不淺的棕黃色，但也可能被看成褐色。所以您知道，您朋友在火車上看到的人也可能是布萊恩。也許……」

「是的，我已經想到了。」瑪波小姐說。

「我看您沒什麼東西是沒想到的！」露希話中有刺。

「噢，親愛的，有時候人真是不得不如此。」

「但我不明白布萊恩能得到什麼好處。我是說，那筆錢會歸亞歷山大所有，而不是歸他。也許那可以讓他們過得更舒服、更奢華一點，但他也不能用這筆錢去完成自己的計畫或做什麼事啊。」

「但如果亞歷山大在二十一歲前有個三長兩短，布萊恩就能以他父親和最近親屬的身分得到那筆錢。」

露希毛骨悚然地看著她。

「他不會那樣做的。沒有一個父親會那樣做的，就為了……就為了得到一筆錢？」

瑪波小姐長嘆一聲。

「有人會的，我親愛的。這種事非常恐怖，也讓人感到十分悲哀，但那是會的。有的人會做出非常殘忍的事情。」瑪波小姐繼續往下說，「我知道有個女人只為了多得一點保險金，就毒死了三個孩子。還有一個老太太，看上去是個老好人，卻在兒子回家度假時把他毒死了。然後是那位史坦威老太太，那起案子還登在報紙上，我敢說你一定讀過。她的女兒、兒子相繼死亡，她也自稱中了毒。毒是下在燕麥粥裡的。後來你也知道，那是她自己放的。她還計畫要殺小女兒。她倒不是為了錢，只是嫉妒他們比自己年輕活潑，害怕……說來真是可怕，但事實的確如此……自己死後他們卻從此自由自在，因為她一向牢牢把持著家裡的經濟大權。是的，正如他們所說的，她當然是古怪透了，但我不覺得那是真正的理由。我指的是，人多少有點怪癖，有的人為了幫助別人，把家財散盡，開了一堆空頭支票，但你知道，在這種古怪的行徑下是顆善良的心。但是如果你的古怪行徑包藏著險惡用心，唔，那就完了。嗯，那對你有所幫助嗎，親愛的露希？」

「什麼對我有幫助？」露希迷惑地問道。

「我跟你說的話呀。」瑪波小姐說，又溫和地勸慰著，「你千萬別擔心，真的，千萬別擔心。艾思佩·梅吉力谷迪這幾天隨時會到。」

「我不明白那和這事有什麼關係。」

「親愛的，也許沒有關係。但我自己覺得她的到來非常重要。」

「我不禁要擔心，」露希說，「您知道的，我很在乎這一家人。」

「我明白，親愛的。你很難保持漠不關心，因為他們倆截然不同的特質強烈吸引著你，是嗎？」

「您這是什麼意思？」露希說，聲調提得很高。

「我說的是那家的兩個兒子，」瑪波小姐說，「或者應該說是兒子和女婿。真是幸運，兩個不討人喜歡的家庭成員死了，兩個很有吸引力的卻倖存下來。看得出賽巨·桂康索是非常有魅力的。他故意使自己看起來比實際要壞，其實不然，這人只是很愛挑釁。」

「他有時候都快把我氣瘋了。」露希說。

「是啊。」瑪波小姐答道，「你欣賞這一點，對吧？你是個精力充沛而且好鬥的女孩。沒錯，我能看出他的吸引力源自何處。伊特立先生則屬於憂鬱型的男人，像個不開心的小男孩，那當然也很能吸引人。」

「但他們中間有一個人是凶手，」露希痛苦地說，「兩個人都有可能，只是無從確定。賽巨對他兄弟奧菲和哈羅德的死毫不在意，只是喜孜孜地坐在那兒盤算如何處理鹿瑟福莊園，還說若要按照他自己的意圖發展莊園，就需要一大筆錢。當然，我知道他那種人就愛誇大自己的冷酷無情，這可能是一種自我保護吧。我的意思是，或許每個人都說你的外表比真實的你冷酷無情，但事實上你可能不是這樣，可能你就是比外表更加無情無義！」

「露希，親愛的露希，聽到這些我真感到遺憾。」

「還有布萊恩。」露希繼續說下去。「真是奇怪，他好像也很想住在那兒。他覺得自己和亞歷山大在那裡可以過得其樂無窮。他滿腦子都是計畫。」

「他也老是想著這樣那樣的計畫嗎？」

「是啊，我是這麼覺得。那些計畫聽上去美妙無比，但我總有種不安的感覺，覺得它們並不能付諸實踐。我是說，它們並不切合實際。那些想法是不錯，但我認為他從來沒考慮到實際執行的困難。」

「都是些空中樓閣。可以這麼說嗎？」

「沒錯，很多方面都是。我是說，它們幾乎完全是空中樓閣，全是些虛幻的計畫。或許出色的戰鬥機飛行員不願再回到地面上吧……」她又補充道：「他之所以這麼喜歡鹿瑟福莊園，是因為它讓他想起了小時候住過的那個寬敞的維多利亞式大房子。」

「我明白了，」瑪波小姐沉思著說，「是的，我明白了……」然後她飛快地斜睨了露希一眼，突如其來地說道：「這恐怕不是全部吧，親愛的？還有別的吧？」

「噢，對，還有些別的事要說，是我在兩天前才意識到的。布萊恩實際上也有可能在那班火車上。」

「在四點三十三分從派汀頓開出的火車上？」

「是的。您知道，艾瑪以為警方要求她追述十二月二十日的活動，就非常詳細地回憶了一遍。早上她們委員會開會，下午先是購物，再到苜蓿茶室喝茶，然後，據她說，她便去火車站接布萊恩。她接的那班車是四點五十分從派汀頓開出的，但他也可能坐的是前面那班車，卻假裝是乘晚一點的那班。他不經意中曾對我提過，他的車撞壞了，正在修理，所以才不得不搭火車來。他說那真是乏味透頂，他討厭坐火車。這一切他說得很自然……也許根本沒什麼問題，但不知為什麼，我希望他不是坐火車來的。」

「但事實上，他是坐火車來的呀。」瑪波小姐一邊思索一邊說道。

「那並不能證明任何事。討厭的是，這些都是猜疑，無法確知。也許我們永遠也不會知道了！」

「我們當然會知道的，親愛的。」瑪波小姐趕緊說，「我是說，現在一切都應該結束了。我確實很了解凶手這一點，他們永遠不會見好就收……或者也可以說見壞就收。無論如何，」瑪波小姐最後說：「他們一旦執行了第二次謀殺，就再也不會收手了。別太擔心，露希，警方正在盡力追查，並且在保護著每一個人。令人高興的是，艾思佩·梅吉力谷迪很快就要來這兒了！」

26

「艾思佩，你現在明白我要你做的事情了嗎？」

「我已經一清二楚了。」梅吉力谷迪太太說，「但是珍，我跟你說，這件事好像很奇怪。」

「這沒什麼好奇怪的。」瑪波小姐說。

「可是我覺得挺怪的……一到別人家裡，就馬上問人家我能不能，唔，上樓。」

「現在天氣很冷，」瑪波小姐指出，「你又吃了些不合脾胃的東西，所以不得不請求上樓。我是說呀，這些事情是司空見慣。我還記得有一次可憐的路易莎·費爾比來看我，短短半小時內上了五次樓。」瑪波小姐又附帶說明了一下。「那是因為她吃了個康沃爾肉餅。」

「你能不能告訴我，你到底用意何在，珍？」梅吉力谷迪太太問道。

「我就是不想說出來。」瑪波小姐回答。

「你真是急死人了，珍。你先是讓我盡快趕回倫敦，其實我還不想……」

「對此我很內疚，」瑪波小姐說，「但我沒有別的辦法。你知道，每一刻都可能有人再被謀殺。噢，我也知道他們都處於戒備狀態，警方也盡其所能地採取防範措施，但意外總是存在。如果凶手比他們都高明得多，那就防不勝防。所以你知道，艾思佩，回來這裡是你的責任。畢竟，你我從小就被教導要履行自己的責任，不是嗎？」

「當然是。」梅吉力谷迪太太說，「我們年輕時可從來不曾對此鬆懈過。」

「那就是了。」瑪波小姐說。她聽見屋外隱隱傳來一陣喇叭聲，又加了一句：「計程車來了。」

梅吉力谷迪太太穿上厚厚的椒鹽色大衣，瑪波小姐則用了好多披肩、頭巾把自己裹得密密實實。兩位女士鑽進計程車，車子駛向了鹿瑟福莊園。

§

「這輛開過來的車子裡坐的是誰呀？」當計程車從窗前輕快地駛過時，艾瑪看著窗外問道，「我相信一定是露希的老姑媽。」

「真是煩人。」賽巨說。

他正仰躺在長椅裡讀著《鄉村生活》，兩隻腳擱在壁爐台邊。

「告訴她你不在家。」

「告訴她我不在家……你的意思是不是要我出去親口跟她這麼說？還是讓露希這麼轉告她的姑媽？」

「我可沒那麼想過，」賽巨說，「我只是想起了過去的日子，那時家裡雇用管家和男僕，如果我們還雇了傭人就好了。我還記得戰前有個男僕和廚娘有一手，為此鬧得不可開交。現在不是有個老婆子在打掃嗎？」

正在這時候，下午在這兒擦銅器的哈特太太開了門。瑪波小姐急急忙忙地走了進來，披肩、頭巾也隨之飄來動去，還有一個人步履堅定地緊隨其後。

瑪波小姐拉著艾瑪的手說：「我真希望沒有打擾你。你知道吧，我後天就要回家了。我覺得一定要過來看看你，道個再見，還要再次感謝你對露希的關照。哦，我都忘了，可以介紹一下我朋友嗎？這是梅吉力谷迪太太，她現在和我住在一起。」

「你好！」

梅吉力谷迪太太凝神看著艾瑪。隨後又把目光投向賽巨，他已經站起來了。這時候露希進了房間。

「姑媽，我不知道……」

「我得來向桂康索小姐辭行。」瑪波小姐回頭對她說，「她對你這麼好，你實在很幸運，露希。」

「露希對我們才好呢。」艾瑪說。

「是的，的確如此。」賽巨也開了口。「我們害得她像個苦力似的。她要在病房裡侍候，在樓上樓下跑來跑去，做一小份一小份的病人餐點……」

瑪波小姐插話進來。

「聽說你們生病，我真是非常非常難過。您現在已經痊癒了吧，桂康索小姐？」

「噢，我們已經恢復健康了。」艾瑪說。

「露希告訴我您病得很厲害。真危險啊，對吧？是食物中毒嗎？我聽說是蘑菇的緣故。」

「原因現在還是個謎。」艾瑪回答道。

「您別聽信那種話。」賽巨說，「我敢打賭您一定聽過那些滿天亂飛的流言蜚語，呃，瑪……小姐。」

「瑪波。」瑪波小姐說。

「噢，我敢打賭您一定聽過那些流言。在這附近一帶，再沒有別的事能像砒霜中毒那樣引起一場小小的騷亂了。」

「賽巨，」艾瑪制止他。「我希望你不要再說了。你知道蓋達克警官說……」

「哈，這每個人都知道了啊。就算是你們也早有所聞，不是嗎？」

他又轉向瑪波小姐和梅吉力谷迪太太。

梅吉力谷迪太太解釋說：「我剛從國外回來，前天回來的。」她又補充了一句。

「啊，那好，所以您還不知道我們本地的大醜聞，」賽巨說，「咖哩雞裡放了砒霜，就是這麼回事。我打賭露希的姑媽一定知道。」

「這個，」瑪波小姐答道，「我是聽說過。我的意思是，這只是一種線索吧。當然我並不想讓你難堪，桂康索小姐。」

「別理會我哥哥。」艾瑪說，「他就喜歡讓別人不舒服。」她一邊說，一邊對賽巨寵溺地微笑著。

門開了，桂康索老先生走了進來，怒氣沖沖地拿著手杖敲敲打打。

「茶在哪裡？為什麼茶還沒準備好？你！小女孩！」他衝著露希叫。「你為什麼不把茶點拿進來？」

「茶點剛剛準備好，桂康索先生。我現在就拿進去。剛才我在擺桌子。」

露希又走出房間。桂康索先生也被介紹給瑪波小姐和梅吉力谷迪太太。

「我喜歡按時進餐。」桂康索先生說，「守時、節約，那就是我的生活準則。」

「我認為這麼做確實很有必要，」瑪波小姐附和道，「特別是這種年頭，稅金高昂、物價飛漲。」

桂康索先生從鼻子哼了一聲。

「稅金！少跟我提那些強盜！我是個苦不堪言的窮人。而且每況愈下，不會轉好。你等著吧，我的兒子，」他這話是對賽巨說的。「你得到這個地方的時候，十之八九那些社會黨人會從你手裡把它拿走，變成福利中心什麼的，還拿你所有的收入去維持營運！」

露希端著茶盤又出現了。布萊恩・伊特立也拿著盤子跟在後面，盤裡有三明治、奶油麵包和蛋糕。

「這是什麼？這是什麼？」桂康索先生檢查著托盤。「糖霜蛋糕？我們今天有宴會嗎？沒人跟我提過啊。」

艾瑪的臉上泛起淺淺的紅暈。

「昆珀醫生要來喝茶，父親。今天是他的生日，而且……」

「生日？」老頭子嗤之以鼻地說，「他過什麼生日？生日是給孩子們過的。我就從來不過自己的生日，也不讓別人為我慶祝。」

「這樣可以省好多錢喔，」賽巨附和著。「起碼省了蛋糕上的蠟燭錢。」

「你說得夠多的了，小子！」桂康索先生喝斥道。

瑪波小姐跟布萊恩・伊特立握手。

「我聽說過你。當然，」她嘮叨著。「是從露希那兒聽來的。天哪，我一見到你就想起以前我在聖瑪莉米德認識的一個人。你知道，我在那個村子裡生活了好多年。羅尼・威爾斯，一個律師的兒子，他繼承父業後，似乎還是無法安定下來，於是他出國去東非，在那兒的某個湖區做船運生意。我記得那湖叫維多利亞湖[14]，或是艾伯特。不管怎樣，他的生意做得並不成功，而且把所有的本錢都賠了進去。真是令人遺憾，實在是太不幸了！我想不會是你的什麼親戚吧？你們倆太像了！」

「不是，」布萊恩回答說，「我想我沒有姓威爾斯的親戚。」

「他和一個非常聰明可愛的女孩訂了婚，」瑪波小姐又說，「那女孩極力勸誡他，但是他置之不理。他當然是大錯特錯了。你知道，女人一涉及金錢問題，就變得很有頭腦……當然啦，不是說龐大的財政問題，沒有一個女人希望了解那種東西，我親愛的父親說過，她們只能懂些日常收支之類的事情。從這扇窗子望出去，風景真讓人心曠神怡啊！」

她走到窗邊往外看去，又加了這麼一句。艾瑪也走了過去。

「這麼廣闊的牧場！那些牛兒襯著綠樹真是風景如畫！作夢也想不到自己正置身於城市的中央。」

「我想我們已經很落伍了。」艾瑪說，「如果現在開著窗子，您就能聽見遠遠的車聲和人聲。」

「哦，當然，」瑪波小姐說，「到處都有噪音，是吧？即使在聖瑪莉米德也有。你知道，我們現在離飛機場很近，那些噴氣式飛機飛過去的時候，就別提有多嚇人了！前幾天還

14 維多利亞湖（Victoria Nyanza），隸屬肯亞、坦尚尼亞、烏干達三個非洲國家所有，是世界第二大淡水湖，也是非洲最大的湖泊。

震碎了溫室上的兩塊玻璃。我後來聽人家說，那是飛機穿過音障時發出的聲音，不過我還是沒弄明白。」

「這個道理非常簡單，真的。」布萊恩親切地湊了過來。「您知道，是這樣的……」

瑪波小姐的手袋掉到地上，布萊恩很有禮貌地撿起來。與此同時，梅吉力谷迪太太走近艾瑪，痛苦地低語著……這種痛苦並非裝出來的，因為她對自己正要執行的任務頭痛萬分。

「請問……我能不能去樓上一趟？」

「當然可以。」艾瑪回答。

「我帶您去吧。」露希說。

露希和梅吉力谷迪太太一起離開了房間。

「今天坐車來的時候非常冷。」瑪波小姐含含糊糊地用解釋的口氣說道。

「關於音障問題，」布萊恩說，「您知道，是這樣的……哦，哈囉，昆珀來了。」

醫生駕著車子來了。他搓著手進來，一副不勝其寒的樣子。

「我猜快下雪了。」他說，「哈囉，艾瑪，你好嗎？天哪，這是什麼？」

「我們給你做了生日蛋糕。」艾瑪說，「還記得嗎，你告訴過我，今天是你的生日。」

「我真是沒想到。」昆珀說，「你知道我有好多年……啊，一定有……是的，十六年了，沒人記得我的生日。」

他好像被感動得不知所措。

「你認識瑪波小姐嗎？」

艾瑪把他介紹給瑪波小姐。

「哦，是的，我遇過昆珀醫生。那天我受了很重的風寒，他來給我看病，態度非常和藹可親。」

「希望您現在已經痊癒了。」醫生說。

瑪波小姐向他保證，自己已經康復如初。

「你近來都沒過來看我，昆珀。」桂康索先生抱怨著。「我可能不小心一命嗚呼呢！」

「我看您暫時還不會死。」昆珀醫生答道。

「我還不打算死呢。」桂康索先生說，「來，我們喝茶吧，還等什麼？」

「哦，大家請用茶吧。」瑪波小姐說，「別等我的朋友了，否則她會很不安。」

於是眾人就坐，開始喝茶。瑪波小姐接過一片奶油麵包，再拿起一塊三明治。

「這些是……」她躊躇了一下。

「夾的是魚，」布萊恩答道，「我幫著做的。」

桂康索先生爆發出一陣大笑。

「那是有毒的魚餡，吃下去可是要冒生命危險的。」

「請別這樣說，父親！」

「在這屋子裡吃飯可得小心。」桂康索先生對瑪波小姐說，「我的兩個兒子已經像蒼蠅一樣被人謀殺了。我倒想知道是誰下手。」

「別被他的話嚇倒。」賽巨又把盤子遞給瑪波小姐。「有人說，只要別吃過量，服用少量砒霜可以美容。」

「那你自己吃一個，小子。」桂康索老先生說。

「想讓我做皇家品嘗員嗎？」賽巨說，「那好吧。」

他拿起一塊三明治，一下子全塞進嘴裡。

瑪波小姐優雅地發出一陣輕柔的笑聲，拿塊三明治咬了一口，說：「我覺得你真夠勇敢，這種玩笑也敢開。真的，我認為這種行為非常勇敢。我崇拜勇士。」她忽然喘了口氣，像被什麼噎住了。「有根魚刺，」她喘著粗氣說，「在我的喉嚨裡。」

昆珀急忙起身走過去，拉著她往後退了幾步，而且面向窗子站著，叫她張大嘴巴。他又從口袋裡掏出一個盒子，從裡面選了幾把鉗子，然後內行地瞇著眼睛往老太太喉嚨裡瞧去，動作快捷，技術嫻熟。就在這時，門開了，梅吉力谷迪太太走了進來，身後跟著露希。梅吉力谷迪太太驟然看見眼前戲劇性的一幕，頓時屏住了呼吸——瑪波小姐身子正朝後仰，醫生撐住她的喉嚨，使她的頭朝向一邊歪著。

「就是他！」梅吉力谷迪太太大叫一聲。「就是火車上的那個人……」

瑪波以令人無法置信的敏捷身手從醫生的手中掙脫出來，朝她的朋友奔了過去。

「我早就想到你會認出他來，艾思佩。」她說，「不，不要再說一個字。」她帶著勝利的喜悅轉身面對著醫生。「你不知道吧，醫生，你在火車上掐死那女人的時候，實際上有人看見你了。這就是我的朋友，梅吉力谷迪太太，她看見你了。你明白嗎？她親眼目睹你的罪行。她當時在另一列平行行駛的火車上。」

「這到底是怎麼回事？」

昆珀醫生一個箭步衝向梅吉力谷迪太太，但瑪波小姐迅捷地擋在兩人之間。

「是的，」瑪波小姐說，「她看見你了，而且認出了你。她會在法庭上作證的。我相信這種事情並不多見，」瑪波小姐繼續往下說著，聲音溫和而悲傷，「居然有人能親眼目睹一樁謀殺案的發生。當然一般的案子也都有旁證，但這個案子的情況非同一般，它的的確確有一位謀殺案的目擊者。」

「你這該死的老妖婆。」

昆珀醫生說著衝向瑪波小姐，但這回是賽巨抓住了他的肩膀。

「所以你就是那個殺人魔，是不是？」賽巨一把將他轉過來。「我從來就沒有喜歡過你，總覺得你是個壞蛋。但天啊，我居然從沒懷疑過你！」

布萊恩．伊特立快步走過來，幫助賽巨制服了昆珀。這時蓋達克警官和培肯警官從離他們比較遠的那個門走了進來。

「昆珀醫生，」培肯說，「我警告你……」

「帶著你的警告下地獄吧！」昆珀醫生嚷著，「你以為有人會相信兩個老太婆說的話嗎？有誰會相信這種胡言亂語！」

瑪波小姐說：「艾思佩・梅吉力谷迪在十二月二十日當天就向警方報告了這起謀殺案，還描述了那個男人的相貌。」

昆珀醫生的雙肩猛地抽動了一下，憤憤然地說：「怎麼會那麼倒楣！」

「但是……」梅吉力谷迪太太說。

「別做聲，艾思佩。」瑪波小姐說。

「我為什麼要殺一個素昧平生的女人？」昆珀醫生反問。

「她不是什麼素昧平生的女人，」蓋達克警官說，「她是你的妻子。」

27

「所以你知道，」瑪波小姐說，「正如我一開始所懷疑的，事實真相其實是非常非常簡單，是最簡單的一種犯罪。這年頭好像有很多男人謀殺了自己的妻子。」

梅吉力谷迪太太看看瑪波小姐和蓋達克警官，說：「如果你們跟我說一下最近的新情況，我將萬分感激。」

「他看準了一個機會，你知道，」瑪波小姐解釋道，「可以娶個有錢的太太——艾瑪·桂康索。但他之所以無法把艾瑪娶到手，是因為他已經有了太太。儘管他們已經分居好幾年，但她還是不想離婚。這一點和蓋達克警官告訴我那個自稱安娜·史卓文卡的女孩非常吻合。她有個英國丈夫，她對一個朋友這麼說過，而且據說她也是個虔誠的天主教徒。昆珀醫生鐵石心腸，為人非常殘忍。他既然不能冒著犯重婚罪的風險去娶艾瑪，於是下決心要除掉自己的妻子。先是在火車上把她殺死，再把屍體放到倉房裡的石棺中，這個主意真是高明。

你明白嗎，他想嫁禍給桂康索一家。在這之前，他假託馬蒂娜之名寫了封信給艾瑪。愛德蒙．桂康索曾提過要和馬蒂娜結婚。你知道，艾瑪把有關他哥哥的一切情況都告訴過昆珀。接著等時機一到，他就慫恿艾瑪把這件事情報告給警方，希望那具女屍能被認成馬蒂娜。我猜想，他也許聽說巴黎警方正在調查安娜．史卓文卡，於是又安排了一張她從牙買加寄來的明信片。

「他輕而易舉地安排了和妻子在倫敦會面，告訴她，希望兩人重歸於好，並且請她來『見見他的家人』。下面一部分我們就不用再提了，想起來就讓人不舒服。當然，他這人貪心不足，想到所得稅會使收入大大減少，就開始盤算著最好能得到更多的錢。也許他在決定殺妻之前就想到這一點了。不管怎樣，反正他開始散布謠言，說有人想毒死桂康索老先生，隨後用砒霜對這家人下毒。當然藥量不是太大，因為他並不是真想毒死桂康索老先生。」

「但我還是不明白他是怎麼得手的。」蓋達克問道，「做咖哩雞時他並未在屋裡。」

「噢，咖哩裡並沒有砒霜。」瑪波小姐說，「是他拿回去化驗時加進去的。也許他早就把砒霜放在酒壺裡了。他以家庭醫生的身分下毒除去奧菲．桂康索，當然是很容易的事情，然後他又把藥片寄給在倫敦的哈羅德。事前他為了不暴露自己，還囑咐哈羅德不必再服藥。他的所做所為大膽、無恥、冷酷又貪婪。我真的感到非常非常遺憾。」瑪波小姐以一個柔弱的老太太所能表現的最大憤怒說了一段結語。「遺憾的是，死刑已經廢除。因為我覺得如果有人該被絞死，那就是昆珀醫生。」

「言之有理！言之有理！」蓋達克警官說。

瑪波小姐繼續說下去。

「你們知道吧，我突然想到，即使你只從後面看著某個人，那也是有特徵可尋的。所以我想，如果艾思佩看見昆珀醫生時，他的姿態正好和她在火車上看見他的姿態是一樣的，那我幾乎可以確定她會認出他來，或者驚呼出聲。我之所以在露希的熱情幫助下略施小計，就是因為這個緣故。」

梅吉力谷迪太太說：「我的確大吃一驚，情不自禁地脫口說出『就是他』。你也知道，我其實並沒有看見那個人的臉，而且……」

「我很害怕你會這樣說，艾思佩。」瑪波小姐說。

「我是想講啊。」梅吉力谷迪太太說，「我想說我並沒看見他的臉。」

「那樣一來，」瑪波小姐說，「事情就糟糕了。你也看出來了，親愛的，他以為你當真認出他了。我的意思是，他並不知道你沒有看見他的臉。」

「幸好我那時沒多嘴。」梅吉力谷迪太太說。

「我才不會讓你多說一個字呢。」瑪波小姐答道。

蓋達克突然爆出一陣大笑。

「你們兩個人呀，」他說，「真是一對絕妙的搭檔！下回如何分解，瑪波小姐？那是一個怎樣的結局？比如說可憐的艾瑪・桂康索會怎麼樣呢？」

「她當然會忘記那個醫生。」瑪波小姐說，「我敢保證，如果她父親死了……我覺得他並不像自己想的那麼健康……她會乘船去旅遊，或許會像潔娜汀・韋布一樣在外國居住，我相信好運會降臨的。希望那人比昆珀要強。」

「那露希・艾拉貝羅呢？也會聽見她的婚禮鐘聲嗎？」

「也許吧。」瑪波小姐說，「她結婚我不會感到奇怪。」

「她會選擇哪一個呢？」戴蒙・蓋達克問。

「你不知道嗎？」瑪波小姐反問道。

「是啊，我不知道。」蓋達克說，「你知道嗎？」

「哦，是的，我想我知道。」

瑪波小姐對他眨眨眼睛。

專文推薦

藏在日常細節中的冒險

楊照（作家）

一開始，就都在那裡了。

一九二〇年，阿嘉莎．克莉絲蒂出版了《史岱爾莊謀殺案》，神探白羅就已經退休了。而且在這個案子裡，藉由敘述者海斯汀的轉述，就鋪陳出克莉絲蒂小說最基本的偵探原則：

「那些看來或許無關緊要的小細節……它們才是重要的關鍵，它們才是偉大的線索！」

「豐富的想像力就像洪水一樣，既能載舟亦能覆舟，而且，最簡單直接的解釋，往往就是最可能的答案。」

「沒有任何謀殺行為是沒有動機的。」

還有，一個不討人喜歡的死者，一群各有理由不喜歡死者、因而也就都有殺人動機的人，這些人彼此之間構成複雜的關係，有的互相仇視，有的互相愛戀，麻煩的是，有些愛人其實貌合神離，有些仇人其實私下愛慕；更麻煩的是，不論是愛或是仇，都有可能是扮演出來的。

一個外來的偵探必須周旋在這些嫌疑者之間，從他們口中獲取對於案情的了解，換句話說，他必須在很短的時間內，搞清楚誰是誰、誰跟誰吵架、誰跟誰偷情，然後判斷誰說的哪一句是實話、哪一句是謊言。常常謊言比實話對於破案更有幫助。

再偷偷透露一下，如果要和小說裡的凶手及小說背後的作者鬥智，就像克莉絲蒂對英國社會的了解，祕訣就在於要去追究小說裡的人物背景，尤其是他們的階級地位。基本上，階級地位愈高、權力愈大、愈有錢者，說的話就愈不要相信。例如在《史岱爾莊謀殺案》中，僕人、園丁說的話遠比有頭有臉的人說的要可信多了。就算要說謊，他們的謊言也比較天真，而且往往出於善良動機。當你歸納線索時，就會知道他們並非故意說謊，那是因為他們的認知受到蒙蔽或誤導，而你慢慢就從這蒙蔽或誤導中被引導到真相。

《史岱爾莊謀殺案》出版那年，克莉絲蒂三十歲，但書稿其實早在五年前就寫好了，畢竟要找到有人願意出版一個看來再平凡不過的家庭主婦寫的小說，並不是那麼容易。

所有和克莉絲蒂接觸過的人，都對於她的「正常」留下深刻印象。她看起來就和她那個年紀的典型英國家庭主婦一樣，害羞、靦腆，只能在社交場合勉強跟人聊些瑣事話題，完全無法演講，甚至連只是站起來對眾賓客說幾句客套話，請大家一起舉杯，她都做不到。她不演講，也很少答應接受採訪，就算採訪到她也很難從她口中得到有趣的內容。她會講的，幾乎都是記者本來就知道、或者自己就可以想得出來的。

例如說白羅這個神探的來歷。克莉絲蒂回答：他應該是個外國人，這樣就能在英國日常生活中看出英國人自己看不出的線索。她自己碰過的外國人，只有第一次大戰剛爆發時到英國避難的比利時人。比利時警察怎麼能跑到英國來？那一定是因為他已經退休了。他有潔癖，所以對於現場會有特殊的直覺，馬上感受到不對勁的地方。一個有潔癖的人，好像應該長得矮小些才相稱，一個矮小有潔癖的人最適當的名字，就是希臘神話裡的大力士「赫丘勒斯（Hercules）」，製造出荒唐的對比趣味。那白羅這個姓是怎麼來的呢？克莉絲蒂很誠實地說：「我不記得了。」

一切都如此順理成章，一切都如此合邏輯，不是嗎？有記者問她怎麼看自己的舞台劇〈捕鼠器〉，創下了英國劇場、甚至全世界劇場連演最多場紀錄的名劇？克莉絲蒂的回答也還是中規中矩，合理合節：那是一齣小戲，在一個小劇院演出，成本很低，任何人想到了都可以帶家人或朋友去看，老少咸宜，並不恐怖，也不特別荒謬打鬧，可是又什麼都有一點，包括恐怖和荒謬打鬧的成分。

她的身上找不出一點傳奇、怪誕色彩，那她為什麼能在五十年間持續寫偵探小說，創造了那麼多謀殺，還創造了那麼多詭計？

首先因為她是女性，以及她的身世，包括她的階級身分，使得她在描寫故事場景時比一般男性作者來得敏感。因為在她之前的偵探推理小說男性作家的階級身分都是高高在上，基本上他們會從較高的角度看社會，比較看不到底層的感受。

而她的婚變以及婚變中遭逢的痛苦，都使她更能體會與觀察，將英國社會的複雜細節融入小說的核心情節，讓探案與線索分析結合在一起。

克莉絲蒂一生結過兩次婚，第一次在一九一四年，婚後不久，丈夫就參加了歐戰，是英國皇家空軍最早一批飛行員。一九二六年，這個丈夫有了外遇，直率地向克莉絲蒂要求離婚，在那之前，克莉絲蒂的媽媽才剛過世，雙重打擊之下，又遇到車子無法發動，克莉絲蒂崩潰了，她棄車而走，忘記了自己究竟是誰，躲進一家鄉間旅館，登記時寫了她心裡唯一有印象的名字——她丈夫情婦的名字。

離婚後，一次在晚宴中，有人提起近東烏爾考古的最新收穫，克莉絲蒂就取消了原定要去西印度群島的計畫，改訂了跨越歐洲到君士坦丁堡的「東方快車」，是的，就是這趟旅程給了她寫《東方快車謀殺案》的靈感。不過更重要的是，在烏爾，她認識了一位年輕的考古學家，比她小十四歲，這個人後來成了她的第二任丈夫。

這位考古學家陪她去參觀在沙漠中的烏克海迪爾城，卻在沙漠中迷路困陷了。幾小時中克莉絲蒂卻沒有一點驚慌不安，當下考古學家就決定要向她求婚。

原來，克莉絲蒂的內心是有這種冒險成分的。要不然她不會兩次選到的，都是喜愛冒險的丈夫，而她本身大概也不會吸引一個在各種危險情境下挖掘古代寶藏的人，讓他願意向一個大他十四歲的女人求婚。

這樣說吧，維多利亞時代後期的英國環境，壓抑限制了克莉絲蒂冒險、追求傳奇的內在衝動，她只好將這樣的衝動寄託在丈夫和寫作上。她一邊陪著第二任丈夫在近東漫走，一邊在小說中寫各式各樣的謀殺與探案。謀殺和探案都是冒險，還有，偵探偵查中做的事——蒐集線索，還原命案過程——其實和考古學家的考掘，如此相似！

克莉絲蒂寫得最好的，正是「藏在日常中的冒險」。她個性中的雙面成分，造就了特殊的偵探魅力。既嚮往非常傳奇，卻又有根深柢固的日常邏輯信念，兩者都在克莉絲蒂的小說中扮演了重要角色。她的謀殺案幾乎都和日常習慣緊密編織在一起，日常環境成了凶手最重要的掩護。有些日常規律明顯地被破壞了，讓我們很自然以為那會是謀殺的線索，沿著這些線索形成了閱讀中的推理猜測，然而白羅早就提醒了，真正重要的反而是那些「細節」，也就是看來像是依隨日常邏輯進行的事，或說藏在日常邏輯中因而不被看重的事，那裡要嘛藏著凶手的核心詭計、煙幕，要嘛藏著凶手致命的破綻。

凶案的構想，就是如何讓異常蓋上日常、正常的面貌，又如何故意將日常、正常予以扭曲，製造假象；那麼偵探要做的，就是如何準確地在日常中分辨出真正的異常，將假的、明顯的異常撥開來，找出細節堆疊起來的異常真相。

此外，克莉絲蒂的小說裡隱藏著極其曖昧的情感價值觀，最典型、最有名的就是《東方快車謀殺案》。透過追查過程，讓讀者知道為什麼凶手要訴諸於這種手段，其動機具有可同情之處，再加上克莉絲蒂對身分階級的觀察，她比較相信或讓讀者相信那些沒有權力、地位的人，隨著偵查節奏去認識可能或必須懷疑的人。克莉絲蒂最擅長營造「多重嫌疑犯」的小說特質，因為讀者在閱讀時必須被迫去認識很多不一樣的人。在她最受歡迎的作品，大概都具備這樣的特質。

當然，她的作品中還有兩個最突出的神探，即白羅和瑪波。白羅是比利時人，但為什麼必須是外國人？這是因為英國人具有高度階級意識，這種觀念一路滲透到所有互動細節，包括人與人之間如何說話。而白羅因為不是英國人，他會發現一般英國人不太看得出來的東西，以及兩個人互動的方法哪裡不正常。至於瑪波為什麼得是老太太？她一如那個年代的老人家，總是靜靜坐著打毛線，因為不起眼，自然讓人放鬆防備，所以瑪波探案的線索都是來自於這樣的互動模式。

然而，白羅有很明顯的優勢，瑪波的身分使她基本上只能進行「靜態」的辦案，案子的空間受到侷限，白羅卻可以跨越各種空間，恣意揮灑。而且白羅擁有警官身分，可以合理出現在各種犯罪現場，瑪波能出現的地方，相形之下就勉強、不自然多了。白羅是明白的outsider，在英國，只要他出現，就會覺得有外人在而感到緊張，於是很容易露出平常不會表現的行為；瑪波則看起來是insider，但實質上是outsider，因為總是沒人發現她、當她空氣人。這兩人的探案，是兩個極端。雖然讀者最愛白羅，但克莉絲蒂自己偏愛瑪波勝於白羅。

不管後來的偵探、推理小說發展了多少巧妙詭計，克莉絲蒂卻不會過時，因為她的推理如此密切地和日常纏繞在一起；活在日常中，我們就無可避免被克莉絲蒂的「日常細節推理」吸引，隨時讀來都充滿驚奇趣味。

名家盛讚克莉絲蒂（依推薦時間排序）

金庸（作家）

克莉絲蒂的寫作功力一流，內容寫實，邏輯性順暢，也很會運用語言的趣味。閱讀她的小說，在謎底沒有揭露之前，我會與作者鬥智，這種過程非常令人享受。其作品的高明之處在於：布局的巧妙完全意想不到，而謎底揭穿時又十分合理，讓人不得不信服。

詹宏志（作家、PChome 網路家庭董事長）

推理小說在從先輩柯南·道爾等人的發明中出現力量時，誕生了一位《天方夜譚》故事中每天說故事說個不停的王妃薛斐拉·柴德，也就是「謀殺天后」克莉絲蒂，整個世界對聽這些故事才有如此的熱情。他們捨不得睡覺，每天問後來還有嗎、還有嗎，永遠不肯離去，這就是克莉絲蒂對推理小說的最大貢獻。

可樂王（藝術家）

所謂「克莉絲蒂式」的推理小說，就是一場和一個天才的寫作者或高明的恐怖份子在紙上捕掠捉殺的戰事。即便是一列火車、一處飯店或一間酒吧，在克莉絲蒂寫來皆充滿神祕和猜謎。在人生適合的下午裡，我總是一面嚼著口香糖，一面跟著矮子偵探白羅穿梭謀殺現場，克莉絲蒂的推理作品無疑是推理世界中最充滿「魔術性」的小說。

吳若權（作家、節目主持人）

我從小就對推理小說情有獨鍾，克莉絲蒂一系列的作品尤其令我愛不釋手。多年來，閱讀推理小說的經驗讓我覺悟：讀者在文字情節中推展開來的驚嘆，不只是因緣於故事的本身，而是自我性格的投射。從這個觀點來看克莉絲蒂一系列的作品，她簡直就是洞徹人性的算命師。而讀者，在她的文字中，發現了自己無可奉告的命運。

藍祖蔚（國家電影及視聽文化中心董事長）

做過藥劑師，難免懂得毒藥；嫁給考古學家，難免也就嫻熟文明的神祕；再加上曾經失蹤九天，一切不復記憶的離奇經驗，的確提供了寫作靈感，但若少了想像力，那些片羽靈光縱使辛辣如辣椒，卻不足以成菜。

推理小說重布局、重人物描寫，克莉絲蒂最厲害的卻是犀利的人性觀察，她一手創造的白羅探長，潔癖個性完全和她相反，更將她所憎厭的人格特質集於一身，殊不知，唯有不對著鏡子寫作，才能夠跳出框架與制式反應，開闢無限寬廣的新世界，建構多面向的詭異迷宮。

看完她的小說，你只會更加訝異，到底是什麼樣的心靈才能成就這般視野？

李家同（作家、前暨南大學校長）

克莉絲蒂的整體布局十分細膩，最後案情也都講解得非常詳細，回頭去看，在書中都找得到線索。故事的情節與內容也很好看，不是像一個流氓在街上被殺掉那麼單調。……看小說應該要花腦筋、要思考，從小就要養成思辨的能力，看她的小說，就是對邏輯思考能力極佳的訓練。

袁瓊瓊（作家）

雖然被公認是冷靜理性的謀殺天后，但是在理性之下，克莉絲蒂的底色依舊是感情。克莉絲蒂很明白，所有的慾望之後，都無非是某種愛情。在以性命相搏的犯罪世界裡，凶手以終結他人的性命來遂私欲，不過是為了成全自己的愛，或者是成全自己的恨。

鄧惠文（精神科醫師）

以推理小說作家而言，克莉絲蒂的風格相當獨樹一格。她的偵探在辦案時，靠的不光是科學證據的搜集，而是大量運用犯罪心理學，及對人性的深刻了解。例如在《五隻小豬之歌》中，白羅便是藉由聽取嫌疑犯訴說案情時所不自覺顯露的主觀意識及中心思想，而看出其中破綻，找出真凶。白羅是靠腦袋辦案，以心理層面去剖析案情，即使人們敘述的是同一件事，他可以聽出不同角色因出發點及看待角度不同所透露的情緒觀感，從而抽絲剝繭，還原事實真相。

克莉絲蒂所塑造的人物也生動且各具特色，不同個性所出現的情緒反應描寫，皆細膩而準確，讓讀者產生豐富的想像空間，一展卷便欲罷而不能。

吳曉樂（作家）

克莉絲蒂使用的語言平易近人，主要是以角色與情節的對應來斧鑿出故事的深度，堆疊出讓讀者回味的迂迴空間。而她筆下的角色往往性別、階級、性格、族群各異，塑造出多元又豐富的人物群像。

文學作品不問類型，若要流傳於世，最終仍得上溯至「人性」的理解與反思。而阿嘉莎．克莉絲蒂的作品中，我們可以看到人類屢屢得和自己的人生討價還價，或千方百計讓主觀意識與客觀條件達成某種程度的整合，讀者在重建人物的心理軌跡時，也見識到自身的是非成敗，我認為，這也是克莉絲蒂的作品能夠璀璨經年、暢銷不衰的主因。

許皓宜（心理學作家）

克莉絲蒂筆下的故事看似在談人性的醜惡，實則像一位披著小說家靈魂的心靈引導者，用她的文字訴說著人們得不到「愛」時的痛苦。於是在故事終了的剎那，你不得不對人生多了幾分「看透感」：原來，我們心裡的那些痛苦、報復與自我折磨的慾望，不是因為「憤恨」，而是起於對「愛的失落」。這或許是我們在情感世界中最珍貴且深刻的一種覺察了。

推理小說荒謬驚悚嗎？不，它其實很寫實。它幫我們說出心裡的苦、怨、醜陋的慾望，於是，我們可以重新學習愛了。

一頁華爾滋 Kristin（影評人）

從有記憶以來，閱讀克莉絲蒂最迷人之處往往不在真正的凶手是誰，而是在於「Why」（為什麼）與「How」（如何進行），在於人性與心理描摹的故事肌理。依循其書寫脈絡，會發覺不只是邏輯清晰、布局縝密、著重細節，她總能完美掌握敘事節奏，書中人物彷彿真實存在般鮮明躍然紙上，讀者情緒會隨精準文字保持流轉、跳動、收放，掩卷時並無太多真相水落石出的暢快，反倒淡淡的惆悵化為餘韻襲上心頭，原來還是種種意料之外，卻屬情理之中的人性盲目使然。私以為，那成就了克莉絲蒂的推理故事之所以無比迷人的主因之一。

冬陽（推理評論人）

雖然阿嘉莎・克莉絲蒂的作品並非我的推理閱讀啟蒙，卻是養成閱讀不輟的重要推手。首先，她無庸置疑是個說故事能手，打開我名為好奇的開關；其次是設計犯罪事件的巧妙多元，既日常又異常，凶手更是叫人意想不到。沒錯，我相信每個當讀者的都忍不住想破案，想早偵探一步識破詭計，或者像考試結束鈴響前一秒，瞎猜都要指著某個角色大喊「你就是犯人」！然後會忍不住作弊——不是翻到最後幾頁窺探真凶身分，而是往前翻查讓人起疑的段落、偵探顯然掌握重要線索的時刻，直到忍不住豎白旗投降，看神探（我知道啦，真正把我耍得團團轉的聰明人是作者）頭頭是道地分析我遺漏錯置的片片拼圖，終於看清真相全貌。這，就是偵探推理，我因此熟悉遊戲規則、沉醉在每一場迷人故事裡，成為這個類型書寫的俘虜，享受至今不疲的美好滋味。

石芳瑜（作家、永樂座書店店主）

布局細膩、處處留下線索，破案解說詳細，說明了這位安靜、害羞的推理小說女王心思縝密，且充滿想像力。密室殺人，完美犯罪，《東方快車謀殺案》不愧為古典推理小說的經典。再加上神祕的東方色彩，隨著火車抵達的迫切時間感，連非推理小說迷都會神經拉緊，讀完大呼過癮。

家庭主婦缺少人生經驗？處女座的阿嘉莎．克莉絲蒂充分展現她過人的寫作天分，靠得是從小開始的閱讀，以及對偵探小說的著迷。三十歲寫下第一本偵探小說《史岱爾莊謀殺案》的克莉絲蒂，在那個時代並不能說是「早慧」，但寫作生涯五十五年中，共創作了八十部偵探小說，卻令人難以企及。這位害羞靦腆的小說女神，大概是相信只要有足夠的理由，每個人都有殺人的可能！

余小芳（暨南大學推理研究社指導老師、台灣推理作家協會常務理事）

學生時代加入推理社團，社課指定讀物便是經典作品《一個都不留》，成為我對克莉絲蒂的初步印象，自此沉浸於推理小說的世界。隔年寒假陪同學參與轉學考，在斜風細雨的走廊中，滿足讀完《東方快車謀殺案》。隨著歲月遠走，已昇華成趣味回憶。

踏入推理文學領域需要認識的作家，阿嘉莎．克莉絲蒂絕對名列其中，她的作品常有英國小鎮風光、莊園式的謀殺、設備豪華的交通工具等，還有特色鮮明的偵探活躍其中。書中少有血腥、暴力的橋段，布局巧妙且結構嚴密，手法純粹、知性，故事內容與人物性格融為一體，以高超的想像力結合說好故事的能耐，為推理小說開創新局面。克莉絲蒂推理全集重編改版，值得新舊讀者一起探索。

林怡辰（國小教師、教育部閱讀推手）

多年後，還是難忘第一次閱讀阿嘉莎．克莉絲蒂作品的感動和激動。

這套將近一世紀的作品，文筆流暢，邏輯縝密，過程中不斷與作者較量、猜出凶手，直到最後解答不禁佩服，蛛絲馬跡處處展現作者的精妙手法，於是又拿起另一部作品，再次沉溺在謀殺天后所編織的日常世界中的奇幻，無可自拔。犯罪動機和手法穿越時空限制，如今讀來合理且依舊令人感動，閱讀中趣味橫生，難怪成為後來諸多偵探小說的原型。

克莉絲蒂創作生涯中產出的八十部推理作品，至今多部躍上大銀幕，無怪乎被稱之為「經典」，喜愛推理偵探作品的人不可不讀，你會驚異於她在文字中施展的魔法！

張東君（推理評論家、科普作家）

我愛克莉絲蒂！這位在台灣有時會被稱為克奶奶的超級暢銷推理小說家，即使是自認沒讀過她的書的人，也都會在各種書籍或影視作品中看到對她致敬的片段。由於她喜歡旅行和冒險，那些經驗與體驗都成為書中的場景，因此閱讀她的作品時，不只是雀躍地跟著偵探推理，也有了虛擬的旅行體驗。或者當成旅遊導覽書，在出發去尼羅河、去英國鄉間、去搭船搭火車時，就塞一本克奶奶的作品到隨身背包中。

我還是大學新生時，就聽學姐說她哥哥經常看克奶奶的小說，而且邊看邊狂笑。於是我跟著效仿，在某次搭飛機之前買了第一本小說當旅伴，不只看得超開心，看完後還到處找尋書中出現的那種有兜帽的斗篷，當成出門時的必備用品。克奶奶的作品是跨越文字、國界的。只要看過一本，就會不停地追下去。還好，真的是還好只有八十本。何況這次是全新校訂的紀念珍藏版，當然不能錯過！

發光小魚（呂湘瑜）（文史作家、助理教授）

一部好的偵探小說，除了情節設計巧妙之外，還需要洞悉人性，如此方能合理地交代人物的言行舉止與動機。阿嘉莎．克莉絲蒂便是其中翹楚，她的作品不管是偵探、愛情小說或戲劇，必要元素都是謎題與人性。在寧靜無波的場景下暗潮洶湧，永遠都有意料之外，讀者的情緒也會隨著劇情的進行起伏糾結。克莉絲蒂觀察到時代的變化，將犯罪心理融入作品中，於是，看她的小說不只能得到解謎的快樂，同時對人性也能夠有所省思。

此外，克莉絲蒂豐富的人生歷練及旅行經歷，例如一九二二年的環球之旅、居住過也旅行過的巴黎和埃及，甚至是追隨考古學家丈夫前往的中東，都讓她的小說讀來更加充滿異國情調。如果你也愛旅行，不如就讓我們一同搭上那一班南法的藍色列車，或由伊斯坦堡出發的東方快車，跟著白羅鑽進一樁奇案，一嘗旅程中破解謎題的快感吧。

盧郁佳（作家）

國小時，家裡買了一套阿嘉莎．克莉絲蒂全集，從此成了我的毒品，在白癡課本將我的腦袋啃噬成海綿般空洞時，撫慰受創的心靈，那時我仍對人心險惡一無所知。

數學課教你列算式，樂趣遠不如克莉絲蒂教你住宅平面圖、偷換時序的密室魔術，你從庭園長窗進房間，我從房門直通鄰房，他從走廊進房……從而學會故事是建構邏輯。她文風多變，時而《四大天王》中讓神探白羅向助手海斯汀大賣關子，眉頭緊皺，山雨欲來，預示天翻地覆，只能靠他拯救世界；時而用維吉尼亞．吳爾芙《自己的房間》中俏皮的語言，讓貧苦村姑安妮在《褐衣男子》中回憶南非出生入死的冒險，竟源於她耽讀村裡圖書館爛舊的冒險愛情小說，還有戲院每週末放映〈帕米拉歷險記〉，帕米拉每集從飛機跳落高空、搭潛艇、爬上摩天大樓，每次被黑幫老大抓到總不一刀斃命，卻老要用瓦斯毒死她，暗示續集又會逃出生天。

長大才發現，克莉絲蒂小說就是我的〈帕米拉歷險記〉：它以歌劇般輝煌龐大的天真陰謀、精細的人際觀察（一句話重音放在哪個字、從膝蓋鑑定女人的年齡等），召喚年輕讀者抱持浪漫精神投入未知的壯遊，瘋魔、衝撞、冒犯，傷痕累累毫無懼色。正如瓦斯在冒險片中太多、現實中卻太少；陰謀在現實中沒有克莉絲蒂寫得那麼複雜，但她刻畫的心理卻是現實中解謎的試金石。

賴以威（臺灣師範大學電機系副教授）

或許可以為經典下幾個定義：該領域的愛好者更都讀過；不是這個領域的愛好者，許多人也都聽過；影響後續的作品，在很多著作中都可以看到它的影子；值得反覆再三閱讀，每隔一陣子再讀都可以獲得閱讀的樂趣，有更多的體悟。我永遠記得第一次讀《東方快車謀殺案》時，被那宛如嚴謹設計數學謎題的鋪陳、推進給深深吸引、震撼。從這幾個角度來說，克莉絲蒂的推理小說被稱之為「經典」，可說是當之無愧。

謝哲青（作家、旅行家、知名節目主持人）

克莉絲蒂小說的魅力在於透過每個角色的對白，藉由不斷的說話來表現人物的個性，以彰顯其人格特質中一些無法被忽略的事實。我們從他們的言語、講話的過程和字裡行間，竟然就能知道誰是凶手。

我從克莉絲蒂的小說學到很多，除了推理小說有趣的事實之外，最重要的是，我在工作的職場跟人應對的時候，如何從語言和對話裡去捕捉某些隱而不顯的事實。許多人們欲蓋彌彰的東西，無論心事也好、祕密也好，克莉絲蒂都會用文學的手法，讓你理解語言的奧妙和魅力。

克莉絲蒂的書寫會讓你覺得彷彿自己也在現場，你可以從聽到的對話當中，學會如何理解人心的一些小技巧，這是小說家最出色、最偉大的地方。我們必須學習傾聽別人說話——這些人講話是真誠的嗎？他想要跟你分享什麼資訊？這些資訊可靠嗎？——這是我在閱讀推理小說時，最大的收穫和理解。

阿嘉莎・克莉絲蒂大事記

1890		• 九月十五日出生於英格蘭德文郡托基鎮。
1894	4 歲	• 開始在家自學，父母親、姐姐教導閱讀、寫作、算術和彈鋼琴。
1895	5 歲	• 家中經濟走下坡，舉家搬至法國，學會流利的法語。
1905	15 歲	• 在巴黎寄宿學校學鋼琴和聲樂，但生性極度害羞，未成為職業鋼琴家，最終回到英國。
1907	17 歲	• 陪同母親前往埃及調養身體，對社交活動充滿興趣，但尚未對日後感興趣的埃及古物點燃熱情。 • 回英國後繼續寫作、參與業餘戲劇表演。
1908	18 歲	• 寫出第一篇短篇小說〈麗人之屋〉，同時也寫出第一部愛情小說《白雪黃漠》，以筆名向出版社投稿，但屢遭退稿。
1912	22 歲	• 與英國皇家軍官亞契・克莉絲蒂（Archibald Christie）熱戀。 • 八月爆發第一次世界大戰，亞契奉派到法國作戰。
1914	24 歲	• 耶誕夜結婚，亞契隨即返回戰場。克莉絲蒂參與紅十字會工作，在醫院擔任護士和藥劑師，因此對藥理和毒物非常熟悉，造就後來多部推理小說情節都以毒藥殺人。
1916	26 歲	• 開始嘗試寫推理小說，寫出第一部小說《史岱爾莊謀殺案》，主角偵探赫丘勒・白羅的靈感，來自於大戰期間英國鄉間的比利時難民營。本書歷經數家出版社退稿後，終獲柏德雷・海德（The Bodley Head）圖書公司的出版機會，之後並簽下另五本小說的合約。
1919	29 歲	• 前一年亞契返回英國，八月生下女兒露莎琳。

1920	**30 歲**	• 出版《史岱爾莊謀殺案》。
1922	**32 歲**	• 出版第二部小說《隱身魔鬼》，主角是夫妻檔偵探湯米和陶品絲。 • 與亞契至南非、澳洲、紐西蘭、夏威夷和加拿大等國旅行十個月，在南非得到《褐衣男子》的靈感。
1923	**33 歲**	• 三月出版第三部小說《高爾夫球場命案》，白羅再度登場。
1926	**36 歲**	• 四月母親過世，克莉絲蒂陷入憂鬱。 • 六月在「威廉．柯林斯父子出版社」出版《羅傑艾克洛命案》。 • 八月亞契因外遇提出離婚，十二月初一次爭吵後，克莉絲蒂離家棄車失蹤，消息登上全國新聞。
1927	**37 歲**	• 一月在悲痛心情中寫出《藍色列車之謎》，第一次創造出聖瑪莉米德村，即後來瑪波小姐居住的村子。 • 分居期間在雜誌刊登以白羅為主角的短篇小說，後來集結出版《四大天王》。 • 十二月在雜誌刊登短篇小說〈週二夜間俱樂部〉，瑪波小姐初登場，後來收錄在一九三二年出版的短篇小說集《十三個難題》。
1928	**38 歲**	• 十月正式離婚，仍保留「克莉絲蒂」姓氏。 • 秋天搭乘「東方快車」前往土耳其的伊斯坦堡，再轉往伊拉克首都巴格達，參觀考古現場烏爾，認識考古學家伍利夫婦（Leonard and Katharine Woolley）。
1930	**40 歲**	• 二月應伍利夫婦之邀再訪烏爾，認識考古學家麥克斯．馬龍（Max Mallowan），九月於英國愛丁堡結婚。這段婚姻開啟克莉絲蒂旺盛的創作生涯，兩人到中東考古現場的旅行為許多作品帶來靈感。

- 婚後克莉絲蒂開始維持固定的寫作行程。十月出版《牧師公館謀殺案》，是第一部以瑪波小姐為主角的小說。
- 出版第一部以「瑪麗·魏斯麥珂特」（Mary Westmacott）為筆名的《撒旦的情歌》，並陸續發表了五部非犯罪小說。

1932　42 歲
- 出版《危機四伏》。

1934　44 歲
- 出版《東方快車謀殺案》，是白羅海外辦案三部曲之一，故事靈感來自中東的旅行經歷。一九七四年第一次改編成電影大獲好評。

1936　46 歲
- 出版《美索不達米亞驚魂》，白羅海外辦案三部曲之二。

1937　47 歲
- 出版《尼羅河謀殺案》，白羅海外辦案三部曲之三，故事背景是年輕時與母親同遊的埃及。一九七八年第一次改編成電影大受歡迎。

1939　49 歲
- 二次大戰期間，克莉絲蒂在大學學院醫院擔任義務藥師，學習到最新的毒藥知識，對於推理小說寫作大有助益。
- 出版《一個都不留》，是克莉絲蒂最著名作品之一。

1941　51 歲
- 出版《密碼》，呈現出克莉絲蒂對戰爭的看法。
- 出版《豔陽下的謀殺案》。

1942　52 歲
- 出版《藏書室的陌生人》、《五隻小豬之歌》等名作。

1944　54 歲
- 以「瑪麗·魏斯麥珂特」為筆名出版第三部作品《幸福假面》，被美國書評人發現是克莉絲蒂的作品，讓她從此失去匿名創作的自在樂趣。

1950　60 歲　• 獲選為皇家文學學會的會員。

1953　63 歲　• 出版《葬禮變奏曲》。

1956　66 歲　• 一月獲頒大英帝國爵級大十字勳章（GBE）。
• 十一月以「瑪麗・魏斯麥珂特」為筆名出版《愛的重量》，是這個筆名的最後一部作品。

1958　68 歲　• 成為「偵探作家俱樂部」主席。

1960　70 歲　• 馬龍獲頒大英帝國爵級大十字勳章。

1961　71 歲　• 獲得艾克塞特大學頒發榮譽文學博士學位。

1968　78 歲　• 馬龍獲封為爵士，克莉絲蒂亦被稱為馬龍爵士夫人。

1971　81 歲　• 獲頒大英帝國爵級司令勳章（DBE），獲封為女爵士。

1973　83 歲　• 出版最後一部創作《死亡暗道》，亦為湯米和陶品絲最後一次辦案。

1974　84 歲　• 最後一次公開露面，出席電影《東方快車謀殺案》首映會。

1975　85 歲　• 八月六日，白羅成為有史以來第一次在《紐約時報》頭版刊出訃聞的小說主角，宣傳九月即將出版的《謝幕》，這也是白羅最後一次辦案。

1976　86 歲　• 一月十二日去世。
• 十月出版《死亡不長眠》，瑪波小姐的最後一次辦案。

克莉絲蒂推理原著出版年表

1920 史岱爾莊謀殺案 The Mysterious Affair at Styles（神探白羅系列）
1922 隱身魔鬼 The Secret Adversary（神探湯米＆陶品絲系列）
1923 高爾夫球場命案 The Murder on the Links（神探白羅系列）
1924 白羅出擊 Poirot Investigates（神探白羅系列）
1924 褐衣男子 The Man in the Brown Suit（神探雷斯上校系列）
1925 煙囪的祕密 The Secret of Chimneys（神探巴鬥主任系列）
1926 羅傑艾克洛命案 The Murder of Roger Ackroyd（神探白羅系列）
1927 四大天王 The Big Four（神探白羅系列）
1928 藍色列車之謎 The Mystery of the Blue Train（神探白羅系列）
1929 七鐘面 The Seven Dials Mystery（神探巴鬥主任系列）
1929 鴛鴦神探 Partners in Crime（神探湯米＆陶品絲系列）
1930 牧師公館謀殺案 The Murder at the Vicarage（神探瑪波系列）
1930 謎樣的鬼豔先生 The Mysterious Mr. Quin（神探鬼豔先生系列）
1931 西塔佛祕案 The Sittaford Mystery
1932 十三個難題 The Thirteen Problems（神探瑪波系列）
1932 危機四伏 Peril at End House（神探白羅系列）
1933 十三人的晚宴 Lord Edgware Dies（神探白羅系列）
1933 死亡之犬 The Hound of Death
1934 三幕悲劇 Three Act Tragedy（神探白羅系列）
1934 李斯特岱奇案 The Listerdale Mystery
1934 帕克潘調查簿 Parker Pyne Investigates（神探帕克潘系列）
1934 東方快車謀殺案 Murder on the Orient Express（神探白羅系列）
1934 為什麼不找伊文斯？ Why Didn't They Ask Evans?
1935 謀殺在雲端 Death in the Clouds（神探白羅系列）
1936 ABC 謀殺案 The A.B.C. Murders（神探白羅系列）
1936 底牌 Cards on the Table（神探白羅系列）
1936 美索不達米亞驚魂 Murder in Mesopotamia（神探白羅系列）

1937 巴石立花園街謀殺案 Murder in the Mews（神探白羅系列）
1937 尼羅河謀殺案 Death on the Nile（神探白羅系列）
1937 死無對證 Dumb Witness（神探白羅系列）
1938 白羅的聖誕假期 Hercule Poirot's Christmas（神探白羅系列）
1938 死亡約會 Appointment with Death（神探白羅系列）
1939 一個都不留 And Then There Were None
1939 殺人不難 Murder Is Easy/Easy to Kill（神探巴鬥主任系列）
1940 一，二，縫好鞋釦 One, Two, Buckle My Shoe（神探白羅系列）
1940 絲柏的哀歌 Sad Cypress（神探白羅系列）
1941 密碼 N Or M?（神探湯米＆陶品絲系列）
1941 豔陽下的謀殺案 Evil Under the Sun（神探白羅系列）
1942 五隻小豬之歌 Five Little Pigs（神探白羅系列）
1942 藏書室的陌生人 The Body in the Library（神探瑪波系列）
1942 幕後黑手 The Moving Finger（神探瑪波系列）
1944 本末倒置 Towards Zero（神探巴鬥主任系列）
1945 死亡終有時 Death Comes as the End
1945 魂縈舊恨 Remembered Death（神探雷斯上校系列）
1946 池邊的幻影 The Hollow（神探白羅系列）
1947 赫丘勒的十二道任務 The Labours of Hercules（神探白羅系列）
1948 順水推舟 Taken at the Flood（神探白羅系列）
1949 畸屋 Crooked House
1950 謀殺啟事 A Murder Is Announced（神探瑪波系列）
1951 巴格達風雲 They Came to Baghdad
1952 殺手魔術 They Do It with Mirrors（神探瑪波系列）
1952 麥金堤太太之死 Mrs. McGinty's Dead（神探白羅系列）
1953 黑麥滿口袋 A Pocket Full of Rye（神探瑪波系列）
1953 葬禮變奏曲 After the Funeral（神探白羅系列）

1954 未知的旅途 Destination Unknown

1955 國際學舍謀殺案 Hickory, Dickory, Dock（神探白羅系列）

1956 弄假成真 Dead Man's Folly（神探白羅系列）

1957 殺人一瞬間 4:50 from Paddington（神探瑪波系列）

1958 無辜者的試煉 Ordeal by Innocence

1959 鴿群裡的貓 Cat Among the Pigeons（神探白羅系列）

1960 哪個聖誕布丁？ The Adventure of the Christmas Pudding（神探白羅系列）

1961 白馬酒館 The Pale Horse

1962 破鏡謀殺案 The Mirror Crack'd from Side to Side（神探瑪波系列）

1963 怪鐘 The Clocks（神探白羅系列）

1964 加勒比海疑雲 A Caribbean Mystery（神探瑪波系列）

1965 柏翠門旅館 At Bertram's Hotel（神探瑪波系列）

1966 第三個單身女郎 Third Girl（神探白羅系列）

1967 無盡的夜 Endless Night

1968 顫刺的預兆 By the Pricking of My Thumbs（神探湯米＆陶品絲系列）

1969 萬聖節派對 Hallowe'en Party（神探白羅系列）

1970 法蘭克福機場怪客 Passengers to Frankfurt

1971 復仇女神 Nemesis（神探瑪波系列）

1972 問大象去吧 Elephants Can Remember（神探白羅系列）

1973 死亡暗道 Postern of Fate（神探湯米＆陶品絲系列）

1974 白羅的初期探案 Poirot's Early Cases（神探白羅系列）

1975 謝幕 Curtain: Hercule Poirot's Last Case（神探白羅系列）

1976 死亡不長眠 Sleeping Murder（神探瑪波系列）

1979 瑪波小姐的完結篇 Miss Marple's Final Cases（神探瑪波系列）

1991 情牽波倫沙 Problem at Pollensa Bay

1997 殘光夜影 While the Light Lasts

國家圖書館出版品預行編目（CIP）資料

殺人一瞬間／阿嘉莎．克莉絲蒂（Agatha Christie）
著；陳巧媚譯. -- 三版.-- 臺北市：遠流出
版事業股份有限公司, 2023.10
面；　公分. -- (克莉絲蒂繁體中文版20週年紀
念珍藏；41)
譯自：4:50 from Paddington
ISBN 978-626-361-251-8(平裝)

873.57　　　　　　　　　　　　112014623

克莉絲蒂繁體中文版 20 週年紀念珍藏 41

殺人一瞬間

作者／阿嘉莎．克莉絲蒂
譯者／陳巧媚

主編／陳懿文、余式恕
封面、內頁設計／謝佳穎　排版／連紫吟、曹任華
行銷企劃／舒意雯　出版一部總編輯暨總監／王明雪

發行人／王榮文
出版發行／遠流出版事業股份有限公司
地址／104005臺北市中山北路一段11號13樓
電話／(02)2571-0297　傳眞／(02)2571-0197　郵撥／0189456-1
著作權顧問／蕭雄淋律師

2004年2月1日 初版一刷
2023年10月1日 三版一刷
定價／新臺幣380元 (缺頁或破損的書，請寄回更換)

ISBN 978-626-361-251-8

遠流博識網 http://www.ylib.com　E-mail: ylib@ylib.com
遠流粉絲團 https://www.facebook.com/ylibfans

www.agathachristie.com